远道 丛书

伊犁秋天的札记

周涛 —— 著

南方出版传媒
花城出版社
中国·广州

图书在版编目（CIP）数据

伊犁秋天的札记 / 周涛著. -- 广州：花城出版社，2016.12（2018.2重印）
（远道丛书）
ISBN 978-7-5360-7896-3

Ⅰ．①伊… Ⅱ．①周… Ⅲ．①散文集－中国－当代 Ⅳ．①I267

中国版本图书馆CIP数据核字(2016)第209491号

出 版 人：詹秀敏
责任编辑：文　珍　周思仪
技术编辑：薛伟民　凌春梅
封面设计：棱角视觉 ANGULAR VISION

书　　名	伊犁秋天的札记 YI LI QIU TIAN DE ZHA JI
出版发行	花城出版社 （广州市环市东路水荫路11号）
经　　销	全国新华书店
印　　刷	恒美印务（广州）有限公司 （广州南沙经济技术开发区环市大道南路334号）
开　　本	880毫米×1230毫米　32开
印　　张	9.375　2插页
字　　数	171,000字
版　　次	2016年12月第1版　2018年2月第2次印刷
定　　价	35.00元

如发现印装质量问题，请直接与印刷厂联系调换。
购书热线：020 - 37604658　37602954
花城出版社网站：http://www.fcph.com.cn

目　录

伊犁秋天的札记 / 1

吉木萨尔纪事 / 39

蠕动的屋脊 / 75

哈拉沙尔随笔 / 108

梦寥廓
　　——在北疆的一次短暂漫游 / 139

边　陲 / 151

和田行吟 / 163

博尔塔拉冬天的惶惑 / 204

新疆！新疆！ / 227

忧郁的河 / 231

稀世之鸟 / 238

坂坡村 / 242

高　榻 /265

细　狗 /270

饮　马 /274

白马夕阳 /278

羽毛的浮力 /281

一个牧人的姿态和几种方式 /287

后　记 /291

伊犁秋天的札记

一

对大家来说,伊犁是个好地方。对我来说,伊犁则是个留下过不好记忆的好地方。

那些令我不快的记忆我现在不想说它,因为它足够那些会编故事而苦于生活经历贫乏的人写一部长篇小说。而我,恰恰不会写小说。但是我喜欢画画——不用颜料的那种画,另外我还喜欢一点点哲学之类的东西和历史、动物学及幽默等玩艺儿的杂种,总之是个四不像。

我想画点什么,从伊犁回来以后,我一直想画点什么。但是我又不会画——这的确是个天大的误会:这个世界没有把我引向一名画家的画室是它的一个重大损失,这不怪我。这种职业的遗憾对别人是不是终生耿耿于怀我不知道,对我,仅只是些微的,些微的惋惜。一个人从一个完全无从回忆的地方来到世间,摇摇晃晃孤立无援地走到了人生的路口,道路千条一下子向你涌来,就像红灯区的各色妓女向你邪恶而彩色地招手……你也许还有更合适的职业,但你当时还太年轻,你紧张慌乱,所以就按照你的虚荣心去做了,当然也可能是本能,你在选择的同时就丧失了尝试其他道路的可能。

几乎每种职业都可以让人走得很远很远,几乎每种职业都可以用魅力或习惯吸住你,几乎每种职业都不是用常人的一生所能穷尽的,除非天才。所以天才一般都死得很早,上帝说,你已经穷尽了,你必须结束。所幸,我直到现在还不是天才,所以我还能活着。

可是我对我的职业已经开始有了厌恶感,这当然也包括对我自己——我厌恶自己在生活中扮演的这个角色。我当初肯定是有意识去这么做的,渐渐不知不觉地就扮演到了这种地步。现在,我停下来,回头仔细地审视着过去的一系列的自己,有时偶然能听到一些断断续续的自言自语,那好像是说:"我该怎么回去呢?"

回是回不去了,这我知道。人生才是真正的过河卒子,只有拼命向前;向前是向哪儿?终点当然都是死亡,谁也别想悔棋。

就这样,我们对很多东西无法选择,不仅是职业,我们鬼使神差地被固定在世界的某一点上,单线条地过一辈子。这不,我又到伊犁来了,伊犁还是伊犁,而我已经非我。我像一个和从前的我有某种契约关系的别人那样。我面目全非,心态大异,我和原来的我之间相差了十年二十年的漫长人生经历。我现在的容貌气质也和从前大不一样——我有时十分惊异的就是,人们怎么竟然还能够偶尔把我认出来呢?这的确是一桩奇怪的令人百思不得其解的事。

二

我到伊犁来过三次,每次都能非常强烈地感觉到某种异样的冰冷和温暖。这不是伊犁的自然所传达的,伊犁的自然环境永远有着它刚健的妩媚;也不是伊犁的风俗所赋予的,伊犁的风俗民情是全中国最有味儿、最鲜明也是最幽深的。某种异样的冰冷和温暖,是伊犁州府所在地的伊宁社会散发出来的、像气味一样无法看清的面部表情。这里含有风景这边独好的骄傲和自负,也带着边陲重镇见多识广对什么都不再以为然的轻漠,同时还有点儿新疆人"我不尿你"的特殊心态。

这也许没什么大不了的不好,可能每一个地方都有那么一点排他性以显示自尊。伊宁也不例外,只是稍稍有些露骨。然而很快,当你一旦深入进去,这种社会组织呈现出来的态度很快就会被它卓越的自然风采和宁静的民间情调所融化。

因此,伊犁具有非常鲜明的三种层次:官方的,民间的,自然的。虽然这三种层次(我竟然也用了这个时髦得发霉的词汇,请读者原谅)在当前任何地方都存在着,但是似乎哪儿也没有伊犁表现得那么鲜明,那么诗意,那么独立成章而又混合为一体,像是一支变奏着三重旋律的乐团。它们分别代表着三种象征,即现实、历史和永恒。这三种时间概念如同三种颜色的水在同一河床里流动,使伊犁显得比别处丰富多姿,使伊犁有一股缓慢舞蹈着的移动感。它仿佛随时都在消化掉尘世的噪音和骚动,又随时都在制造着当代的律动和尘土。它的现实因此蒙上一层恍惚的意味儿,有隔世之感,一切活动的事物都有顷刻滑入变成风景的危险。

它是个供人观赏的旁观者,是个把历史无意中写在脸上的现实主义者,是个不受理论指教的随遇而安的会过日子的古典艺术家(请允许我姑且这么说说)。其实我也知道,想把伊犁弄清楚或概括出来这种事,完全不是我这种没知识的人所能做的;我之所以使用了"层次"、"历史"、"永恒"之类的词,完全是为了文字显示的庄严性,真正的意思我完全不懂。假如有人一定要我解释这些词,我就要责怪他。

我刚才说过我到伊犁来过三次,这三次之间相隔的时间依次递减。不知这里面含有什么象征意味儿或命运启示。总之,给我留下的最简练的印象是:第一次我丢失了一个皮箱,第二次我被一匹拉套的马磨破了屁股,第三次就是这次,我觉得伊犁不太喜欢我。虽然我写出过"伊犁河是我的河"这样英勇蛮横的诗句,当时,这句诗像名言一般不胫而走，震慑住了不少善良小心的灵魂，但我今天为它羞愧。我为我年轻时的无知而羞愧，即便人们没有责怪我，那仅仅是因为人们的宽容和健忘，但是自己，难道也应该是宽容和健忘的吗？

羞愧，就是对过去肤浅的狂妄所付的代价。我羞愧了，但我却决不因此而去修改我的这句诗，这句诗所贡献于世人的并不是它的真实程度，而是它强烈的自尊态度和对生活有力的拥抱。诗就是这样，一方面忍受着现实无情的嘲弄、践踏，另一方面又以它强有力的攻击力在倏忽之间命中庸人世界的灵魂。诗是没有等级的，它没法相当于哪一级，因为它本身就同时拥有了最低贱和最高贵这两级。它唯一的生命力就是它有一颗真正自由驰骋的心灵！因此，蔑视诗是一件容易的事，它要比蔑视金钱、权利、汽车、房子以及豪华酒吧等等东西容易得多。当今为什么会有那样众多的无知的豪杰、轻浮的妄人一致把自己嘲弄的矛头指向诗并进而指向文化就不是一桩难理解的事了。

有人对我说，其实你的散文比你的诗好。

我理解这种称赞并且也相信，因为我的散文是站在诗的肩膀上的。我花了二十年，经历过痛彻心脾的疑惑、思考、实践、寻找，而终未能真正完成诗。那是因为在诗的领域内，我的对手太强了，他们以惊人的洞察力和才气及对现实的直觉把握向我摆出一个又一个阵势，尽是些我前所未见的棋局。

我感谢他们——这些未曾谋面的影子对手。他们帮助我战胜了一部分自己，同时也使我享受了一段时间的散文领域里的轻松自由。懂得感谢高明的对手，这可能就是绅士精神，是人的自我观照态度的一种进步，较之对对手的嫉恨、偏见、死不服气、打肿脸充胖子当然明智坦荡了许多，因为后者不过是文场中的牛二或王妈。不行就不行，这没什么可耻，可耻的是不行还硬撑，还装得挺行，还进而要领导别人。

十亿中国人里没有不行的，这真是当今一大令人恐怖的社会现象。我不懂为什么这现象还没有成为当今的"热门话题"，现在的"热门话题"总是离每个人的痛处太远了些。

三

写到这里，我耳边已经警铃般地响起了某些文学内行的急躁指责声：

——你已经离题万里啦，这难道就是你所谓的"伊犁秋天的风景"吗？

——请问，你这究竟是杂文呢还是创作谈？散文难道是可以这样随意东拉西扯的吗？

我本来想回答一下，但我假如一回答，这篇文字就多了一条不像散文的理由——成了答客问。何况这问题原本是不值得回答的。倘使我能使多种文体熔于散文，那是我的造化。至于伊犁、秋天、风景，我写的不正是这些吗？我写得如此丝丝入扣，文风严谨。我所展现的一个人的内心的风景，我甚至还要倾听风景的独白，追忆河流的往事，模糊时间的视线和撷取暴雨的花朵……我有一支听话的笔，它一旦在稿纸上任性起来，就是一匹天生奔放的神骏，颠跑、奔腾或弹跃，都浑然自成为美，精神若有神助。它似乎凭着天性的力量就可以踏着现实的头顶飞跃过去。

可惜……的是，我快老了。

中年是一个异常痛苦的年龄段，是个转换得难以适应的时期。成熟是需要适应的。人的全部思想和才情都不过是肉体的"这一个"在发展过程中的产物。谁能听到秋天的叹息？谁能懂得秋天苍凉的表貌后面隐藏的内心裂变？谁又能破译生命在秋天发出的低语呢？

每一片落叶，都曾经历了繁华的季节，饱尝了生长的过程，欣赏或被人欣赏，残缺或完美，承受光芒或迎接风雨，被全部天空和大地照耀、养育，每一片叶子都是珍奇的。每一片叶子都是一枚由自然精心铸造的金币，在万物中发行。可是谁曾珍视过它呢？

现在，它飘落了，告别母体。

谁又能听到它断裂的一瞬间发出的惊叫声呢？

四

这里就正是秋天。

它辉煌的告别仪式正在山野间、河谷里轰轰烈烈地展开。它才不管城市尚余的那三分热,把那一方天地搞得多么萎蔫憔悴呢,它说"我管那些"。说完,就在阔野间放肆地躺下来,凝视天空。秋天的一切表情中,最核心的就是:凝神。

那样一种专注,一派宁静。

它不骄不躁,却洋溢着平稳的热烈。

它不悲不怨,却透出了包容一切的凄凉。

在这辉煌的仪式中,它开始奢侈,它有了一种本能的发自生命本体的挥霍欲。一夜之间,就把全部流动着嫩绿汁液的叶子铸成金币,挥洒,或者挂满树枝,叮当作响,掷地有声。

谁又肯躬身趋前拾起它们呢?在这样豪华慷慨的馈赠面前,人表现得冷漠而又高傲。

只有一个孩子,一个女孩子,她拾起一枚落叶。金红斑斓的,宛如树的大鸟身上落下了一根羽毛。她透过这片叶子去看太阳,光芒便透射过来,使这枚秋叶通体透明,脉络清晰如描,仿佛一个至高境界的生命向你展示了它的五脏六腑。一尘不染,经络优美,"呀!"那女孩子说,"它的五脏六腑就像是一幅画!"

还有一个老人,一个瘦老头,他用扫帚扫院子,结果扫起了一堆落叶。他在旁边坐下来吸烟,顺手用火柴引着了那堆落叶,看不见火焰,却有一股灰蓝色的烟从叶缝间流泻出来。这是那样一种烟,焚香似的烟,细流轻绕,柔纱舒卷,白发长须似的飘出一股佛家思绪。这思想带着一股特殊的香味,黄叶慢慢燃烧涅槃的香味,醒人鼻脑。老人吸着这两种烟,精神和肉体都有了某种休憩栖息的愉悦。

这时的每一棵树,都是一棵站在秋光里的黄金树,在如仪的告别式上端庄肃立。它们与落日和谐,与朝阳也和谐。它们站立的姿势高雅优美,你若细细端详,便可发现那是一种人类无法摹仿的高贵站姿,令人惊羡。它们此时正丰富灿烂得恰到好处,浑身披满了待落的美羽,就像一群缤纷的伞兵准备跳伞,商量,耳语,很快就将行动……大树,小树,团团的树,形态偏颇的树,都处在这种辉煌的时刻,丰满成熟的极限,自我完美的巅峰,很快,这一刻就会消失,剩下一个个骨架支棱的荒野乞者。

但是树有过忧伤么?

但是树有过拒绝落叶的离开么?

当然没有。它作为自然的无言的儿子,作为季节的使者和土地的旗帜,不准备躲避或迁徙,这是它的天职。

当我们在原野上看到一棵棵树的时候,哪怕是远远地,只看见团团的、兀然出现在地面上的影子,我们也会感到这是自然赐给我们的一番美意。当然随之我们就会遗憾太少，要是更多一些该多好，要是有一片森林该多好！但是毕竟是因为有了这几棵树才引起我们内心更大的奢望。

对森林的奢望，恰恰反映了每个人对远古生活本能的回忆和依恋。

荒野是那么寥廓。

荒野上的道路是那么漫长。

原先驻守在这片荒野上的树呢？它们曾经无比强大，像一支永远不可能消失的大兵团。密集的喧哗的笑声，仿佛在嘲笑一切妄想消灭它们的力量，而且它们拥有鸟类和众多的野兽，这些鸟兽类也不相信森林会消失。

但是时间被人利用了。

时间使人成了最强大的。

人类坚持不懈地努力着，一斧头砍死一棵树，就像杀死一个士兵，最终，整个兵团消失了，连骨头也不剩。

后来的人，谁还记得荒原不久以前的童话吗？关于树的呼吁已经很多了，我不打算重复了。我只是觉得，树在中国北方像流窜深山的小股残匪一样悲惨。

我忽然想到，当地球上砍伐掉最后一棵树的时候，人类肯定是更发达、更神奇了。但是那时人类将用什么办法复制一棵树呢？复制一棵真正的树——会增长年轮的、会发芽、开花结果、叶子变成金币自动飘落的树——假如有谁可以做到，那无疑会成为科学史上的崭新一页。

但那将是多么滑稽的一页呀!

因此,对树充满敬意吧——从现在就开始,对任何一棵树充满敬意,就像对自己的上司那样。

五

这纯粹是一次秋天的散步。

倘使把城市当住宅,把自然当庭院,把一年当一天,那么,这种散步该多么有趣,多么必要。人们每天散步,我每年散步。

我愿意以散步的方式徐然缓行,或低头漫想,或凝神远望,虽然我并不能望到什么和想清什么。高瞻远瞩是伟人的事,计上心来是小人的事,都与我无关。我是凡人。在不冒充伟人和不冒犯小人的前提下,我喜欢独自散步。这是一种多么难得的自由啊,因为二十年前,就在伊犁某部农场,我曾经在"不许离开营房25米外散步"的禁令下生活了一年多,这使我略微知道了自由是什么意思。

这样散步挺好。

通往博乐的那条三十公里岔道,可以当作一条通往庭院僻静一角的幽径。

昌吉呢,是从住宅走下来时的一个台阶。

到了石河子，就算台阶走完了，踏上了出入庭院的主道。

果子沟应该是院中的一座保留完好的、长满了自然植被的小丘。

赛里木湖这一小池水，在院子里保持着它的清澈和生机。

牛羊、马匹、骆驼、狗和毛驴，是你在散步中遇到的蚂蚁和小昆虫。

只有太阳是原来的，只有月亮是原来的。

这样散步挺好。

我已经过了奔跑呼喊的年龄，我说过，我有些老了。老和不老不完全表现在年龄，而有时表现为步态——人生步态。

散步就是一种渐入老境的形态。

不再匆忙，紧张，拼搏，追求或探索什么了，已经经不起激烈方式的折腾，受不了热火朝天的刺激；什么男子汉啦，什么西部啦，让人眼晕得厉害；或者有没有现代意识，具不具备成为大师的条件之类的全方位检查，也让人不胜其深重。

成了又怎样？不成又怎样？天底下的章法多得很，你有你的通行证，他有他的护身符。兔子和乌龟赛跑，兔子永远是失败者而乌龟永远稳操胜券。为什么？因为兔子要睡觉而乌龟不骄傲——这就是辩证法。

兔子和乌龟赛跑本身就是可笑的,你不跟它赛不就完了吗?

不行,据说乌龟要缠着和兔子赛跑,你不赛它就咬你的耳朵——这叫兔欲静而龟不止。

最好还是去散步。

在历史上已经著名的散步不少了:

"莫听穿林打叶声,何妨吟啸且徐行,竹杖芒鞋轻胜马。谁怕?一蓑烟雨任平生。"

这是苏东坡的散步,放达潇洒的失意者,外表的泰然掩不住内心的慷慨激烈,这就叫本性难移。东坡大才,气贯长虹,他的全部失败就在于他不善于掩盖自己的强,即使散步,他也势如奔马之惊风。

还有一个孤独的散步者,他是在另外一块大陆上散步的,他叫卢梭,他的那本题为《一个孤独的散步者的遐想》的书,是值得妄图弄清自己灵魂的人一读的。他这样说道:

"我准是于不知不觉中完成了一个跳跃:一个由清醒到昏睡,抑或更确切地说,由生到死的跳跃。我不知怎么越出了事物的正常秩序,兀然堕入莫名其妙的混沌中,在这一片混沌中,我什么也看不见,我越是琢磨我眼下所处的位置,我就越不能明白我身置何处。"

看来，不论是东方的还是西方的散步者，都不像竞走，都同样是一副随意而松弛的步态。

在身体放松的时候，思想才有可能四通八达，飞驰狂奔；相反，身体高度紧张如短跑时，思想便集中成一个简单的念头。

散文就是文学中的散步。因为它最平常，最自然，也因为谁都会。散步散到被认为炉火纯青的地步就变得非常困难——除非那人的步态丝毫也不造作和摹仿别人，而且在简单的散步中便可显示出深厚的训练。

相比之下，诗是追逐灵感时闪电般冲刺的短跑或者使速度在一顿时产生的转换、跳高或跳远。而散文是散步。散步没法比赛，却更无拘无束，有益身心。（这种比喻显然不是定义，勿信。）

秋天是适宜于散步的季节。

六

应该让思想的水散漫成湖，特别是当你处在人生的秋天。

让溪流聚集起来，让河水交汇起来，让雨水或雪水贮蓄起来，根据地形自然的状态，造成一个非人工的海子，那就是湖。

湖不是海——它没有那么伟大；

湖也不是水库——它要柔和自然得多。

一般说来，它躺在那儿，有一种女性的味道。这除了因为它美，还因为它使周围变得潮湿了一些，滋润了一些；更因为它使天空也变了，变得涂上了一层神秘的蓝；使近处的山呈黛色，阴坡的松林幽静；使远处的山白发肃然，如老翁之守处女洗浴。

一般来说，它躺在那儿。

它不像山那样远远地就跑过来迎接你，而是躺在那儿，等着你突然发现它。它喜欢静静地微笑着看你吃惊。

一般来说，这就是赛里木湖。

一个思想就应该是这样，经过无数条水系的源源不断的补充，经过地貌之下的颅骨加固合拢，就这样自然而然地，形成了一个圆或椭圆的、深邃的内陆液体领域。

思想之所以称为思想，就因为它是圆的。从它的任何一点出发，走完全程终点都复合在起点上。所以，思路是细长的，思绪是云烟状的，想法是呈尖锐三角形状的，灵感是狭长闪电状的，而重大的灵感接近思想，故呈球状闪电。

瞧，被称为思想的这个东西有多么深邃，同时又有多么清澈透明！

它深邃到使人不敢轻率地去游泳，仅只挽起裤腿在岸边浅涉一番，就足以使人领略到它的内涵，它强大而令人畏惧的吸力；而它的清澈透明，则让人一望见底却倒吸一口凉气，那见底的明澈里，反射着无数层游动的光影、光环、光斑，造成无法分辨的幻象，使真实与虚幻浑然一体，因而更加捉摸不清。这是那种比浑浊更深奥百倍的明澈！

赛里木湖——多美的名字！

这名字本身就有一种清澈的深邃，有一种高雅的韵味，有一种特殊的蓝，令人心醉。

你是伟大的海洋在撤离时留给伊犁河谷的一滴巨大的泪珠。汪汪的，闪闪的，既像美人腮边泪也像英雄颊上泪，刚健而又妩媚。

你就是我们的海。在亚洲腹地远离海洋的地方，你给了我们一个海的缩影，一个海的模特儿，让我们按照你的面貌在想象中放大去理解。因而，你又是本关于海的初级教科书。

当我们散步在你身边的时候，可以看到成群的水鸟翩飞降落，成为浮动在水面的一片黑点，同时浴着水色和光影。身材修长的马正垂着颈，披着头发，小心翼翼地亲吻你的水面，唯恐不慎弄皱了你的面容。

你与牧人的世界如此和谐。他们爱你，你也爱他们。你从不曾因为他们贫穷而鄙弃他们，相反，你把自己当成他们当中的一员，和他们气味相投。你就是在他们当中找到平静的，你必须平静才能生存下去，而这，只有牧人才能给你。那些城市里的"湖"，你当然知道它们的窘状和自得难解难分，它们是供人娱乐的一池，而你，才是真正的湖。

总是这样，在远离喧闹的地方，思想默默地积蓄、沉淀，变得清澈起来，辽阔起来。

所有的游客和路人，在你的身边赞叹，夸奖，似乎在这片刻，你成了他们的一样东西，而与牧人毫无关系，然后，他们拍拍屁股，驱车远去，你仍留在牧人身边，谁也带不走你。

在众多的游客和路人当中，有人感觉到一丝惭愧吗？面对你，有人照到自己灵魂深处的弱点吗？若有，他可能会想到这些。

赛里木湖，人们是多么肤浅又多么自以为是呀，我愿意代替他们向你道歉，说："我们对不起你！"

它听也不听。

脸上犹自泊着宁静神秘的微笑。

七

斧头向树借一根斧柄，
树便给了它。

形状美观的，裸露的，青白的武器，
从地母的内脏中伸出头来，

木质的肉，金属的骨，只有一个肢体，
只有一片嘴唇，
……

　　印度哲人和美国热情洋溢的泥水匠诗人，他们两个究竟哪个说得更对呢？倘使是矛盾的，为什么两个都让人感动呢？
　　一柄斧头。
　　一个最初的人类用来改造世界的孔武有力的武器。
　　慈悲的佛祖的使者，东方白发蟠然的诗歌圣人向我提供了前者——一幅可怕的图画。斧头的柄是向树借来的，然而斧头消灭了树。这是一个阴谋，树明明知道，还是给了它。庞大的千年古树般的东方文明，在小小的"一片嘴唇"下无可奈何，轰然倾倒。这是东方近百年来的悲哀。
　　那个身穿紧身工装、头戴草帽的美国劳动者呢？他才不管斧柄是不是借来的呢，他浑身洋溢着乐观蓬勃的活力，他热爱开拓，他歌唱斧头，他赞美用被伐倒的树建造的崭新生活。从某种意义上说，他就是斧头，他偶尔也会有些伤感，断断续续，但他总的来说是进取的，轻装前进的。
　　树和斧头各自唱出了自己的歌，组成了人类完整的声音——多么让人哀愁又多么让人振奋！
　　诗人们！
　　假如你是树，你就不要伪装成斧头。

假如你是斧头,你也不要伪装成树。

这是我在经过果子沟时想到的。
果子沟是个树的乐园,因而容易让人想起斧头。

八

我在想,我以前来过这里吗?

我若来过,为什么我对这一切那么陌生,感受和理解会如此地迥然不同?我若没来过,那就怪了,难道过去的记忆是一团无从证实的梦?

过去的事情一旦过去了,就和从没发生过一样,除了记忆留下一些斑驳的年久失修的印象,一切都无从考证。大地不会做证,它不会记得你的名字和脚印;湖泊也不会,它给过渴饮者一捧水,过后就忘了。

你只是你,形影孤单。你以为你有过去,你匆匆跑来寻找,过去没有留下一丝踪影,它悄然飞走了;你以为你有将来,将来藏在你的眼前,你却徒劳地向前伸出手总也抓不住。

你蓦然明白,这一刻你才是真实的,除此而外你根本不拥有任何时空。而这一刻也在消失,剥落,衰亡,你只是一个可怜的小点,被无形的力量推动着,也被无形的轨道制约着。

你用手抹了抹鼻子,有点怆然。

"我就这样被注定了吗?"你心里喊了起来。但是徒劳,所以第二声你就没喊。有许多东西,人是无法想明白的,就像一只羊永远不能弄清它的命运一样,否则它首先会用绝食气人。

因为你无法漫长下去,你无力拒绝时间分配给你的那一小段,这就是人生最大的局限。你要是根本不想这件事那就好了,生老病死,人之常情,大家都一样,也没专门亏待你。可是你偏偏放着大家都想的事不好好想,专爱想别人不想的事,这就是你的毛病。

你轻视现实,就必遭现实的惩罚。

你钟情历史,却不见得能获历史的青睐。

为什么?这不是太不公正了吗?

得,这又是你的傻处了。现实翻过去的那一页日历叫什么?历史。你——一个自以为聪明的书呆子,正自寻烦恼。

睁开眼睛看看吧,伊宁已经快到了。热气腾腾的现实生活正在展开,它像刚切开的西瓜那样鲜红水脆,也像刚出笼的烤包子那样暗香浮动。

饿了吗?

嗯,饿了。

历史不再需要吃饭,思想却会和肚子一起挨饿。

吃饭的时候,幻象消失了。一切都很真切,喉咙在食物的刺激下发出震耳欲聋的声响,胃像水母般欢乐地舞蹈起来。我听见我生命的全体部属、全部细胞都活跃、行动起来,这些亢奋的子民齐心协力地发出呼喊:食物万岁!

这时候,思想睡着了。

九

在雪岭宾馆的电梯旁,我碰到一个人。

那人有一张窄长的脸,还有一对发黄的略含悲伤无告的眼珠。除了头顶没有生角和下颌没有蓄胡子,那张脸很容易使人联想起一只山羊的脸。

"嗨,是你吗?"我走过去拍了一下他的肩膀。

"难道是你吗?"那张脸惊愕了三秒钟,突然松弛下来,笑了。

我们都忘了对方的名字。

但是我们都在一瞬间分辨出了对方那张久经岁月摧残而不折不挠的脸孔。

记忆真是奇怪而伟大。它总是能记住一些更本质的东西,不管那本质怎么变化;却抛弃掉那些看来重要而实际上不过是附加的东西。

我们坐下来,仿佛有一些话要说。但是我们都小心地避开对方的名字,装出这不是个问题的样子。可是我们的谈话似乎没法集中,两个人都有些心不在焉,好像一边走路一边老是左顾右盼寻找什么东西。

原来我们都在极力想对方的名字。

其实，二十年前我们在一间屋子里生活了整整一年多，一块吃饭，一起劳动，一起经历了从冬天到春天的全部季节，一同经受了当时政治风云毫不留情的打击和重压。有一个夜晚，我们一起听到了"林彪出事了"这一令人目瞪口呆的小道消息，那是一个神秘而恐惧的夜晚，我们一起不知所措了一整夜……那正是在伊犁巩乃斯草原的时候，伊犁的岁月和这张脸有密切的联系，可是，他叫什么名字呢？

那时我记得他会说汉语，现在他反而不太会说了，夹杂了很多维语。我说你怎么搞的？他说他忘了。

他说听说你现在当了"斯人"了。

我说，是"夏伊尔"么？

山羊笑了，你的维族话很好。

我说，好个屁，我这个大学中文系的毕业生就记住了这一个词，诗人。

然后，我们没有更多的话好说了。

再然后，我们匆忙地互相留下地址和房间号，告别了。

这一点都不奇怪，我们谁也没从对方身上找到什么，我们虽然有一段共同的日子，却各自怀有不同的记忆。两个记忆像两部电影，环境一样，主人公不同，而且是两种语言的版本。

山羊上了电梯。

我上了汽车。

在汽车里我一直在使劲地想他的名字,他叫什么名字来着?那是个非常熟悉的、一天到晚叫无数次的名字,那个名字是这张窄长的脸孔在社会组织中相应的符号。

我终于没想出来。

十

那天早晨起来,她突然问我:

"昨天晚上你梦见什么了?"

她眼睛里有一种狐疑,带着审查的味道。我有点紧张。我觉得仿佛她昨晚站在我的梦境边上看清了一切刚刚回来,她好像比我回来得早,看到我醒来,就问了。

她是怎么过去的?一个人的梦境肯定应该比国境难逾越得多——虽然没架铁丝网。她是怎么过去的?她窥见了什么?

我有点紧张。我想,梦怎么能被人看见呢?怪了,梦难道可以拆看吗?而且我仿佛记得宪法里有一条,就是保障公民的做梦权不受侵犯的。可是……现在她一问我,反而让我感到无地自容,我觉得她问得义正词严,很有必要,我觉得她问我梦见了什么是她的权利。

梦是不可告人的,因为它和白天的现实是那样矛盾。

它完全不受理性、品质、思想等东西的操纵，它是荒诞的、无逻辑的，甚至是下流的，因而它只配在夜间、在睡眠状态中出现。梦有一座神秘的舞台，它只让一些小偷似的鬼鬼祟祟的演员恍恍惚惚地演一些荒诞剧，没头没尾，只是一些片断，而且无法搞成连续剧。

在那个世界里，理智被唾弃，道德被扔进垃圾堆里去，界限消失，神圣的篱墙被拆除。

你弄不清为什么在厕所、澡堂这些严格划分性别界限的场所里，竟然男男女女进进出出习以为常？你窘迫极了，这时恰好进来一位平常熟识的女同事，她蹲在你旁边，扭过头来笑着问你借手纸。

还有，你光天化日下在熙熙攘攘的街市上走着，可是一低头，突然发现你忘了穿衣服，全身一丝不挂。你想找个墙角赶快藏起自己，才发现周围没有人对你大惊小怪。

……这就是梦。

但是我想了想，昨晚我睡得很平稳，没有一丝梦的残片。我已经很久不做梦了，我有时甚至怀疑过自己是不是已经丧失了做梦的能力。我对她说，说得很肯定：“我什么梦也没做呀。怎么啦？"

"那你为什么在梦里哭了？"她说，"哭得很伤心。"

"啊？"我惊愕极了。

我拿过镜子，看着自己。脸上没有泪痕，眼睛黑白分明，没有任何哭过的痕迹。我很坚强，鼻梁挺直，眉骨高耸,面部棱角凌厉,嘴唇薄滑善辩,哪儿像个刚哭过的人呢?

对天发誓,我确实没有梦到过什么伤心事,而且,我似乎什么梦也没做过。

可是为什么会在梦里哭呢?

整整一天,我都在想这件事。

后来,我想起来了,昨天晚上是有过一个梦。一想起来,就觉得那梦境很清晰了,它非常简单:

我和一个写小说的朋友摔跤,他先摔倒了我,我一用劲又翻了过来,骑在他胸上。这时,我咳嗽了一下,有一口痰涌在嘴里(梦里我还想到了这是因为吸烟太多的缘故)。我不想吐在地上,我害怕把地搞脏。我四下张望着看有没有痰盂,我没找到痰盂。

这时,我看见了他的耳朵。

我觉得挺合适,就把痰吐进了他的耳朵里。

这是一件很滑稽的事对吗?

可是她说我在梦里哭了。

十一

在广阔的草原上驱车奔驰,那是一桩最没有压迫感的事情。

特别是当草色还没有完全憔悴,特别是当起伏的低岗下、道路旁、屋舍外出人意料地长满了茂盛的树木，特别是车子绕过了一座矮矮的山岗，出现一大片坦荡美丽的河谷，特别是在这片河谷里躺着一条无声蜿蜒的河流——伊犁河。

见到河流或想起河流，都是令人愉快的事。尤其是见到那种著名的河流，就像是见到一位著名的人物，你总是容易激动起来，急切地想看到些什么，证实些什么，进而获得些什么。

这条河就是这样。它著名，它的名望使人容易和一位出身农村家庭的未经多少打磨而以其质朴天才震撼整个舞蹈界的小姑娘联系起来。

它不是那种伟人一般的河，这说明。

但是这个小姑娘在她的条件下所展现出的丰富、完美、超出一般的想象力的程度，却比那些在一定历史条件下应该做到而没有做到的伟人一般的河流更让人钦佩、喜爱。

它不算太长，因而它曲折回环的舞姿更紧凑，更能让人看到全部过程。

它的水色不是那种清澈得像泉水一般的，也不是浑黄奔泻的，而是灰白色的。二十年来我每次看见它都是这种颜色，灰白色的。

这就使它像个不懂得化妆的美村姑，它依靠本色，依靠它和土地之间的相互养育，还依靠头顶的这块晴朗蔚蓝的天空的映照，使它保持着平稳而充沛的水量。从不见它干涸。

伊犁河不仅仅是单独细长的一条河，这是它了不起的地方。它成了一个系统，一个影响着周围事物的活物，它把周围的一切都纳入了它，成了它的一部分。

比如，天空是因为它才这么蓝的，要是没有它，天马上就变成灰色的。

比如，河谷和草原是因为它才这么茂盛兴旺的，不然，立即将成为沙漠。

比如，村舍、房屋、房屋前的长廊、窗饰的雕刻、庭院里的夹竹桃花、地毯和壁毯、铜壶和银具。

还有那些沿岸生活的人，你来的时候他们那种平稳的表情，你去的时候他们那种平稳的态度，孩子们的笑声，妇女们走路时的姿势以及所有的居民过日子的那种安详，这一切都因为有了它，都因为是它的组成部分，它给了他们韵调、情趣、平稳而充沛的生活态度。

他们是它的风景，因它而贯穿流畅。

这种河，它就是那种喜欢在沿途画油画的河。它的灰白色的河身像是镀着一层日光似的，游动在草丛里，草丛吸收了它的声响，使它看起来性格内向，像灰白的蛇一样无声、灵活。

蛇其实是很美的，特别是泛着灰白色月光的这条大蛇，滑动，轻盈，缓缓扭过草原，钻入河谷，掠过村庄，爬过城市，直入国境线的那边渐渐远走隐去，谁也不惊动，不打扰……

这是一条善良的会舞蹈的美蛇，它丝毫也不阴险，只是阴柔。它把那个性格内向的农村小姑娘的舞蹈天才一直保留下来,留给所有到草原来的客人看。

你即使不喜欢伊宁市,即使不喜欢伊犁人的某些方面,你还是不能不喜欢伊犁河——说真的,你别想从它身上挑出缺点来。

十二

我也有一本自己的历史资料,那是一个巴掌大的小采访本,上面记载着1971年至1972年间的片断日记,蝇头小字,整齐而生硬。

小本的封面上,贴了一帧"金鹿"牌香烟盒的商标。里面不时有些从"上海"烟、"中华"烟、"飞马"烟盒上剪下来的商标,还有一些糖纸也剪下来,做了插图。

翻看了一下,几乎找不到自己的影子,看不见一点儿真实的农场生活。那时我26岁了,我为什么那么愚蠢?为什么连自己度过的真实生活的一点片断也记载不下来呢?我的小本本本来就像一个五平方米的地窝子那样空间狭窄,里面却抄满了导师、领袖和某副主席的讲话。

夫以五千之卒,敌十万之军,策罢乏之兵,当新羁之马,如此而欲图存,非奋斗不可。
——毛主席青少年时代论体育

> 作文出一个题目,一千个人有一千个作法。所以,不要迷信什么框框,要敢于创造,根据革命斗争和群众生活的需要,在不断实践和不断提高中,形成自己独特的风格。
>
> ——某副主席谈写作

当然,里面也有一点点零碎的个人感受记录,但极少,有些只有自己的记忆可以补充,像备注似的。

这是一节耳朵听到的:

"听一位维族果农在园中唱歌。大约是什么民歌,词意是:爱情是什么?——两个青年的春天。"

还有一节眼睛看到的:

"黄昏时分,在去苹果加工厂的路上。衬着灿烂的夕阳余晖,从过人高的草中缓缓地'游'过来一匹白马。那白马望见汽车,一声长鸣,追赶起来,满车为之欢呼。"

(备注:高草齐胸,风吹如浪。马行不见腿蹄,故用"游"。此字甚妙,可惜从高尔基某篇小说中袭来,特说明。)

另有一则记人的:

"哈勒克,这是一位林区工人的名字。黝黑的脸像鹰一样坚韧,腰间插一把匕首。无论什么时间卸车,他都会出现在楞场上。原木在他手里驯顺地转动,变得像小孩手里的积木。"

(备注：记得那是一个神情阴郁的人，浓眉，眼窝深，目含杀气；却从不多说一句话，对人恭顺避让，只埋头干活。他很容易让人想起南斯拉夫一部电影里的那个阴沉的杀手，别人问他的上司："他会笑吗？"）

最后一段记了这样一件事：

"六班班长、原政教系学生吕继烈因病于8月5日去世，享年28岁。据说临死前，意志很顽强，表现了一个优秀共青团员的革命精神。"

（备注：吕继烈，面白、肩宽，瘦高身材，系烈士遗孤，故名继烈。因学政教，又年龄稍长，故较一般学生老练，常含笑，不多语。任班长，已负有学生最高职务，因为排长以上均由军人担任。此人根红苗壮，属于难得的可以信任的学生干部，虽已腹痛难熬，仍坚持带领一班人忘我劳动，拼命锻炼改造。后，腹病甚剧，便每日取一土坯，在炉上烘热，揣于腹前自镇；又后，数次请假去师部医院疗救，未获准；有次得机赴医院看之，被军医反馈回连队曰"害怕劳动装病"，于是该连指导员郑万和便以阶级斗争新动向的社论体口气在晚点名时不点名地点出，尖唇利齿，含沙射影。自此，吕心生腹诽，沉默不言，再不含笑，坚持劳动如常。忽一日，倒地打滚，不像装的，送师医院抢救不及，死了。死后，全场开追悼会，副师长华某亲临讲话，面目阴沉如临大敌，讲话中有一句至今记得，"不许借机闹事"云云。）

那就是26岁的我记录的生活,可以说,我那时已经非常老练,我的日记无懈可击,比社论还正确;随着以后"革命形势"的变化,我在"某副主席"的姓上补划了×,这就更正确了。

可悲的是,我等于什么也没记。

"梦!永远是梦!并且,心灵越是充满妄想,梦幻越是把它和现实远远地分开。"

我想起波德莱尔这句话,口中充满了苦涩的滋味儿。

十三

在伊犁草原上,毡房是相当分散的。

毡房不是村落,它总是孤独的,像是在躲避什么。它总是散落在一些很远的、不容易找到的地方。

但是你知道的,远道来的客人在当地人的陪同下,又总是能够找到它们。在世界上,谁也藏不住,这你知道。

有一个节目要在这里上演,一个对城市人十分有趣的、难忘的节目要上演,谁也无法推辞,所有的毡房都知道,这件事它们都懂得。

会在某一天,某一个时辰,这说不定。草原孤独的角落响起喧哗声、谈笑声和汽车引擎的声音,声音混合成一股力量,向毡房走来。

一般来说,狗会先叫的,但是很快它就理解了主人的呵斥，知趣地走开，卧在一辆木轮车下。

一般来说，羊群开始交头接耳了，当然声音很低，不会让客人听见，羊只们开始预感到某种不幸。

一般来说，毡房的门帘将被掀开，客人们互相谦让一下，便走进去，踏上花毡，盘腿而坐。客人们开始谈一些离毡房十分遥远的事，开始喝茶，互相让烟，然后很耐心地等待着什么。

毡房的主人全数到了外边，只有两个妇女进进出出。她们为客人烧奶茶，一碗接一碗，一般来说，她们不插话，态度谦恭但是不笑。她们并不非常热情，但没有失礼的地方。

大约要过很久，正式的节目才会开始——一只刚宰的煮熟的羊会用托盘送上来，客人将发出一阵欢呼，仿佛他们没想到节目会是这样精彩，其实他们心里有数。于是，一场吞食肥嫩羊肉的表演开始了，只不过是，这是客人向主人表演。

主人们看大家吃得兴高采烈，似乎表情也有些开朗。这时，客人招呼主人一起来吃，主人有些羞涩，似乎不好意思。一般来说，他们只吃一点，而且是边角料。

最后，当节目演到尾声，客人纷纷起身，临别时会说许多比刚宰的羊肉还新鲜美好的语言，一般来说，是这样一些话——

"欢迎你们到北京的时候来我家做客啊！"

"亲爱的朋友，你们真是我的好兄弟！"

"各民族大团结真好啊!"

"到了乌鲁木齐不到我家,我可不高兴!"

但是,一般来说,谁都不会记住对方的名字。对于毡房来说,所有的客人都是一个人;对于客人来说,所有的毡房都是一回事儿。事情就是这样,除了节目还会演出,其他的,都会被双方遗忘。

所以,毡房总是散落在一些很远的、不容易找到的地方,但一般来说,又总是能够被找到。在世界上,谁也藏不住,这你知道。

十四

有人告诉我说,他现在当了一个州的州长了。那人说,他当初和你在一个农场锻炼,你记得他么?

我说,记得,当然记得。

许多人都被我忘了,为什么偏偏记得他?是因为和他很熟吗?不是,我和他几乎很少说过话,而且也很少在一起。

但是我对他印象太深了。

那是一个哈萨克小伙子,英武,个子不高但很结实,像一个足球运动员。他有一头褐黄色的头发,脸上的线条有力而充满生气。那时,他得到一份令人羡慕的好差事,就是当了师里到农场的通讯员。他每天的任务是骑一匹快马来往于农场和师部的土路上,不用劳动。

这使他非常像个骑士。

而且他骑的那匹马简直神气透了,像他一样无懈可击,那是一匹威风凛凛的马。他每次路过我们连队时,都下马,和大伙一起聊聊。他没有一点得意的样子,而且,没有怜悯我们的眼神。他每次都潇洒地从骑士马鞍上下来,一下来,就让我们感到他是自己人。

他不拒绝我们骑那匹马,只是说,"小心点儿,它很厉害!"

马身上流着汗,弯曲着强壮的脖颈,口吐白沫恶狠狠地咬着马嚼子,我们不再坚持骑它了。

有时候,我们对他说:"表演一个!"

他会让我们把一个旧麻袋扔在地下,然后他纵马奔驰过去,一俯身,伸手拣起麻袋。大家赞扬他,他也高兴,但很得体,末了他会说,哈萨克人都会,都会这样。

那时农场的土路上,经常看见他的骑影。英俊、热情、生气勃勃的他骑在强壮的骏马背上,奔驰着,驾驭着自己的命运。我们谁也不妒忌他,每次看到他,都感到某种安慰,仿佛是一个希望仍骑在生活的背上……

有人对我说,你不去看看他吗?

我想了想,说,不去了。

并不是因为他现在地位高了我就有意躲避他,我觉得自己的心理没那么虚弱。那是为什么呢?我想了想,大概是因为担心。

我害怕那个非常优秀的哈萨克小伙子消失,害怕看到一头褐黄色的头发变成秃顶,结实的筋肉分明的脸变得臃肿,害怕看到一个威风凛凛的骑手钻进汽车里的样子……将近二十年的时间,会使许多东西发生变化。只要你没有目睹这变化的结果,那个年轻的哈萨克骑手就依然活着,在你脑子里。

你会觉得,他还是骑着那匹马,奔驰在草原的土路上——视察工作而不是送信。

十五

现在,我很想为伊犁的酒徒们写一点颂歌,也许你们不会介意,不会认为这是一篇对普通人们的号召书,更不会把这当作酒徒们的纲领性文件。

的确,他们没有委托我把他们写下来。他们仅仅是请我去喝酒,把我当成朋友的朋友,一见如故。

他们都知道李白,因而他们对不会喝酒的诗人有些犯疑:"不会喝酒还咋样写诗呢?"

他们互相望着,好像征询不同意见。

我对其中一位说,你那么能喝怎么不写诗呢?

"我们是黑肚子么。"他爽快而不无羞涩地低着头说,用手摸了摸自己的后脑勺。我看见那只手，肥厚、短粗，不仔细看几乎分不出五指。

伊犁的这一部分的著名酒徒陆续到齐了，真是济济一堂，民族荟萃，虎虎生风。酒徒的风采有如绿林好汉的聚义，个个魁梧粗壮，绝无一个文弱苍白的。他们仿佛身怀绝技，豪气纵横而又遵循着一些看不见的规矩；他们知道在哪些方面可以放肆，哪些方面决不可造次；他们当中隐约有一种排座次的东西，但是外人看不清。

他们喝得很稳，话并不多，但场面也不冷清。用一只杯子传递着喝，一饮而尽。

酒过三巡，已经有好几个空瓶子摆在那儿了。他们喝着，很少动筷子吃菜。虽然菜肉瓜果很丰富，但他们仍然吸着烟，用眼睛盯着喝酒的人，心迹不露。这是一群老练成熟的酒徒，多在三四十岁之间，像一伙能战惯斗的老兵，也像一些久经沉浮的政治家。

观察着，保持着某种状态的平衡，好像政治家等待时机，也像瞄准的人调匀呼吸的时候。

伊犁河水是怎样变幻成这种烈性、透明的瓶中物的呢？

这种清凉的液体为什么在通过人的喉咙和肠胃时变成了燃烧的烈火呢？

它为什么这么苦辣呛人而又使人渐渐上瘾,愿意为它冻卧雪地沿街踉跄呢?

在生活和命运中久经跌打的人们哪,你们为什么摒弃了软性饮料,而偏爱上了这一杯杯、一瓶瓶穿肠的毒药呢?

为什么成了酒徒?

——酒的崇拜者和忠实的门徒;

——酒的奴隶和仆人;

——酒的战败者和俘虏;

——酒的不倦的情夫和被遗弃者。

在魁梧粗壮的这些人的心灵深处,在这些貌似强悍的人心灵深处的一角,一定有一处柔弱的、稚嫩的、干涸的地方,而这地方需要用酒浇灌。

伊犁深沉的夜晚,酒徒们在传杯递盏。像一群圣徒,在长桌边围绕着耶稣。

这时,庭院里的花香气弥漫,与酒气相渗透。

远处,隐隐可以听见,伊犁河水源源不断地流淌着。

酒徒们一点儿也不比别的徒差。

他们用自己的唇舌琢磨,用自己的肠胃研究,耐心、细致、坚持不懈。几乎每一次都是失败的,呕吐、昏睡不醒,然而他们不灰心。

他们是认真的,和开会没什么两样。

成为酒徒需要天赋、深厚的功力和修养,这并不是很容易的事。在许多方面,和造就一个诗人完全一样,尤其是达到峰巅状态时,诗人和酒徒更一样——都是头脑失去正常状态的人。

为什么要轻视酒徒呢?世人!

这是不公正的。

十六

1934年时,美国诗人考利给海明威写了一首小诗,我想抄下来,作为这篇散文的尾声。

诗很短,只有八行:

> 轻率的人大踏步走到
> 尼日尔河边上河马跟前,
> 或者急忙搜索草原,
> 扒狮子的皮,这倒安全;
> 但是坐在家里的人
> 搜索枯肠,严酷而昏昏然,
> 在那儿和思想上的豺狼鏖战,
> 却非常危险。

1989年10月26日

吉木萨尔纪事

自我跨过了 40 岁这个人生刻度以后,外貌上的变化非但没能使我悲哀,反而常使我暗自庆幸。我从小眉发混沌不清,绝非智者之相,这不免使我沮丧;不料,中年秃顶竟使我额角初开天庭饱满起来,每每镜中端详自我,总觉那片茅草初开的旷地如白岩石一般醒目,反射出银子似的太阳的光芒……故而有时被女诗人赞为"智慧的白岩石"时,自觉也比从前聪明了好几倍。

但是,外貌的现代化并没有能够遏止住内心退往洪荒世界的步伐。我在精神上是衰老了,我不得不承认且哀叹的是,在岁月无始无终的攻击侵掠之下,我精神的柱子倍遭侵蚀。或许是这样:在时间面前人人平等,女人丧失的仅仅是容貌,而男人,衰老的则是内心。最近我忽然发觉,青年时期经常占据我内心的诸如梦想、憧憬等诱惑我朝前走的那些念头,全不见了。我还记得那些念头,花儿一样明媚、鲜亮,盛开在路的前头,看它们一眼就有浑身的劲头。那全是些有毒的罂粟花,火红灿烂,像血光一片。

现在我只有一种蓝色的花,在内心里平静。这种花的名字就叫回忆。我已经没有什么梦想和憧憬了,这很可悲,然而并不可耻。因为假如这个世界在你 40 岁的时候就已经对你失去了魅力,那这绝不是你的过错。我的朋友杨牧已经先我去做,他可能是比我衰老得还要快。他已经写了一本回忆录了。我读着这本长满了蓝花的棘草丛生的东西,就感到一股人生的荒凉。无论是对苦难的回忆还是对苦难的达观,苦难都是苦的。它那根本的苦味儿并没有改变。但是在回忆过去最不顺心的日子时,我想也并不是没有生趣和可爱的东西。

我讨厌那些白白胖胖却成天把痛苦挂在嘴边的家伙,好像连感觉不到痛苦也是让他们吃了多大的亏似的。他们永远不会吃亏了,他们不仅在现实中占有了幸福,也在精神上占有了痛苦,双料的占有使他们永远立于不败之地!

为此,我决计在写这篇散文时避开一切可能让读者感到晦气和压抑的东西,剥掉笼罩在那段回忆之上的政治气候的乌云,去还原生活本身蕴存着的精致、生机。

请读者相信我曾经有过的乐观天性!

黄土大道

那天,有一个人从长途班车上下来,穿过肮脏丑陋的吉木萨尔县城。他东张张,西望望,垂头丧气,两眼怅惘。然后,他走向一个陌生人,问了问路,就照直朝着那条通往乡村的黄土大道走去。

那个人就是十六年前的我。现在我还记得当时问路的两句对话。我说,"请问到国庆公社的路怎么走?"那位陌生的吉木萨尔人瞄了我一眼,伸手指着黄土大道说,"一个牛吃水端直子你就往下下吧。"我道了谢,于是就像老牛饮水一样不抬头地照直往下走了。

在十六年后的我看来,十六年前的我出现在早春的黄土大道上蹒跚而行有一种意境,有一种辉煌。很像现在时兴的某种现代画所要极力表达的意味:一个孤独的旅人带着自己被歪曲的灵魂,在空旷无垠的荒野上低头而行。黄土的道路蜿蜒曲折,迷蒙的太阳温暖淡黄……这可以是一幅黑白木刻,因而太阳就是一个黑洞,一只神秘的独眼。荒野以原始的线条粗犷地展开,那个孤独的人正置身洪荒,手足无措。

但是十六年前的我却并没有感觉到这样一幅画面。他只看到,道上留着各式各样的深浅不一的辙迹、脚印,被貌似温暖的太阳之下的寒气冻得硬梆梆的,就像一些车辙和鞋底的复印件。他一步一步地走过去,脚冻得有些痛,但并不感到孤独。田野被翻耕过,露着黑壤和积雪。天暖了,地还冷,周围还显得非常空寂。

那时我正好26岁,正好刚刚丢失了一个装满无价之宝的皮箱,我两手空空去探望已经分别两年的父母——他们已经被开除党籍下放在这儿当了两年农民。真不知道这两年他们是怎么过的。我满心疑虑地往前走,想念和悲凉把我的心情搞得沉甸甸的，怎么也快活不起来。

土路真长。在大地的这条裸露出黄色筋肉的弯曲伤口上，除了足迹的践踏，绝无植被和生物。这就是人类行为留下的走向——车辙印破坏和蹂躏的土路，它正冷冷清清的伸向远处的灰濛濛的树霭，根本没有尽头。

我又回到这黄土大道上来了，很好。

"很好。"十六年前的我像是和一个什么巨大的东西赌气似的，恶狠狠地冷笑着。心里反而产生了一股很充实、很坚硬的力量。他顺着黄土道路来寻找他陌生的家，这是人间留给他的最后枝桠，他对抗生活的最后堡垒。因此他就知道了，为什么只有在黄土大道上艰难行走着的人们才特别珍惜血亲关系和氏族力量。人间的空旷和艰难，唯有他们体验最深。他们没有社会。

他一个小时又一个小时地在这条路上走，一边走一边想着自己，想着母亲，想着这条极有人生象征意味的辉煌土路。土路的确辉煌，尤其是这吉木萨尔的土路，初春的土路。这么一条不起微尘的，纯铜一般坚硬细腻质地纯朴而且泛红的土路。积雪还在给它镶着边儿，衬出一点冷峻和凄凉；灰蒙蒙的太阳的光芒往上再一泼，那生硬的土路就仿佛要扭动起来……它诞生过你，它负载着你，在世间的一切道路都抛弃你的时候，它收留你。

他有一点感动，还有一点悲伤。他想，正是在这样一条土路上，自己曾经是一只满脸皱皱巴巴浑身红不拉叽只有八斤重的小老头；一只可怜的小落水狗；一个吃奶的怪物。后来他成了一个穿着红肚兜儿的光屁股的哪吒三太子，剑眉大眼貌似神童，莲身藕臂冰肌玉骨，似乎事事皆会于心却连一句囫囵个儿的话也说不清。再后来他成了万人嫌、惹事精，像个脱毛待换的半大公鸡，除了骨头没有二两肉，不知哪儿来的精神四下里乱窜。终于，他长成了一个人，身高七尺有余。天下英雄谁敌手？拔剑四顾心茫然；时不利兮骓不逝，以手抚膺坐长叹。他碰了壁，吃了苦，遭了冷眼，长了冻疮，世路千条我无路，华灯万盏我无家……他知道了这世界不是好惹的，不好惹就不好惹，它让你拔剑四顾心茫然，它让你四处感到压迫却找不到挺剑而刺的地方……他还得回到这条土路上来寻找自己的家。

土路非常亲切。因亲切而辉煌而富于历史感而唤起我心中潜藏着的原始的土地情结。由它引导着是令人再踏实不过了的，从它的泥土上走进一座自己的家门是再亲切不过了的。在土地上走，有一股醉人的懒洋洋的力量从地底下传递上来，通过脚掌，穿透鞋底和袜子传递上来，顺着血脉和小腿的筋络往上走，升腾如雾，弥漫如气。它使人获得一种舒坦、陶醉和放松，进而胸胆开张、魂魄飞扬，什么也不再惧怕……

薄暮时分，他已经走到了一个村口的大石碾子上。他浑身发热，坐下来，想吸一支烟。

就这样，十六年前的我并没有在这个世界上完全消失，他依然是我的一部分。他的一个念头、一个举动、一个微笑或一次梦想……并没有被时间的风彻底卷走，而是留下来；留在我的记忆里，刻在我的大脑沟回间。在记忆的那片伟大神秘的山谷里，他将永远存在。成为一个琴键，一轴画幅，一首诗的标题或一部专著里绝妙的警句，伴随我，直到我消失它们依然存在。无论现实的含义多么残忍，我决不相信我会消失。

黄土啊你应该做证，我的终点不是坟墓。

父　亲

父亲对每个人来说，都应该不是一个词汇，而是一团扑面而来的血统的气味，一座属于你的伟大的山峰，一个永远无法用理性去分辨是非的感性的百慕大三角，一位上天委任给你的命定的神……你无法挑剔，也无法选择。你的魂魄在茫茫宇宙间微粒般飘荡遨游，无根无脉，浑然不知；但是你将因为他被显影，你将因为他被捕捉住，被固定下来，被囚禁在母亲幽暗温暖的子宫里，等待重见天日的时刻。

父亲，就是赋予你生命的人。

但是你却从来没有感谢过他。

你反过来占有了他的精力，剥夺了他的时间，消耗了他的生命，可以说，你毁了他的一切，而且，你还任意地埋怨他、利用他对你的爱泛滥自己的粗暴和任性。

难道,世界上还有比这更不合理的事吗?

只有父亲,可以这样。在他强大的时候,他庇护你、容忍你;在他衰老的时候,却耻于依靠你。而且,在人们不约而同地把一切美好的颂歌、养育的恩德奉献给母亲时,父亲微笑着,觉得理所当然。他丝毫不觉得自己也应该享受一点,常常是他倒觉得自己做错了什么。他完全不知道,在这一点上,他无意中又表现了真正男性的襟怀和品格。

我爱父亲。虽然我平常最恨他。

虽然每次和他在一起都免不了争吵、埋怨和发火;虽然他看不惯我尾大不掉、放任不羁的作风,我也看不惯他的主观、固执、农民式的自私和对权力的崇拜。

像许多人的父亲一样,我的父亲完全是现实人生舞台上的彻底失败者。但这并不妨碍我对他的爱,更不妨碍我对他无条件的承认,他是任何人也不能替代的。自从我成熟以后,我就从没有羡慕过那些有着显赫父亲的人。

父亲是一个失败者,虽然他从不认账。

在吉木萨尔的几年间,正是他失败人生的辉煌顶点。但是他并没有自杀。

我当然知道,他是为了我们……

十六年前,当我坐在那个村口的大石碾子上吸烟的时候,有一个纯种的农民正远远地眯着眼朝我看。然后,朝我走来,一直走到很近,站住了。

那农民穿一件黑布棉衣,戴了一顶破皮帽子,手里提着个筐子。

我看见了那个注意我的农民朝我走过来,但没在意。我在想,大概就是这个村子没错,还得打听打听,究竟住哪儿。

那个农民站在离我很近的地方,竟伸着脖子弯下腰凑到脸前来看我,而且,笑出声来!

咦,奇怪。我定睛细看面前的这个人。一张完全陌生的农民的脸孔在几秒钟之间骤然变幻,风霜雨雪,皱纹白发,劳累痛苦,希望孤独……几年分离后的风尘变化,在几秒钟内被揭开、剥去,还原、定格。

定格为那个原来熟悉的父亲。

"爸爸!"我一跃而起,高兴极了。

"信上说是这几天回来,我就每天到村口上打望。今天看见有人坐在石头上,可是不敢认。哈哈,果然是!太好了,太好了。"父亲说着,抄起筐子就领我回家。沿着满是残雪和牛粪的村子,一直走出去,离村不远处有一座孤零零的屋子,正冒出笔直的灰白炊烟。

朴素的柴门院落,孤独的土坯泥屋,在乍暖犹寒的天气里默默升空的烟缕,我的脚在雪地上咯吱咯吱地移动着,跟着父亲,像很久很久以前小时候的某一天一样,朝着那里不知不觉地走过去。

我对这座陌生的屋子充满了信赖。这就是这个寒冷的世间唯一可以让我得到温暖的地方。这没错儿，父亲不会错。这就是家，家就是父亲居住的地方。无论这地方被安置在哪儿，是石家庄还是北京，是乌鲁木齐还是吉木萨尔，我都将跟随它，寻找它。无论它是楼房地板还是土屋柴门，我都用不着敲门，用不着征求主人的意见，我有权不看任何人的眼色，睡觉、吃饭！

我父亲就这么一边拎着筐子朝前走，一边扭回头来和我说话，"村干部给调换了一家上山挖煤的人的空房，借给咱们暂住，条件好多啦！"我跟着他，看着他的背，觉得有一股说不出的纳闷、奇怪。人的这一辈子是怎么过都能过去的。什么样的命运都能接受，什么样的生活都能适应。但有个前提，就是不能有太多自己的思想，谁有独立的思想了，谁先绝望！就说父亲吧，这个1938年的决死队员，这个1950年准备出国的外交官，打过别人的右派，反过自己的右倾，一辈子对党忠诚得没话说了，结果倒给开除了党籍，发到这地方安家落户来了……这可称是对忠诚的最好报应，当然也是对愚忠的应得惩罚。不过他不忠又怎么办呢？铁打的江山无缝可钻。

父亲是一个普通的人。所谓普通人就是那些没有力量支配现实社会的人，就是只能受现实社会的各种力量支配的人。这类人的一个最突出的共同特点就是，首先在思想上接受现实主导思想的指导和教化。相信报纸，相信宣传，坚信领导者的品格和诺言，笃信巨手所指的方向。而这，正是人生全部失败的根源。

多少年来，我总是力图以不含偏见的立场来认识父亲，解释他的行为，总结他的一生。结果我发现，根本不可能。我总是由于他在现实中的失败而低估他，而忽视了他作为一个人在本质上具有的优秀品质。我无法认清自己的父亲，谁叫我是他的儿子呢？

看着眼前的这个提筐子的人，我就想起少年时在机关院里与一群顽童舞枪弄棍鏖战正酣时，突然出现在楼前怒喝我为"疯狗！"的人；想起星期天逼我帮他冲洗全家无穷无尽的衣物，水寒刺骨，手冻得通红，而他不把最后一点肥皂沫冲净决不善罢甘休；还想起那个原先穿军官制服尔后穿中山装干部服最后又穿上农民黑棉袄的人；而且想起曾经风采翩翩然后神态庄重终于苍老迷惘成现在这个样子的父亲……我看到，从说话的声音到走路的姿势，还有身材和五官，还有习性和灵魂，我都酷似他。我悲哀地发现，无论是成功或是失败，无论社会环境是有利还是不利，我都摆脱不了他给我的模式，摆脱不了他对我的一生所注入的遗传基因。

我将一天比一天地趋近他，越来越酷似他，直到有一天，彻底成为另一个他。

新陈代谢，世道循环，如此而已。

所有的新叶和新花，都不过是上一代的花叶在新的季节里的翻版罢了。觉得新鲜，那不过只是"觉得"。

……………

就这样,我已经远远望见柴门外站着一个又瘦又矮的女人。那就是父亲的妻子,我的母亲。母亲也望着,朝我们走过来,一边走,一边用她的手擦眼睛。待到走近,她只叫了一声我的名字就哭起来。

在早春无望的寒冷薄暮中,母亲的哭声使人心碎,并且使碎了的心渐渐凝固成一块水泥疙瘩那么硬。

漫长的冬天使母亲的头发变得灰白,炊烟般在冷风和哭声里飘散,在多皱的额顶纷披;而母亲又是那样瘦小,那样善良。

这不是逼着这位瘦小女人的儿子怀恨在心吗?我想,我们虽然四散他乡,无立锥之地,却在默默忍耐中滋长着仇恨;仇恨像卵石一样,暗藏在心里,总有一天伺机报复这冷酷的一切!不信,你等着。

我似乎很平静地笑着,却本能警觉地回过头来,环顾了一下周围:空无一人,只有野地里凄凉的枯树,向空中伸出无望的指爪。只需要一眼,我就把这景象记住了,再不会忘。

当我走进家门的一瞬间,我听到,黑暗像幕布一样,"唰——"在背后骤然降落。

村夜听风

你是跟着我跨进这个门槛的,磨得发白的木头门槛。这是几乎每一个女人一生中总要跨过的东西。这就是生活里的刻度,或是生命成熟的标志,界限和季节等等的含义都在这可怜的门槛上了。

你也许没想到,你竟是在这样一个门槛上开始了新的生活,告别了自己的家门,成为那里面的一个陌生的成员。

你挽起袖子在一个花花绿绿的脸盆里洗手,你听见我母亲用怜悯而略带评价一只羊腿的口吻说:"看看这胳臂瘦的……"

你按照规矩和我母亲一起去拜访几家村邻,农村妇女的狡猾的奉承方式是极力装扮得更土更傻。你还没跨进门,她们就满脸堆笑故作惊讶地叫:"哎呀呀,城里的鲜花来啦……"

你还看了我父母早已为你收拾好了的一间作为新房的屋子。里面摆着一个双人床,铺着干净的被褥和毛毯;然而墙壁上却结满了霜,水缸里的水结了浮冰……这是一种怎样的"寒冷的温暖"呵!

我也正看着这个被一盏煤油灯的光亮所照耀的家。两年来,我已经习惯了煤油灯,我已经忘记了电灯。

这是个一明两暗的农家屋。一进门就见屋里堆着柴草,安着灶火；灶火用来做饭，还烧左边房里的土炕。房顶上没有糊纸，露出一排被烟火熏黑的椽子；椽子上悬着几个用木杈做成的钩，用来吊装鸡蛋和咸猪肉的篮子。

我想，这就是我家。我一点儿也没觉得我家有什么变化，虽然在社会的现实面前，我的家庭已经彻底灭顶，一败涂地，毫无振兴的可能，但是我的家还在，我家的人都活着。他们的语调笑声，他们的习性气味，那种特殊的骨肉情感，生命活力和温馨生动的一团光热，活泼泼地在我身边洋溢着。它并不因为政治上的落难和困顿，收敛自身乐观的天性。这就是，我在人世间航行的船。只要我的帆还在，舵还灵，只要我的船还能够载着我漂浮，一切险恶的风浪都不是致命的。

我一点儿也没觉得我家有什么变化，而且，我一点儿也没觉得我这个吉木萨尔的家有什么让我难看的。政治的史无前例的巨掌，一下把我们打进了另一种环境，不管它的用心有多么恶毒，我却有幸体验了更朴素的生活。一种环境和一种环境之间，有着无形的深刻的墙，虽然同在一个大地上，却有时终生难以逾越。这回，我可是没费劲就穿越过去了，我不知我该谢谢谁。

"爸爸，你猜我最耽心你什么？"我一边问着，一边很快又接着回答，"我最怕你想不开，自杀！"

"哼，我怎么会。比这困难的时候我也经历过，我还会那样！"父亲说。

但是你以女人的细致,看见父亲眼神和嘴角上一闪即隐的凄楚和阴郁。你甚至觉得,这位老人肯定不止一次地想到过那样。在那时候,有一种十分美丽并谦虚的名称,叫"学习班",然而那实质是奥斯威辛集中营的汉译。那是一座学习自杀、鼓励跳楼、劝人上吊的学校,那是一所慈祥的监狱。从那里出来的人,肚子里都像是被安装了窃听器,连心思都被控制在俘虏的轨道上了。

即便在偏僻的吉木萨尔乡村,想起这三个被赋予浓重血腥气味的美丽字眼,也让人不寒而栗,也让人充满被控制着的感觉。

岔开话题,父亲话还是很多。他说,"你弟弟回来时,呆头呆脑的,变木了。十四五岁就插队,回来都不敢认。结果在家住一个礼拜,又叫我给喂活了。看那脸,铜盆一样圆鼓鼓的,放光!"说罢,得意地大笑。

"你可不行,太瘦。"父亲指着我,"怎么解放军农场不给吃饱肚子啊?光让干活还行吗?这次回来,主要任务就是给我好好吃。"

他用右手一个一个地点着左手伸开的指头,数点起来,"已经杀了一头猪,自家养的。肥肉炼了油,瘦肉腌在缸里,等你回来吃。她不吃猪肉?不怕,咱们还喂着羊嘛。还有鸡蛋,多少斤?对,满满三篮子,不够再从村里收购,很便宜的。你妈喂着一群鸡,鸡也下蛋。粮食尽够吃。菜,我就在队上管卖菜记账。咱们还养了猫儿,不养不行啊,有老鼠害人呀。"

数完了。"还有什么?"他问母亲。

母亲轻轻地笑着,"这就够我侍弄的了,还有给你做饭。"

土屋柴门,红泥火炉。父亲的口气还有那么一点领导干部似的,说起解放军农场,就像说起什么老部队或老朋友那么亲切、放心。他不知道,那时候的解放军已经变得和从前的解放军有点不一样了。何况我们这类不穿军装的学生……我暗想,现在是世道大变啦。

只有这温暖的土炕,还算避风港。

一只脸上巧妙地勾着对称脸谱的黑白花猫,卧在母亲身边打呼噜,表现出一派两耳不闻窗外事,一心只读耗子经的样子。窗户外边的小院落里,隐隐传来猪的哼哼唧唧声,间或夹杂着轻微短促的尖叫,就像小孩子撒娇时发出的一声"嗯——";还有鸡的喉管里滚动的叽叽咕咕的声响,翅膀扇动时的碰响。

无边的黑暗已经笼罩了整片大地,这时的寒风是冬天的尾巴,在空旷的深夜里不停地穷扫。扫呀扫,像个爱扫地的肮脏老婆子,嘴里发出呻吟一般的唠叨声。有时,它溜近人家的墙根下偷听一阵,听见没有它需要的内容,就用它的臭脏指头"嘭!"地弹一下窗户纸,溜走了。然后它用它的烂扫帚一撑,撑竿跳一样,飞上另一家的茅草房顶,在上面跺脚、打滚、学狼叫、装鬼哭,直到把那家的孩子吓醒,"哇"的一声哭起来,它才心满意足地飘然远去。

在无边的黑暗里,在人们被恐怖压抑着的想象中,它游刃有余,格外精神。它原本无形的力量只有在黑暗的协助下才能在人们的想象中变幻无穷,被赋予千奇百怪的形体。它喜欢这样,它需要这个。

整个村子都熄灭了。

每座房子都像一艘船,沉沦在黑夜的波涛里。它们全都麻木地、谦卑地陷落,渐渐被彻底埋葬——仿佛从来没有存在过。

这时,你像一只鸟那样钻在我的臂弯里睡意正浓,而我却在假寐,似睡非睡,听着窗外村野的风响。

肉体的风暴过去之后,身心变得大海那样平静。是一处海湾,沉静明澈的海水稳稳地在大陆架上晃动。偶尔在这平滑的筋肉下面,在血液深幽莫测的地方,闪过一丝痉挛。那痉挛从极其遥远、非常原始的角落发射出来,尖锐、敏感,像一根带电的游丝、一只快乐而又痛苦的精灵,一瞬间就击中遍布肉体的每一根经络,使之颤栗。然后,也只一瞬间,它消失了,谁也别想再找见它。

哦,这才是肉体的上帝,永恒的主宰!

在黑暗中,我将笃信你,也只能笃信你。当一切都沉沦陷落之时,当你还不曾麻木、谦卑之时,记住:生命,我是你的崇拜者。

猫的本事

本来，猫可以统治人以外的整个世界——我这么想；只是可惜它被造小了——假如当初它的体形被造成牛那么大，那它就不会成为人类脚边的驯顺之物，而会成为消灭人类的大地主宰。

我这种想法，是在我看到我家的这只勾着黑白脸谱的花猫时产生的。它正在土炕上打哈欠、伸懒腰。在这一刹那，它咧开猛兽特有的黑嘴，露出尖利的牙齿，展示出豹子一般柔韧有力的细长身躯……四个伸直的软蹄上图穷匕现，充满杀机。

谢天谢地！我想，亏是它造小了，不然，被追杀得四处乱钻的将不是老鼠而是我们人类了。我这不是偶然突发奇想，也不是我没见过猫，而是因为回到吉木萨尔家里几天来，已经接连目睹了这只花猫惊人的能耐，它的确令人惊叹不已！

只有在农村，猫的重大作用和高超本事才能如此一览无余地被发现、观赏，而且分别以正剧、喜剧和暴行三种形式演出。

第一次，我家的猫成功地扮演了正面英雄形象。那天黄昏，我们全家坐在土炕上闲聊，而猫，蜷卧在广阔土炕的一隅昏昏沉睡。

黄昏是农家美妙的时刻,尤其是闲坐在温暖的土炕上。夕阳在窗纸上涂染着最后一点淡黄,有一种明亮的安详对暗淡的转换所表现出来的礼让。时光在这个时候像一位谦谦君子,它似乎有一刻停留,有一种仪式,像在等候什么,并不匆忙撇下这一切就走。

然而在这种美妙的时刻却有一种不美妙的东西悄悄蠕动,不幸被居高临下的土炕上的我们同时发现了:一只老鼠,正顺着土墙根悄悄回洞。洞就在墙角,可以看得见,那鼠,已经离洞口不远了。

看见老鼠的我们不会抓,会抓老鼠的猫却正在睡觉。急得我们直喊"猫!老鼠——;老鼠——猫!"全忘了那猫听不懂人的语言,而老鼠听见喊声就会逃得更快。

不过,喊声还是惊醒了猫。它稀里糊涂东张西望,等它看见那只老鼠时,眼看着已经在进洞了。"嗨,来不及了!"父亲像看一场足球赛错过了绝好射门机会时的球迷那样,痛声惋惜。谁也没料到,猫就是猫,猫的本事竟如此大幅度地超越了人的想象。它从土炕的一隅到墙角的鼠洞,恰为这间房子的对角线,中间必须跨越横七竖八的我们杂乱的腿,必须在老鼠全身钻入洞口的一瞬扑出一丈开外。这太难了。但是它奇迹般实现了,它几乎是一个闪电,一个极快的念头,一个超现实的幻觉,用右前爪把完全入洞的老鼠给掏了出来!

看着这一幕场景,我目瞪口呆。说真的,在人类任何一种运动中,我从未看见过像猫这样矫捷不凡的身手。

有趣的是,没过两天,我又目睹了一次这只猫逮老鼠时上演的滑稽戏,像个小丑。它简直可以说是笨透了。

那天是一只耗子在面柜附近折腾,弄出了声响。猫听见了,绕着面柜底下的缝又堵又掏,像和耗子捉迷藏。结果,那耗子爬上面柜,不小心,掉进面柜里,全身成了白的。花猫不知道,还在下面费精神。还是父亲着了急,把猫抱到面柜上,说"老鼠在里面!"

花猫很固执,坚信耗子还在柜底,又跳下去寻。

父亲又把猫抱上去,就差把耗子抓住送给它了,它还想往下跳。如此三番五次,终于,面柜里的耗子白乎乎地一动,它看见了,扑下去咬住,弄得满身面粉,像掉进了石灰里……惹得我们大笑。

猫是挺有趣的。这个小开本的猛兽好像是专门为耗子而生的,捕食的才能出神入化;然而在沾满面粉的化了装的白耗子面前,它失去判断,固执犯傻,进化了几十万年的才能碰上了难题。细细想想,会觉得上帝心真好,他把老虎的祖师爷造小,让它依恋人,卧进人的掌心,成为"咪咪"叫着的可爱小动物,丝毫用不着害怕。这是上帝的恩赐,把最凶猛的变成最可爱的,袖珍老虎,它的厉害只是指向老鼠。这使我们在逗猫玩时,享受到了类似逗老虎玩的乐趣。

我家的房檐上有一个野鸽子搭的窝,这当然很吉利,是鸟类对善良人家的信任。窝不算很高，因为房檐就不很高。可以看得见，一对恩爱的灰鸽子很忙，窝里常传出小鸽子的叫声。

花猫常在屋檐下仰看，然而它这个特警队员对付不了空军基地，无奈，渐渐习以为常。一天中午，由于我的百无聊赖和恶作剧心理，一场在灿烂阳光下人猫合作的暴行，终于发生了。

当时我只是想逗逗那猫，馋馋它，并不想满足它嗜血的本性。我把一根粗木柱斜架在墙上，故意离那鸽巢很远，大约有一米多，我估计花猫够不着。

它像是打招呼征求我的意见那样，仰起脸朝我可怜地叫了两声，见我鼓励它，就立即行动起来，爬上木柱。木柱有点转动，它谨慎地维持平衡，杂技演员一样，上了顶端。它在上面观察一下，就扭回头来，看着我叫起来，叫得既委屈又让人怜悯。那意思很明白，是说，"这么远谁能够着呀？这不是太过分了吗？"

我把那木柱朝上靠了靠，最多靠了几寸，我依然认为它够不着。

它从柱顶上立起来，前爪扶着土墙；这样，它离那窝的距离就又缩短了将近半米。"不行！"我看出了危险性，喊它。已经无法挽回了，喊声未落，它像美国职业男篮双手扣篮那样，一耸而起，两只前爪抓住鸽巢，凌空悬在下面，摇摇欲坠！它两目间已经完全没有一丝温驯和可怜，闪耀出一派果决、勇猛、精神抖擞的杀气,置一切危险于度外的野蛮!它用一只前爪抓紧鸽巢吊住悬空的身体,腾出另一只前爪来,伸进窝里,一掏,掏出一只羽毛渐丰的小鸽子。然后放进嘴里,咬住;翻身跃向柱顶,连滚带爬地下了地面,呜呜地叫着,在墙角吃起来。

我后悔莫及,暴行已经成了恶果。我辜负了灰鸽夫妇的信任,致使花猫咬死了它们的独生子女。在完全慌乱、失控的情绪下,我顺手拣起一块石子,从十几米外一扬手,准准地击在花猫的嘴上!这一下是太准太狠了,打得花猫一蹦蹿起老高,扔下鸽子落荒而逃,怪叫着有好几天没回家。

但是小鸽子还是死了。

罪责在我,我用了很多话向父母检讨,求得原谅。然而,我怎么能得到那对灰鸽子的原谅呢?它们咕咕咕咕的叫声,使我黯然低头,产生出一个良知未泯的战争贩子应有的悔恨。

结论:不能小看猫。猫虽然是人温顺的、可爱的奴仆,可它却是老鼠的克星,鸽子和平生活的破坏者。它的兽性一旦发挥出来,本事惊人。

那么,由这样的结论,我们进而还可以生发出一些什么样的联想呢?当然是关于人。在人的社会里,有时那些重要的人物产生了一个念头,就会把木柱架过去,诱发一部分人的兽性;当暴行发生了,他又会顺手拣起一块石头,扔过去，打击这部分人……和我对花猫做的一样。

麦　子

　　我想说，"亲爱的麦子"。

　　我想，对这种优良的植物应该这么称呼，这并不显得过分，也不显得轻浮。

　　我而且还想，对它，对这种呈颗粒状的，宛如掉在土壤里并沾满了土末的汗珠般的东西，人类平时的态度是不是有些过于轻视和随便了呢？

　　它很美。尤其是它的颗粒，有一种土壤般朴素柔和不事喧哗的质地和本色。它从土壤里生长出来，依旧保持了土壤的颜色，不刺目，不耀眼，却改变了土壤的味道。这就使它带有了土地的精华的含义。特别是它还保持着耕种者的汗珠的形状，这就像是大自然给予我们的某种提醒、某种警喻，仿佛它不是自己种子的果实，而是汗珠滴入土壤后的成熟。

　　这一切使它更美。麦子，它是如此的平凡，然而却是由天、地、人三者合作创造的精品。它使我们想到天空的阳光和雨水，想到土地默默地积蓄和消耗，想到人的挥动着的肢体……所以有的民族在饭桌上面对面包时，会产生感恩的心情，感激这种赐予。所以还有的民族把麦穗作为族徽，以表示某种崇信和图腾。麦子，它还可以使我们毫不费力地想到镰刀、饥馑、战争、死亡……等等之类最关乎人类生存的问题，但是面粉不容易使人想到这些。这就是麦子掩藏在朴素后面的那种深刻的美。

我是一个热爱粮食的人。因此，我非常乐意在春天的吉木萨尔翻弄麦子。我们住的地方没有面粉厂，也没有粮店；庄户人只能分到麦子，到一个河上的磨坊去磨成面粉。

连续几天，我和父亲把一麻袋麦子倒进院里架起的一个木槽里，然后倒水冲洗。我们选的是阳光非常明媚的日子，也没有风。晶亮晶亮的水珠儿闪着光芒，渗进麦粒中间，慢慢升起一股淡薄的尘雾；有一点呛人，仿佛使人闻见去年的土地散发出的温热。然后再倒水，搅拌、冲洗，直到一颗颗麦粒被洗出它本来的那种浅褐色的质朴，透出一股琥珀色的圆满的忧伤。然后晾晒几天，再装入麻袋。

我看得出来，麦子的色泽里含有一种忧伤的意味，一种成熟的物质所带有的哲学式的忧伤。这种忧伤和它的圆满形态、浅褐色泽浑然和谐。与生俱来而又无从表述，毫不自知而又一目了然。正是这，使它优美。

于是有一天，我们起得绝早。我们向邻居借来了一头驴和一辆架子车——这像是户儿家的一个重大行动似的，很早，我们就把装麦子的麻袋搬上驴车，朝磨坊去了。

我和父亲坐在车上。我驾驭驴车的才能无师自通。我很想驱使那匹毛驴奔驰一番，以驱散田野小路上的那种寒冷的寂静；然而父亲不允许，他害怕"把人家的驴累坏了"。磨坊相当远，农村的早晨也相当漫长，我们的驴车仿佛慢吞吞地走进了一个久远的童话故事。驴将突然开口说话，告诉我们它原来是一个公主（大队书记的女儿），被磨坊的巫婆变成了驴，只有从遥远的城市来的勇士才能破那妖术，它就会还原成人。于是沿着这思路幻想下去，满满两麻袋麦子会在公主的手点化下成为金子，一切都很圆满和快乐……在农村天色微明的田野上，一切景致和氛围都酷似原始的童话或民间故事。只是驴低垂着头，丝毫不准备回过头来对我们说话。

当时，我突然觉得我和父亲像是两只松鼠，或是连松鼠也不如的什么鼠类，正运载着辛苦了一年收集来的谷物，准备过冬。我们所如此重视的两麻袋麦子，其实正相当于老鼠收集在洞里的谷物。我感到了滑稽，有点哭笑不得，人一旦还原到这种状态时，生存的形象就分外像各种动物了。

这就是我们的麦子，一粒一粒的，从田亩中收集回来的养命之物。颗粒很小，每一粒都不够塞牙缝儿的；但是我们就是靠着这样一些小颗粒，维持生命，支撑地球上庞大众多的人群发明、创造、争斗、屠杀、繁衍、爱憎……不管人类已经进化到了何种程度，他还在吃麦子——这就够了，这就足以说明人类依然没有摆脱上帝的制约，依然是生存在地球上的无数种类生物中的一种，而不是神。

被小小的麦粒制约着的伟大物种啊！

假如有一天,大地突然不再生长出麦子,那该怎么办?这虽然是杞人忧天,却并非毫不可能,因为我这种年龄的人经历过一次大饥馑。我因此而懂得,源源不断的粮店会突然没有面粉,母亲会对没有吃饱的儿子说"少吃一点",乞吃者会骤然间遍布城市的各个角落,人们会为了一个大饼而去抢劫……这就是麦子的威力和制约,在这个意义上,麦子就代表了上帝。

磨坊终于到了。

磨坊里没有巫婆,有一个老头儿。磨坊是那种最古老的中世纪式的,靠河水带动,在"轰隆轰隆"的沉重响声中摇摇晃晃,像一排老人的牙齿,已很松动。这是一座架在河上的木头磨坊,里边大概除了碾子,好像其余的全是用木头制成的。木杆、木柄、木轮,因年久而被磨得光滑油亮,渗着乌黑的手渍。和看管它的这位老头酷似,它俩都一样是年久失修的,松动勤勉的,喉咙里"呼噜呼噜"带响的。

我们的麦子就倒进这令人可疑的陈旧作坊里,缓慢迟重地在这生活的水磨上被磨损,被咀嚼,被粉化。我想着那一颗颗麦粒被压扁、挤裂、磨碎时的样子,想着它们渐渐麻木、任其蹂躏的状态,有一丝呻吟和不堪其痛的磨难从胸膛里升起,传染给我的四肢,我真真实实地感到了我和它们一样……和这些麦子一样,我正在一座类似的生活的水磨上,被一点一点地慢吞吞地磨损着。

然而水磨却在唱着一支"轰隆轰隆"的雄壮的歌，用它松动的牙齿、哮喘的喉咙，唱着一支含混不清、年代久远的所谓进行曲……这就是我们每一粒麦子的命运。

我就是麦子。

我正面临着古老民间故事一般的现实。

我芬芳的、新鲜的肉体正挤在历史和现实两块又圆又平的大石盘间，在它们沉重浑浊的歌声中，被粉化。

我欲哭无泪，欲喊无声。

因为我就是泪水和汗珠平凡的凝聚物——麦子。我将一代代地生长，被割掉；成熟，被粉化；被制成各种精美的食品，被吃掉；然后再生长。

这一切都是因为我没有感觉，没有思想。我是圆的，颗粒状的，人们把我叫作"麦子"。只有一个诗人这样称呼我，他说：

"亲爱的麦子。"

一匹难忘的猪

我起了床，在院里刷牙。天气十分晴好，阳光刺目而又温热。屋外裸露着泥土的墙根，已经蒸腾起"日照香炉生紫烟"般的热气。是啊，我想，是春天啦！春天的农家小院里，充满了生气。

我家的院墙是用各种荆柴和树枝围起来的。猪圈和鸡窝并排垒在右墙下,左边是菜畦。猪圈里只有一头猪,是半大的小猪;鸡窝里有十几只鸡,母鸡居多。靠窗的房檐上有参差不齐的木椽子伸出,其中有一根较长的木椽子上用粗绳悬吊着一只篮子,不知是干什么用的。

刚刷完牙,就见到一只母鸡"咯咯"地叫起来,急着要下蛋。

那褐黄母鸡东张西望,似乎有些犹疑;偏起脑壳想了想,终于下了决心。一跳,先上了鸡窝顶;然后鼓足勇气扑喇喇扇着翅膀飞起来,一下竟飞了十几米,奇迹般准确地落进了粗绳悬吊的篮子里!篮子在房檐下晃来晃去,那只鸡,却安详地卧下去,悠然自得地下起蛋来,像个吊床上的产妇。

这不是把鸡养成篮球了么?我想,而且还投得挺准,每次总能留下一只鸡蛋。我母亲不是一个幽默的人,而且没有这种创造性,她老人家怎么想出了这么奇妙的养鸡绝招呢?我一问,母亲也笑了,说:"咱家的鸡呀,就是怪。放着鸡窝不下,偏要飞起来高空作业。那个篮子就成了专门给它们下蛋的啦,还引得别人家的鸡也飞进来下。"

"村里人也都说周大老家是怪,"母亲又说,"养啥活啥。夏天闹鸡瘟,家家死鸡,就是周大老家的鸡非但不死,还飞进篮子里下蛋。掘上个猪娃子吧,也精神得不行,长得还比别家的猪漂亮。别人的猪都卧在地上哼哼呢,周大老家的猪娃子一向就在门口坐着,和狗一样!"看得出,母亲为此显得非常幸运和自豪。当然，一般说来，猪没什么了不起的——我也这么认为。蠢猪，脏猪，猪猡！猪很难让艺术家产生爱而把它塑成青铜雕像矗立在中心广场，它只能作为猪排以佳肴的诱人形象被端上盛宴，让人们用舌尖品味，牙齿咀嚼，肠胃欣赏。猪是哺乳幼崽最多的也是最常见的动物，但人们从不用它作为母爱精神的象征。人们吃它，但是瞧不起它。这真是个倒霉的东西，在人眼里，它只是一堆能活动的，会哼哼唧唧的肉！

比如我吧，吃了它们几十年了，要是算一笔账，恐怕至少吃掉了几百头猪是有的了。但是吃得有滋有味，吃完了照样蔑视它，从来不屑于区分它们之中的任何一个和别的有什么不同，更不会记住被我吃掉的是哪一头猪。猪还有个性吗？猪就是猪！就像白菜就是白菜花生就是花生一样。

但是这家伙——在我刷完牙回屋拿起一本书时——发现随在母亲身后堂皇跨门而入的竟是一头猪！我觉得这简直是乱了朝纲，起而轰之，那小黑猪噘嘴瞪眼，坚持不走。小眼睛一直以轻蔑的神情注视我，不时发出"哼哼"声，好像不服气，在"哼哼"着说：你算老几？你有什么权力撵我？

母亲说："让它待着吧，已经惯出来了。"

惯？我们从小就是母亲惯的，怎么它也叫"惯"？这一个字，突然使我意识到了这头小黑猪在这个家里的重要地位。两位老人被发落到这里,平时儿子四散,孤独凄凉,膝下养了这么个大活物,也是一份生趣。难怪惯养得和猫狗一般呢。

拿这眼光一看,果然这猪是不一般了。它浑身黑亮,皮毛干净,身躯滚圆娇憨可爱。和周围的猪一比,简直超群脱俗,称得起有几分俊秀了。我几乎怀疑它是猪八戒家族的嫡传子孙了,很快就喜欢上它,叫它"黑猪"。父亲也很喜欢它,只要端出盆来给它拌食,它就兴高采烈拿头拱人的腿,像狗一样摇尾巴,活蹦乱跳地围着人转,就差不会喊口号了!何况它还小,小东西即使是猪也一样天真烂漫。

闲居无事,便和弟弟到村外一条小溪沟里捞鱼玩。溪不宽,一步可以跨过;也不深,手臂可以触底。可喜的是水极清冽,人在溪边走动,可以看见惊起的泥鳅在水草里四窜。于是我们制成捕蜻蜓用的三角网,提一个桶,在溪边消磨一上午时间,便能捞半桶泥鳅。可是这指头粗细的小鱼没经济效益,提回家里,养之无益,倒之可惜。一打眼瞅见小黑猪百无聊赖地瞎转悠,突然来了主意。

拿出一条泥鳅,扔过去,在它嘴前蹦跳。它嗅嗅,抬起小眼睛望望我,满心疑虑,不吃,再扔一条,还是不敢吃。看来猪不杀生,那好,把它的食盆拿来,倒点汤食,然后抓一把泥鳅放进去。泥鳅游窜在汤食里,小黑猪吃起来,吃着吃着,它突然一愣,边嚼边抬起嘴来,看那盆,隐隐有波动者,便扎进嘴去追。咬住一条,就摇头晃脑,有时不小心泥鳅又钻回水里,就喷着气再捉。它尝着了味道,吃得汤水四溅,呱呱作响,嘴巴伸在水汤里不时地猛抖。逗得全家人哈哈大笑,好像在欣赏表演。不一会儿,一桶泥鳅告罄。

捞鱼这件事,一下就因为小黑猪而从无意义的闲玩变成了有意义的劳动。我们便每天去溪边捞泥鳅,把喂猪当成一天中最精彩的观赏节目,弄得周围的农民感到不解,他们议论说:"周大老家用活狗鱼子喂猪!"

后来母亲说喂鱼喂出毛病来了,小黑猪不管吃什么,都要翻江倒海瞎折腾,以为有鱼,结果弄得撒食。

有一天,父亲被分配去队里看场,远远望见一群猪成进攻队形缓缓移来,渐近,父亲猛地一声吆喝。见有埋伏,猪群纷纷向后逃窜,独有一猪,不但不逃,反而泰然行至队前带头,边走边回头哼哼,猪群马上重整队形跟随而来。父亲细看,原来是我家那头小黑猪,它不慌不忙,胸有成竹,不断回头用猪语鼓励同伙,自己却故意表现出一种随便而大方的样子,与人在请客做东时的样子差不多,它表现了一种猪的潇洒和庄重。好像它认定,它的主人看场就等于今天它请客。这显然会使它在猪群的地位迅速得到承认。不料,父亲虽被开除了党籍,却仍然满脑子大公无私的思想,在小黑猪即将被确认领袖的关键时刻,一点面子也不讲,坚决地用木棍把它们轰走了。

这使小黑猪很委屈，用一天半的时间对父亲表示疏远和装不认识，大概它想不通这件事为什么那么不通猪情。

父亲把这件事告诉了我们，大家都很奇怪，说猪蠢是没道理的，猪连后门都会走，这几乎已经达到了人的相当智力水平了。

可惜的是，我在吉木萨尔只住了十几天，没有能更深入地了解这个油黑发亮的偶蹄动物丰富的内心世界。临行那天，它竟像一只狗那样尾随着我走了好久好远，小眼睛里充盈着对泥鳅贪婪真挚的怀恋。

之后若干年里，我们家的人还谈起它，这是唯一的一头我们自己喂养大的猪，提起它，我对猪所怀有的厌恶心理就不知不觉地消失了。虽然它早已被吃掉十几年了，我却仍然觉得它还活着（精神不死？），活在吉木萨尔农村我家住过的离马厩不远的低矮农舍院门口。

其实猪是挺有意思的，假如你了解它。

难怪哈里·杜鲁门曾宣称："不该允许不了解猪的人当总统！"为了在这篇纪念猪的文章里显得庄重些，我特意对它用了"一匹"。

印　象

后来，一座谦卑的村庄终于在我的视野里消失了。消失成一个残碎的梦，一个不可靠的传闻，一团渐渐远去了的声响……仿佛，只是一扭头的工夫，它就不见了，好像从来就没有存在过似的，从我们全家人的生活里消失了。

我不知道您是否也有过这种类似的体验，对于一座您曾经生活过的村庄，那种难以磨灭的淡忘？那些荒凉的、贫穷的，那些丰富的、色彩烂漫的，小小村落和孤独家门像黄昏和暮霭那样，被你淡忘却融入你的心境，离你远去却泊在你的灵魂。是的，从那之后你也许再没去过一趟，再没去看过它；也许也很少对别人谈起它——它没什么可炫耀的，何况你总在怀疑它是否真的存在过，或是随着你的离去它也就消失了？说到底，你恐怕还是不敢去看它，你害怕珍藏在记忆里的这个艺术品被另一种现实击碎。

我也始终在怀疑，怀疑我的记忆是不是对它进行了艺术提炼和加工？它是不是为了欺骗我或安慰我，把那个村庄给美化了？那些焦灼的痛苦的日子，那些挣扎的无望的岁月，为什么没有留下痕迹？那些喧闹一时的貌似强大的政治力量，为什么变得无影无踪而一座可怜谦卑的村落却扎了根似的抹不去、拔不掉？

谁更强大？

"谁更强大、有力而永恒？"我不得不这样问自己。

说老实话，无论是导师、哲人，还是算卦者、预言家，谁也看不见明天。说看见了的，不过是猜测和吹牛。谁都只能感受着现实，而现实带着天然的无法改变的痛苦；谁都只能怀念过去，过去是一坛逐年发酵的酒。我不相信世间有神奇的超人，我只相信神奇的命运和生活以它的流向所做的安排。

吉木萨尔是一个渺小的地方，关于它，最近有一个流传的笑话。

说两个吉木萨尔人到了广州，昂然欲进某豪华饭店，被拦住。问："你们是哪儿的人？"答曰："吉木萨尔。"问者不知，以为是哪个非洲国家，便问另一个"你呢？"另一个回答说："一搭里的。"（意为一块儿的。）问者听为"意大利的"。"原来是外宾，请进。"

我们的荒唐的吉木萨尔人被编派的这个故事，显然是不真实的。但是把这样的揶揄指向吉木萨尔人，却应该承认是真实的。吉木萨尔是那样荒寒，这个当年成吉思汗威震中亚的军事重镇，历史上闻名的北庭都护府，早已度过了它豪华的岁月。它威风凛凛的青春一去不返，现在像一个可怜虫，躲在当年的遗址旁边浑浑噩噩，种地、挖煤，偶尔也有淘金的欲望和梦想。它的县城和那时的很多县城一样，肮脏、凌乱、愚蠢、呆板。这就是20世纪70年代初叶的中国政治、经济、文化所造就的县城，一个十字路口，一座语录牌楼，一尊领袖塑像，一个只有带着老茧一样厚皮的又冷又硬馒头的破食堂……任何一个外人到了这里，尤其是冬天，都会觉得到了地狱的门口。我相信，即便是汉唐时期的县城，也绝对比它美好得多。面对这样冷漠无情、愚昧傲慢的县城文化，你不能不从心里发出由衷的哀叹，彻骨的怜悯：人们啊，你们这究竟是怎么生活的呀？为什么，你们活得如此卑贱无知、肮脏麻木，难道你们天生就是这样缺乏生气的一群？

我不想诅咒你们，相反，我深切地同情和理解你们。那时，你们不是自己，你们不是你们，你们貌似行动着的活人，实质只是口号的盲从者，一群夜游症患者。你们像木偶一样被牵动着，却完全不自知。嘴巴徒劳地张开又合上，发出震耳欲聋的无意义的轰响，手臂和双腿、大脑和精力都消耗在木偶的活动和斗争中了。

可悲，我也是木偶。那时我没见到不是木偶的人。活着而没有生气，活着而没有自由，那是一个多么荒唐的木偶年代啊！

谁告诉过我们？谁提醒过我们？

历史学家呢？哲学家和诗人呢？法律和人类几千年积累起来的文明呢？他们都干什么去了？

有多少借口和理由，也不能洗净蒙在上层建筑领域上的耻辱。这耻辱是这样的深重和深刻，它将穿透时间，引起今后一代又一代后人的惊讶、提问和愤怒。

只有这个谦卑的村落对历史不负任何责任，谁也怪不着它。它坐落在这偏远的地方，它的默默无闻和任何时代的错误无关；而且在任何时候，它都以土地、道路、日出、鸡鸣，五谷杂粮、野草芦苇……拥抱人们、温暖人们，让人们生存。它半是自然，半是社会，一切时代的热潮和影响也会涌涨到这盲肠似的角落，使之发生变化。因而我没有说这里的村民都是超然世外的君子隐士。

他们在我的印象里已经十分模糊了，我记不起他们的脸孔，只记得一些被太阳和土地混合的力量所染出的肤色，记得被一种村野生涯塑造出的气质——蒙昧未开的混沌样子。他们的眼睛里没有光芒，射不出智慧所造成的眸子清澈分明的光亮。他们的眼睑总是低垂着，遮掩着什么卑微的东西。

他们非常习惯于向别人借东西，要东西，尤其是向他们认为富有的人。他们对痛苦比较麻木，对羞耻感觉迟钝。一般说来，他们的嘴唇厚重地向前突出，鼻梁塌陷，颊骨有一种无法掩盖的暴露感，前额杂乱。

然而他们却是非常精明的，现实的，会盘算的。谦卑和精明构成了这种弱者的双层防御体系。谦卑使人可怜他、同情他，进而愿意帮助他并对他失去警惕性；精明却使他一步步地接近目标，绝不放过可能得到的好处。在他们衰老的时候，他们是彻底谦卑的，他们会让人感到土地一般谦虚厚实的质朴和仁慈。但是你注意他们的儿子，那些年轻的从农村生活中走出来的人，他们带着自己的文化和方式，带着这些特征，在社会生活中演变、改进、修饰，偶尔露出马脚，然后继续谦卑，直到——随着一个又一个现实的目的被达到之后，死掉。就是这种精神，这种伪装的韧性功利主义精神，从散布在中国的无数村落里走出来，走向一切领域，占领一切舞台，弥漫着整个中国。

它将无往而不胜——这种精神，谁也别想战胜它，因为它本身就是一种腐蚀剂。虚假、衰弱和无耻，将一路腐蚀、吞噬过去，无法抵挡。

这就是我们终于在全世界造成了真正弱者形象的根本原因。弱者的彻底胜利必将完成彻底的弱者形象，这恐怕不是一代人所能改变的。呜呼，并不是世界上所有的问题，都是能够找到解决的办法的，比如，积弱。

我这么写，也并不是在责怪吉木萨尔。它没有什么好责怪的，对这一切深刻的后果，它毫不自知也毫不理解。它是那样偏远，孤立，那样茫然自在。

直到最后我离开的那天，我也没能对它留下一个全景式的印象，它仅仅是一个村落，和北方的所有农村大同小异的村落。它拥有土地然而它简朴，它拥有四季然而它泥泞，它就是那样，你一扭头，就会感到它消失。

谁也别想在地图上找见它——那个村落，就像谁也别想在地图上找见自己的家。

1988 年 11 月 9 日写于乌鲁木齐

蠕动的屋脊

前方灶头
有我的黄铜茶炊

一日,我从梦中醒来。仿佛……咿儿呀儿哟地听见耶和华对我说:你应该到屋顶上去看看!我纳闷极了。我知道我不曾信仰过天主教或伊斯兰教,新约旧约和伊斯兰经典也从未读过半页以上,何以竟能偶然听到这伟大的神谕呢?

神谕隐秘,空灵如同无物,如同疯癫痴语,但却语调平静、声传幽谷、无所不容。这神祇的声音已经对你说过了,就不再重复;你爱信不信,爱做不做,那是你的事。俯察万物的神已经向你谕示过了,他当然也正在空中注视着你。

我感到一阵颤栗,一阵满足。无论如何,我总是听到了比命令伟大得多的声音,而且我正受到这声音的关注。虽然我暂时尚不能领悟这句重要的话中所蕴含的全部意义,但我决心去做。我平生最大的优点就是,不管我多么狂妄,多么随心所欲,却能对庄严的劝示俯首遵从,哪怕我一时没有完全听懂。因为我多少还记得歌德这样一句话："真理和神性一样，是永不肯让我们直接识知的。我们只能在反光、譬喻、象征里面观照它。"

我深为自己的这一重要的优点而庆幸，就像一个不可救药的人发现了自己竟具有某种无所不能抗御的奇异生命力一样。为此，我当然瞧不起那些在嘈杂的声音面前毕恭毕敬，却公然藐视或根本听不到这庄严神谕的人。

先是飞喀什噶尔，然后取道叶城。离开叶城之后，我搭乘的北京牌越野车已经行驶在空旷的戈壁上了。远远地，土黄色城垣般的昆仑山余脉已经在右车窗外升起。

我开始为自己的决定兴奋，爬上"屋脊"，离开那间让人厌倦和烦闷的现实的屋子，也许无险可探，无迹可寻，但总比死守着斗室有趣些，或许，倒真能找到一点什么属于我的东西呢！

"前方灶头，有我的黄铜茶炊……"想到这句话时，我可能自言自语了。

"你说什么？"同伴问。

"我说什么，我什么也没说呀。"我没听见自己的声音，因为我一直在想这句诗。为什么忽然在这时候想起它？我也奇怪。

这句诗是王昌龄的弟弟王昌耀1983年9月8日题在我的小本子上的，那时，我满怀信心，以为他将给我题赠一句什么样光彩夺目的醒世格言，不料竟是这么平淡寻常的一句,"前方……是……黄铜茶炊"。如若不是上面已经讲到的我平生最大的优点的话,我几乎大失所望,但是幸亏我对庄严的劝示异常尊重,于是我记住了这句话。

当我在通向"屋顶"的路上猛然间想起它的时候,我才觉得它妙极了。"前方灶头,有我的黄铜茶炊"。又是一句神谕。

前方没有巅顶,不是终点,更非领奖台和极乐园,而是"灶头";人生所能真实求得的东西,也不是封号或冠军,而是"黄铜茶炊"。这是好诗,难怪被我记住了。这固执的彻悟,平静的珍惜,把远的、大的看近看小,把朴素的、寻常的看出辉煌来,时隔几年我才掂出了这平淡诗句里所含的分量。

如此看来,前方的庞大昆仑山脉正可以视为一个"灶头",但是那儿果真"有我的黄铜茶炊"吗?

> 然后它慢慢地走动一会儿
> 在天亮前重新蹲好一个位置
> 山和山全都相似
> 挪换了地方谁也看不出
> ——旧作

海拔高度原来就是一种境界,进入卓越宏大的山系,就是在接受对人生各个阶段的摹拟演习和暗示。以前我一直想不通为什么会产生"登山家"这样可笑的职业,理解不了走路这样平常的活动有什么了不起的意义;登山家所攀登的山峰,往往并不见其险陡,仅仅是海拔高度罢了。这和我对天下许多事物的浮浅认识是一样的。我不理解伟大的山,正如我们不易理解伟大的人和事物。它们离开我们太远,我们往往惊喜近处的一座突兀而起的山丘的险峻奇峭,欣赏它,赞叹它,辟为一座公园,闲暇时借以使自己站高些,不甚费力地使自己也稍微变得高尚起来一刻钟。这很容易,这仅仅是玩一下,所谓"游山玩水",只是出于另一种需要,把山和水当作精神意义上的妓女罢了。

所以有了"桂林山水甲天下"之说,这句话里所流露出的戏狎的态度,有那么一些嫖客的口吻。

喀喇昆仑也有山有水,但不好玩,更不能戏狎。有个年轻的架线兵从电线杆下来,看看只剩一米多高,就势跳下来省事,不料这一跳落地,竟再没能起来。在昆仑山,不可猛跑狂跳,不然,十步之内,轻可以使人头晕恶心,重可以使人丧命。"莽昆仑,横空出世",来到这个躯体庞大的巨物身上,小情趣和小欢乐或许会少些,但有可能得到把生命置于大境界的考验之后的坚实认识。

我们这台车子从叶城到狮泉河走了五天,运送物资的车队却要走九天,这些天的路程是够难熬的。不过想到斯文赫定是骑骆驼来的,当年阿里支队的官兵是骑马或步行来的,也就乐天知命并且惊异于人类忍受大自然暴虐的无尽潜力了。

入昆仑山口，第一道门槛就是4800米大坂，海拔4800米，人称"黑卡大坂"，然后住"麻扎兵站"（麻扎意为坟），是夜见月在山头仅仅一丈余高，似位于山顶伸手可触；之后可以看到著名的令人难以置信的高原湖泊"班公湖"，群峦之上碧波浩渺，碧波之上竟有水兵翩翩；继而抵达名为"甜水海"而实际异常荒凉残破的兵站，此地既无甜水也无海，天空却呈异象，颜色仿佛是被毒液浸泡过的暗黄，嗅嗅若有怪味，望之即觉晕眩；再向前，翻越新疆和西藏的交界"界山大坂"，地名就由维语变成了藏语。像昆仑山这样大气磅礴的山，摆出来的似乎也是一个"八阵图"，江流石不转，里面藏着多少种意思，悟不透，但它总会不同凡响地折磨你。

第一个也许是最肤浅的阵势，就是险。4800米的"黑卡大坂"集惊险之大成，巨石悬顶，一侧凌空。巨石似可弹之滚落，路面上散乱着石块说明刚刚滚下来过，还很新鲜地保持着自然落体的姿态。路窄，几不容会车，常需远远望见盘山道上有车行来，提早在一较宽处等候。路盘旋无尽，像大寨梯田，如摩天大厦，而我们，如乘登山缆车，心儿总被一根细发从空中悬着，一步一担惊，一旋一受怕，就这么整整一天，才算稳住。

第二个阵势，就摆出一片彻骨的荒凉。

麻扎兵站用人世间最后那点热烘烘的汤面打发了你，

让你看见几棵绿树,最后一顿有新鲜蔬菜的晚餐,然后就爱莫能助去你妈的了,由你进入比戈壁更坚硬、比沙漠更无望的荒凉。这地方叫三十里营房,开车的到这儿都变小心了,说是闹鬼,平白无故不知怎么弄的老翻车。原来这地方是聚居着上千柯尔克孜人的大村落,还驻有国民党一个连,有次起了民怨,总是百姓结婚官兵要过瘾吧,兵痞们直把山民的洞房闹成了奸淫场,结果惹急了,这个连被连锅端了,杀得一个不剩。

事后,增派一个营来,运来大量少数民族生活用品,安抚边民,说是前面的事算了,对留在村中的孤弱十分地照顾友善,诱使逃散的青壮陆续归返。真有耐性,足等了有两三年,边民疑心稍定,渐渐回来了,这个营突开杀戒,把全村上千人屠杀殆尽,连婴儿也未能免难地报复了这个村子!从此,这里房屋街道犹在而炊烟灭,人声绝,白骨还整齐地躺在屋中保持睡态,生活却突然中断。

这一段本世纪发生的残酷故事,使昆仑山的荒凉更荒凉。人类即使在这样险僻艰难的环境,仍忘不了互相仇杀、报复,看来冷酷无情杀心不泯的并非昆仑山而是人类自己了。万户萧疏鬼唱歌,怨魂拦道闹翻车,所以驾驶员到此,停车,拿锹,铲土掩埋暴露于路边的白骨,意为求鬼放行。

第三个阵势,是"惑"。

那就是班公湖,一望无际如海,在海拔四五千米之上像只蔚蓝色的眼睛望着你,鸥鸟翔集,阴云低垂,细浪轻柔。在这干燥的高原上，奇迹般呈现出这一湖深情，诱惑你，迷醉你，湖心岛上有数不尽的野鸟蛋俯拾皆是，湖中的鱼傻得用大头针可钓。碧波如斯，何不一跳？但是高原上有句兵谚，足为后来者戒。兵谚说，班公湖里洗个澡，"界山大坂"撒泡尿。这貌似鼓励的话，其实后面有一句潜台词：你有本事试试！界山大坂撒泡尿，就上不了车了；班公湖洗个澡，就爬不上岸了。这说法实在太玄，但面对七月飞雪的昆仑山，我们谁也不愿到班公湖的满腔雪水中去一试肝胆。

甜水海是真正的迷魂阵，这第四招是：晕。看样子这儿不算高，可是气候险恶，天色暗黄，一般车子都不愿留宿。我们赶到时，正该吃午饭了，一下车，马上就感到所传不谬。这没有半点夸张，但是更玄，几分钟后，指甲盖发青嘴唇发紫，头晕如醉酒，脚软如踏云，解大便，蹲下就好难站起来。

一问兵站指导员，回答说：梯队要平均五分钟躺倒一个。越听越觉得难受了，大伙包括司机，一致宁愿再赶几百公里翻越界山大坂去住多玛，无论如何不在这地方过夜，在这儿睡上一夜，谁也不敢保证自己明早能不能活着醒过来。何况两百多公里的路，在新疆说起来叫作"近得很"。

海拔6000米的"界山大坂"，是个大阵地。上山一百公里，下山一百公里，那么高了，却一点不见险陡。人倒不觉得怎么缺氧，汽车反而承受不住了，十分钟一停。因为缺氧，汽油燃烧不充分；因为海拔高，水箱里的水80℃就开锅；我们的北京牌在爬向大坂的漫坡上三步一喘，五步一歇，像一条可怜的病牛。还是赫赫有名的"界山大坂"厉害，它干脆让机械这样强硬的钢筋铁骨害了高原症。

爬上大坂界顶的时候，才看见一个大境界。

"界山大坂"，简直就是一个浑圆坦阔的大馒头突兀于众峰之上，四面的天空都似垂挂在它之下，唯有头顶一片天，被它撑起来几丈之遥；周围一派寂静，只有一座座的山峦积着雪，一语不发地望着你，望过来一阵阵的寒气。天风擦着灰玻璃一样的天空，从山脊的积雪间轻盈无声地掠过来，袭人魂魄……让人觉得自己太单薄，像张纸，一吹就透。尽管如此，壮壮胆，还是在"界山大坂"顶上撒了一泡尿留念。尿既出，并无异样感觉，只是觉得自己形象很滑稽，像在西天如来佛手指缝间撒尿的孙猴儿，用自己幽默可爱的渺小为人家的崇高浩大做陪衬。

有趣的是，在这样的大境界上发现了小生趣。一只灰百灵子，总在我们停车的路边飞来旋绕，叫声也焦急，这就无意中出卖了它自己的秘密，它不懂得"此地无银三百两"这种经验。我们跑过去一看，石板缝底下，果然正有一窝羽毛未丰的雀雏。轻轻掀开，就全暴露在我们手掌之下了，捧起来，那灰百灵叫得更急切。

有人提议说，放在路面上，用汽车压着玩。

想想，不忍。小生灵在这大境界里生存繁殖不易，它们的娘又叫得比李清照的词还凄婉，何况我们在昆仑山的手掌心里并不比它们在我们的手掌心里强多少，都是脆弱的东西，应该互相怜悯。一说，大伙全同意，轻轻放回窝里，把石板重新盖好。再见，好好活下去！车子开动了，一眼瞥见那只灰百灵，还站在石头上，正含泪目送我们远去。

远去，远去，远去岂止两百公里？

这一天的路，在感觉上像是走了整整一个世纪。一直，走进了黑夜。在昆仑山腹地的漫长的、忍饥挨饿的黑夜之海洋，体验到了人世间极难受到的滋味，历史的夜长廊，世界的大黑暗，空旷的凄凉和永恒的悲哀全都涌上来，所有在夜暗中凝固的峰峦全都被一轮低垂的月亮唤醒，它们慢慢走动起来，缓缓移动着，成了一群蹲伏在凝固时空里活转来的巨兽，目送你，尾随你，有时竟出人意料地赶到前头等着你，看你还能不能认出它来……

昆仑山的鬼月亮，又大、又圆、又低。这月亮本是同一个，看起来却像是昆仑山自家独有的一轮，苍白的第一，凄清的冠军。一看就知道它准是那"秦时明月"，夜深还过女墙来。想告诉我们什么，却又不语；不告诉我们什么，却有满面清光如泣如诉。

这纯粹又是一个夜半钟声到客船，月光的钟声，明亮的无言，是跨越了一切界限的永恒诗句，超脱了一切现实藩篱的伟大音响,是叮咛,是怀念,是生者对死者的拥抱,是死者对生者的接见……只有在这样的月光下,在这庞大而又宁静、蠕动而又肃穆的世界里,才能产生奇幻,产生比真实更可信赖的奇幻。山峰在角逐,山峦在移行,我们在巨大坚实的土地上,在周围一片黑暗无所依托的天空中。黑色的历史的时间已经被我看到,苍白无力的月光的文字却永远无法读懂。我们是谁?是蝴蝶化成的庄周还是庄周化成的蝴蝶?是无尽的群山驮着我们移动还是我们其实正和这些山一起在月下蹲伏了三百万年?我们从哪里来?(问得好)我祖宗是伟大残忍的马上取天下的帝王,也是善良愚钝土里刨食的农民。我们到哪里去?不知道也不相信。(今夜地球变得真像地球……)

只有月亮。只有山。

而山,绝对走动过了,不然它们老那么蹲着会很累。在夜间,它们移动,在天亮前重新蹲好一个位置。

> 山和山全都相似
> 挪换了地方谁也看不出

在深夜四点钟,我终于看出了山的这个秘密。但是我没说,因为当时我们的车子正摇摇晃晃,睡意蒙眬地驶在"死人沟"。

> 挂铃铛的小小藏马
> 在我的视野里一跳一跳地
> 远了
>
> ——旧作

  有一个简单的道理，长期生活在城市繁华里巷的人不易知道。那就是，当人被置于阔大的背景之上时，就很容易原形毕露。孤独的人，被放置在海洋、天空、茫茫的荒野或群山之间，他的社会联系被隔断，文化的鳞片一点一点剥落，这时候，不管他是绝顶的聪明还是高度的愚蠢，他都会有一种不可言传的情绪升起来，笼罩住他，使他凄凉、悲哀，感到自己是那样的软弱空虚无力，仿佛一下子失落了整个早已习惯了的文明意识……

  我们所营造的经数千年或数万年积累而形成的文明，那些让我们赖以生存同时又妨碍我们更好地生活的东西，不见了。我们非常不习惯被还原成自己的原形，也不能接受失去现有的秩序而重温远古的生活方式。天似穹庐，笼盖四野。这原本是大自然赋予万物的一间共同的大房子，最华贵的屋舍。有无比辉煌的太阳的大吊灯，月亮的夜明珠灯盏，周围有星星的装饰图案，清风不须钱买，雷电雨雪变幻无穷比舞台上的假造的布景壮观百倍。而大地上，设备也已经相当豪华，原本有草原的大地毯，山峦的沙发和靠背椅，河流的道路直达沧海，森林的被褥和床榻，万物的乐园和战场……

> 这个啊这个世界，是同一个世界，
> 有着退潮和亢进，有着悔恨和暴风云；
> 黄道带的发明者，天穹的冒失星，
> 在黄道的边缘，到宇宙的远境；
> 这同一个世界，这世界是
> 一只喇叭、一只喇叭和一团遥远无用的云！

我喜爱那位希腊诗人花了十一年时间写成的被译为《俊杰》的诗。不错，原本是"同一个世界"，是今人的也是古人的，是人类的也是鸟兽虫鱼、花草树木的，甚至苍蝇老鼠也有份。可惜这共同的世界被时间分隔开，被距离分隔开，被狭隘自私的占有欲和粗暴愚蠢的统治欲分割开，彼此竟无法理解。我为什么来到这"屋顶"？这号称"世界屋脊的屋脊"的地方。在这里，我呼吸着只有北京的一半的氧气，倾听着宇宙间唯一的回声……

我用了整整一个星期的时间才来到这坐落在昆仑腹地的地方，这沦陷在荒凉屋脊上的狮泉河。把这地方叫作城市更合适呢，还是叫作镇子更贴切呢？这阿里地区的首府，虽然设有门卫警戒的军分区和党政机关，有办公楼房和街道，但它仍然给人以阿拉斯加淘金人小镇的印象：有一种临时的热闹。它是那么不和谐地出现在这里，被周围的荒凉衬托得很凄惨,格外容易引人伤感;它的那一点小小的生气,几千人的活力,像放置在无边雪野里的一块红木炭,热劲一下就被周围吞吸淹灭了。它几乎没有多少居民,全是些公职人员和军人,这就不像个地方,就显得既没有深厚的根基也没有可信的明天。很可能,因为什么它很快出现在这里,说不定又因为什么它一下就不见了。所以我总觉得这些水泥砖房不如那些被散乱牛羊围绕着的帐篷和糊着牛粪饼的泥巴土房更让人心里踏实、长久可靠。关键在于不合谐,商店里堆积的大量物资与这里的购买力不合谐,当地首脑人物的首长气派与近在眼前的荒山野岭不合谐,艰险困苦的环境与人们松散怠惰的工作态度不合谐,原始的自然形态和人们内心的某种心理也不合谐。

老实说,我不喜欢狮泉河。它像个从别处撕下来粘贴到这儿的地方,显得别扭。它没有一点儿自己的文化,没有那种从土地里生长出来的悠久的风味。我喜欢看的是那些上城来的藏民,他们黧黑的脸孔和这高原的气色一致,身上散发着一种温暖的土腥味,好像他们是从这众多山峰的哪个山缝里诞生出来的。他们眼神呆滞,和我们无法用目光去彼此领会更多的东西。我们和他们内心的语言不一样。所以我们看他有时像看一块站立着的岩石,他们看我也大概像看一道水泥墙壁。这时我才似乎有些懂得,人类为什么能够互相残杀了。

人和人的隔膜,有时比人和山之间的隔膜还要厚。你若有灵性，你或许有时可以听懂天籁，理解一个湖泊或山峰，在精神上与一朵云挽手共舞于瓷蓝的天空舞厅，把握住一只鸟的性格或一条河流的神韵……但是，有很多时候，你看不懂一个人的那张脸，无论他是呆滞的还是灵活多变的，你透视不到他的内心，透视不到他人生的旅途留下的那些感情灰烬……

在一处墙角，有一个藏族老头正默然无语地坐在那儿摆地摊。他穿得简直稀奇古怪，打扮得纵横交错令人费解，你弄不清他把几多个年代和地区一股脑儿地弄到自己身上了。他头上梳着清朝的辫子，穿着袒臂的藏袍，叼着一只水烟铜壶，套一条蓝干部裤，足蹬军用解放鞋。这个五花八门的老头，地摊上摆着的与其说是一些货物，还不如说是民情风俗展览的好，有火镰、藏刀、兽皮、草药……等等。更让人吃惊的是，你看他那副漠然麻木的表情，以为他不懂你的话呢，不料他一张口，竟是四川话！你怎么能想通，这个神秘古怪的老头究竟是为了卖他那几件无人问津的东西呢？还是被一种固执的职业天性鬼使神差地弄到这地方来了呢？

这就是藏族人了，他们在高寒的世界屋脊上，却被晒得皮肤黝黑，像赤道上的黑人，而并没有被冻得晶莹惨白；他们住着低矮单薄的帐篷，那帐篷之单薄完全像一个支起来的床单，根本不能和哈萨克人厚实的毡帐相比，似乎高原的风吹一口凉气，也能把它掀飞到国境线那边；但是他们好像被一个什么看不见的根系着似的,在终年积雪的屋脊上,用晒干的牛粪饼烧奶茶,吃糌粑,并且建造了布达拉宫。对于这个民族,我们的教育也显得过于吝啬了一些,除了文成公主和松赞干布那场表面轰轰烈烈而实际别有用心的婚礼之外,我们对吐蕃人还知道些什么呢?历史和它们的统治者一样不负责任,它不惜墨宝极力渲染了那次和亲盛事,讲述了盛大、排场的婚礼,剩下的就讳莫如深了。后来,文成公主想家的事,吃腥膻羊肉捂鼻子而挨揍的事,统统被历史——这个虚伪而又冷酷的臭太监当作罪证给销毁了,连一点影子也没留下来。

第二天中午,光线很好。我没有再去逛街道,而去沿着一条两旁栽种了灌木丛的土路散步,随便走走,歇歇,或者坐在一块石头上吸支烟。

不远处就是褐红色的山峦,一层套一层,像蓝天下的一幅背景极深的群山油画,刺目地一下推到人眼前。阳光慷慨大度地照射下来,使山野间时起时落的灰色野鸽子背上镀了一层银子般的光泽;它们旋飞在看来十分贫瘠的高原山峦旷野上,就显得珍贵而又异常美丽,像一些被抛起在空中的不知忧愁的发亮银器。

这时我看见,有一匹矮小而精神抖擞的藏马,正拴在一座土屋外的木桩上。那马,打扮就显然与塔什库尔干高原的塔吉克人的马不一样,藏马脖颈上挂着铃铛,额上系了红绸,尾巴有时扎成结,模样很像汉人走江湖耍把戏的马,而尾巴的扎法,很像唐三彩的马尾。从这些外形上,可以看出藏族和汉文化的接近,马不仅是游牧民族的文化标志,它和人类相处了这么久,其实本身就已经成为一种文化了。塔吉克人的马和藏马不同,它不挂铃铛,因为它不是用来耍把戏招摇的,而是用来作战,马鞍下垫着一块色彩富丽的长毯直铺到马屁股上,极具阿拉伯古骑兵风采。那些高原马,也细长高贵,短毛油亮筋肉凹凸可见,头型非常精巧优雅,像安娜·卡列尼娜一样美丽而脾气骄躁。这种马天生就是为了奔跑杀伐的,只为一位英勇的骑士显示傲慢的英姿,它根本不是用来拉车的。我有些惋惜的是,这种马在我们中国的土地上已经越来越少,几近绝种了,到处都是一匹匹垂头丧气、在长鞭下任劳任怨的拉车者。

一会儿,土屋里送出一条汉子,他头戴藏青色不伦不类之礼帽,鼻梁上架一副价值昂贵却土里土气的水晶石墨镜,穿着袍子,里面好像是故意露出很白的衬衣领子。他和屋主人告了别,跨到马背上,大身躯骑在小藏马上,显得滑稽可笑,好比一匹肥大汉骑辆女式小凤凰车。但他毫不介意,依旧摆出一副雄赳赳的样子,大声吆喝着,兴高采烈地打马跑起来。四只可怜的小马蹄像四个敲木鱼的和尚的手,在土路上敲得清脆悦耳,但根本没有我在伊犁草原和塔什库尔干高原上见到的那种震撼大地的强有力的马蹄。

土路不长,很快就穿绕进山峦里,那马,却一蹦一跳地，老也钻不进去，速度不行；它颈上的铃铛哗哗地响，很好玩，在我视野里晃动、晃动，突然一拐弯，像是连人带马钻入石头缝儿里去了似的，不见了。

山峦浓重刺目的色块，一层层重叠、堆积，向人眼前又推进了一步，沉浊威重地矗立着。

从它渐渐合拢的山缝里，隐隐地，还能听见一丝若有若无的铃铛清脆的声音……

> 在那些厕所的土墙上
> 画满了业余艺术家们的作品
> ——日记

往往是，越原始的东西越让人触目惊心。尸体让人触目惊心，汽车肇事后遗留在地上的一摊鲜血让人触目惊心，因为它一下就把"死亡"这个最古老的原始课题摆在人眼前，不管你在人世间正活得多烦恼或多欢乐，你都不能不心头一颤，受到它的提醒。我想诞生也是触目惊心的，因为它也原始，越是原始的东西在人们眼里就越丑陋，因为它与人们对自己已经被提高了的理解相违背。

有一次，我和一位作家聊天，我说我写作时最讨厌有人凑在边上看，即使是最亲近的人看，也觉得别扭。（写工作报告时不在乎。）他说，我也有这个习惯，而且很多人都这样。

"为什么？"

"因为……"他想了想，说道："写作恐怕和屙屎一样，有人盯着看，还能屙出来吗？"

之后很长一段时间，我都在想这个屙屎和写作之间有什么内在联系的命题，因为这个现象是那么真实而有力，原始而深刻，凭着直感就能知道它对一个从事写作的人所含意义的重要。后来，我就觉得想通了。不管先贤们对文学艺术本源的解释有多么神圣或奇妙，我都不能不认为，文学艺术是一种人类精神上的排泄方式，是精神上的屙屎。还有一位作家朋友也曾挤出满脸痛苦的皱纹对我说："屙屎时，我体验到一种极大的快感！"

写作也有这种快感。写作之所以能够使人坐卧不宁、欲罢不能，就因为它本质上是精神的排泄，感受的倾吐，比之为屙屎是再恰当不过的了。屙屎是那样地为人回避且视为不洁，越是高贵的人越把自己装扮成无法想象他也像普通人那样屙屎的样子，只有最朴实的人，农民，不嫌弃屎，也不轻视这些贯穿了人体的黄金之物。

最原始的，也就是永恒的。

人类无论还能发明多少伟大奇妙的东西，我相信，都解决不了让人进化到可以不用再屙屎的境界，因而，文学是永恒的，诗是永恒的。古典时期的艺术家们，为了提高人的文明，故而回避、美化原始的东西，他们创造的艺术至境为典雅；现代艺术家们为了冲破发达的物质繁华世界更准确地把握人类情绪的本质，使人的精神返璞归真，他们的作品中传达的常常是原始的骚动和不安……

这是我在狮泉河想到的和昆仑山离题万里的问题，因为每逢上厕所，都要目睹军营厕所的土墙上扑眼而来的、原始冲动的、线条稚拙却极有表现力的匿名画家的壁画奇观。这类画可以雅称为"匿名画派"，常出现于公共厕所、破旧旅馆、火车解手间，既不登大雅之堂，又缺乏基本训练，还不好作为反标立案。但从没有见过像昆仑山兵营里的厕所土墙上这么多，这么轰轰烈烈、触目惊心！在这些线条拙劣的自我暴露中，除了性宣泄之外，还能让我们看到点什么？

是这种原始的饥渴更真实呢，还是摆在走廊里贴满了决心书和"让昆仑生辉"等豪言壮语的墙报更真实？或者说这两个都真实。这两种真实之间的差别怎么那么大呢？一个是顶天立地、无私无畏的圣人，一个却是饥饿的魔鬼，意念上出笼的罪犯……

以后我认识了几个战士，他们都年轻；脸色紫红嘴唇皲裂，除了高原强光的紫外线印记，我还看到一脸青春的焦渴和折磨。开始他们有些拘谨，后来混熟了，有的说了笑话，有的说了心里话。战士，都是些又世故又老实的年轻人，他们平时既会装得憨厚听话，私下里又会打小算盘，说风凉话，还装了满肚子的带有浓厚乡村风味的下流笑话。"昆仑山上连耗了都是公的"就属于他们的语言。毫无疑问是他们之中的一些人偷偷在厕所画了那些匿名画,可是你要问他有没有女朋友,他反而不知所措面红耳赤。军区歌舞团来做过几次慰问演出,骤然间来了这么多漂亮姑娘,反而把这些战士给震呆了,看傻了,拘谨得泡好的茶水也不敢大大方方递到姑娘们手里,几乎到了马上就要夺门而逃的地步。演员们随便惯了,嬉笑如常,他们倒羞涩得比农村大姑娘还别扭,头也不敢抬,使劲搓手,像在受审……

这真是叶公何其好龙也!

叶公也是在家里画满了壁画,龙来了,他连招呼也不敢打就吓晕了。

据说上过昆仑山的演员们也感受颇深,她们总结时说:"昆仑山的战士最纯朴,最可爱,是新一代最可爱的人!"纯朴也好,可爱也好,愿意嫁给昆仑山战士的演员却没有一个。何况她们没进过男厕所,没参观过土墙上的壁画,要是见了,连这些好听话也不能说出口了。当然,壁画归壁画,压抑归压抑,演员们还是完好无损地下了山。

昆仑山上的军人们,被最可怕的荒凉和寂寞包围着、压榨着;被自然的和自身的两种险恶的处境所折磨,所攻击;他们长年累月的坚守是可以想见的艰难困苦了……军人的天职,据一位外军将领总结出的,是两个字——"服从"。我恨这两个字,我认为这两个字极大地污辱并践踏了军人的人性、名誉和战斗精神!军人应该是最不善于服从的，有顽强个性的，最有创造精神和进攻意识的，无压抑的阳痿状态而是充盈着生命力和阳刚之气的，好男人。

至于那些壁画，也没有什么了不起的，留着，也是昆仑山一景，虽然画的全是炮兵。

> 遥远的伤口被岁月掩住
> 等待为智者的目光重新撕开
>
> ——旧作

古格王国。

这里，才是屋顶上的神话——一个留在高原上的谜！

传说这个西藏历史上赫赫有名的王国，大约一千年前，奇迹般出现，却又在三百年前，突然消失了。

世界上总有这一类古怪的事，你不用想就能理解，可是你越是细琢磨就越想不通。这座位于札达县二十公里的古格王朝遗址几乎没人不知道，上昆仑山之前，叶城、疏勒的人们就传说着它，一脸的神秘样子，好像它比冈底斯山、喜马拉雅和喀喇昆仑这三大山系还奇异似的，可也正是他们，把无数造型优美、形态栩栩如生的小铜佛装了几卡车运下山，堆在军械仓库里，最后化了铜水。

有什么办法！没有人不知道它的重要，也没有人知道它究竟重要在哪儿。一切古迹，都能唤起人们的好奇心、想象力和历史感，但仅仅是短暂的，很快，人们就发现自己的想象力无法穿透时间蒙在上面的厚壳,不但灰心,而且产生出盲目的破坏欲,很多古迹都是这么毁了的。人们对自己无法用认识占有的事物,总是生出相反方向的力。

车到札达,已是夜深。

我们被雪亮的灯光引进一座土墙围着的院落,是县武装部。在这个墙院里,有两个物件使我感兴趣,一个是树,另一个是小泥佛。

树是一般的白杨树,高大、挺直。茅盾先生为这种西北树写过礼赞。但是自从上了昆仑山以来,我就再没见到过一棵能被当之无愧地称为"树"的植物,偶尔见到的只是些灌木。这天晚上我们见到这排碗口粗细的白杨时,就难免产生出激动,仿佛在异域突然没想到地遇上了老熟人,亲切得很。

夜风温柔地摇动着树梢,发出一阵阵叹息似的声响,好像这些树也认识我们。我的手抚摸了一阵圆溜溜的、有时卵石般光滑有时粗糙如皱的树身,觉得从未有过的惬意。树是人的亲人。陪伴你生活的树更是你的亲人。树是大地伸向你的亲切温存的手掌,它总是叉开五指向你摆动……这时,我突然好像在一刹间理解了树,定神一想时,又不见了。我才知道,真正的灵感是无法捕捉住的,它只向你显现一瞬,然后就潜入混沌。羚羊挂角无迹可寻。我们所能捕捉住的所谓灵感,不过只是羚羊的角而不是羚羊。

小泥佛就随意被人和晾晒的布鞋一起,摆在窗台上。

巴掌大小，非常精致讨人喜欢。凸出的莲花座上有一俊美的佛，盘腿而坐，左手在胸前护住一乳，右手优雅地举起一柄长剑。背面，几百年前那制作人的掌纹历历在目，清晰地留在泥面上，似可嗅到那纹脉间渗出的汗味儿和生命的气息……泥佛犹在而那只手掌早已化作尘土，飘飞在空气中了。

札达县与其说是一个县城，不如说是一处村落，且还算不上大村子。如若没有军人，这里人就更少。周围一幅衰败、寥落的景象，古迹垃圾一样堆放在不远处。有两座寺，一座尚完好，里面堆着些粮食，四川来的包工队住在里面。寺里的建筑虽已陈旧，气势和规模却在，可以想见鼎盛时期经幡飘飞、黄袍匆匆的样子。墙上留有残缺的壁画，大门红漆剥落，隐隐可见"文革"时标语的一些断句。两种崇信和造神互不相容，最后却成了相互注释。

　　活着的人就好好地活着吧，
　　别指望大地会记住你的名字！

在一切遗迹面前，我以为，都很难再生发出比老诗人艾青这两句更悲凉、更清醒的感触了。古往今来几乎所有大彻大悟的英雄和智者，都在这历史的提醒、时间的警告面前悲从中来，辛稼轩清楚"休去倚危栏"，陈子昂也忍不住"独怆然而涕下"，就连一世豪雄的曹孟德也感到在这苍茫浩大的空间里"绕树三匝，无枝可依"……噫！狮子的悲哀，麻雀的欢乐，谁能说得清哪个更深刻呢？

次日，我们乘车去看离札达县二十五公里的古格王国遗址。一路想象着那遗址的模样，一待到了山下，还是大吃一惊。谁能想象在这荒山野岭之上，竟有如此一座依山而筑、规模宏大、与山浑然如一体、虽已没有人影但仍然藏兵十万雄视千古的伟岸宫殿呢？

几乎分不清这是由于想象的幻化，还是一座真实的存在？是山自己长成这样让人来居住，还是人按照山的形态修凿了它？

天衣无缝，鬼斧神工。

十万洞穴，烟熏火燎犹有人间烟火味；一座宫殿，散盾弃镞尚带帝王威严气。远处烽台报警，峰顶议事厅开会。石磴明达山顶，暗道幽通卧榻。高二百米，殿四十间。真是"黄鹤不知何处去，此地空余黄鹤楼"。

遥想千年，争权失势的王，带领亲信臣民来这崇山峻岭之前，一勒马，立在这里，背倚无尽无穷的滚滚齐天的山浪峰涛，胸前一脉河湾似的小平川，一眼看中这座二百米高的山峦，指山为室，凿洞铺石，直把整座宫殿盖在了山峦的头顶上，修进了绝壁的眼眶间！

这才真是不可思议的如山的魄力！

败了的王败在人手里，为了生存，却又跑来收拾这无所谓胜败的山。不料，反而造成了比夺得王权更重大得多的业绩。古格王宫绝不比古罗马斗技场更宏伟,也比不了布达拉宫壮丽,但是在这种地方,见到这样的遗迹,就让人,在无生命的坍塌宫殿脚下,升起对人类顽强生命力的崇敬和惊叹!虽然只不过是人类渺小的蜂房,却同时也毫无愧色地堪称荒山上的伟大建筑;一个十数万人的王国虽然已经烟消云散,但依然留有一座废墟证明它的存在。

洞穴里,人的骨殖与兽骨几乎难以分辨,让人弄不清是人吃了兽而死还是兽吃了人而亡。但是人用泥土雕塑了自己丰满神圣的神态在佛殿里,并且用五种颜色在墙壁上描绘了自己的生活,兽却没有文化。

壁画,可怜最后只有由你来证实生活了。画你的人呢?你画面上的那些人呢?他们创造了你,结果反而要靠你才能证实他们曾经存在过,我真不知道这究竟是生活的悲哀还是艺术的悲哀?抑或就是两者之间永远不可弥补的不幸?壁画上的人物是那样一种容貌和风采,典雅、秀丽,胸部丰满,肢体圆润如藕。无论是砍伐树木的还是驱赶牛羊的,挥戈征战的还是收割青稞的,甚至躺在丛林间被野兽撕吃的尸体,置于高岩上任兀鹰啄食的天葬者,从两腿间被一长矛刺穿直至头顶的受惩"淫者",一律佛相庄严,面含从容宁静之态,毫无痛苦的表情。

我不相信这些曾经在地球上生存过的人们有如此美好,如此宁静,这宗教的伊甸园,世界屋脊的外星人营地⋯⋯怎么可能是真的呢?我只相信大约在一千年前至距今三百年前，这里曾有过披头散发的肮脏的人群，他们的智慧和体力被制约在可笑的王权之下，他们自己甘愿钻进沿山而凿的洞穴之中，却为他们的王修筑了高踞山顶的雄伟宫殿。活着的时候，他们撕啃野兽的生肉，死了，又把自己的肉体还给飞禽和野兽撕吃。

他们仿佛没有头脑，没有思想，在我们今天的人看来，真是十分愚昧可怜的一种生存！

但他们其实比我们想象的要聪明得多。

聪明，健壮，充盈着思想和灵性的是我们不朽的祖先。简陋的穴居生活并不能阻碍他们思考领悟天体自然、星辰鸟兽的智慧，肮脏野蛮的外表也掩盖不了他们质朴的天性和美好的才能。我甚至相信，他们在对一些事物的本质的认识方面，比我们这些生活在20世纪的所谓"现代人"高明也许好几倍！这些技法绝妙、形态典雅的壁画是他们留下来的，至今使我们叹为观止；难道这种创造力是那些只会梳画家发型装画家做派的人所能比拟的吗？而且，在这样绚丽的朴素、典雅的生动、概括的真实、宏大的细腻面前，我们岂能不为街前矗立的那些拙劣的电影广告画和"只生一个好"之类的宣传画羞惭自愧呢？

人总是，在取得某种进步（甚至是划时代的进步）的同时，就不知不觉地以另一方面的可怕退化作为了代价。或许吧，每一个时代都会出现那么几个自以为空前绝后的人物，不是嘲笑先祖，就是教训后人，凛然把自己膨胀得顶天立地连自己也不认识自己了,以为历史必然是要用他的大腿骨来书写了。结果呢,总是又演一场安徒生童话《皇帝的新衣》。这,大概是自以为聪明的现代人荒唐的悲剧。被自己极力要抹杀的东西所抹杀,也是一种愚蠢的蒙昧状态。

古格王朝在三百年前突然消失了,留下了一座被剥蚀了三百年的山顶宫殿和一位名叫旺堆的老向导。旺堆像一只年逾70的老山羊,在陡峭的山道上蹦来蹦去就如同在自己的手掌上那么自若。他有时候也故意装出一点艰难的样子,我看出来显然是装的,目的是让我们得到一点宽慰不感到比他差得太远。

离开这里不远的主山上,是战争留下的痕迹。《光明日报》1985年11月8日载有一篇《西藏古格王国遗址考察记》,对此有这样的介绍文字:"遗址内有暗道、碉堡、城墙等军事设施。其暗道四通八达,路线复杂。在已发现的武器库中,除有大量的箭杆、盾牌外,还有一暗道,可通山下,通过它能很快抵达前方阵地。整个古格遗址,到处是散乱的盔甲、马甲,还有盾牌、箭杆、箭头等武器。盔甲系用牛皮绳编串小铁片组成,铁片光亮,似曾镀银,其形式有近五十种;盾牌系用藤条制成,装以铜饰,十分坚固,上面还绘有红、黑两彩的图案;箭杆多以竹制,亦有木制,有的已装上定向的羽毛……"据这篇文章说,古格王国是在三百多年前被清朝藩属拉达克灭亡的。

三百年前的事，就已经成了"难解的谜"。那我们对这个世界还究竟能知道些什么更多的东西？那我们现在知道的那些陈年往事究竟还能有几分真实呢？

比如古格王国的人，曾经在这座山上活过了，有遗址为证；但是他们当时的笑声、哭声呢？他们传了二十八代王朝的兴衰故事，那些比康定情歌还康定情歌的爱情，他们的哀愁、企盼、愤怒、狂欢，他们迎接过的日出和凝望过的月轮……就从此一笔勾销了吗？就像毫无意义地刮过一阵风，卷起过一阵尘土似的，没了吗？

这真是对于现世人生的一个可怕而又残酷的提醒、警示！

巨大的恐龙可以绝迹，三趾马的头骨已经成为精美绝伦的化石，浩瀚的海洋可以沦落成为戈壁，躲到了世界屋脊的古格王朝也免不了突然消失，……那么，剩下的，类似我们这些人，还有什么想不开呢？

肯定，有一个比构成现实社会生活的全部内容更有力的东西，凌驾在空中，它驾驶着我们却常常被遗忘。我们现在掌握的所谓"知识"，不过如城市生活的人们掌握交通规则一样，只有应付现实生活的需要，用来伴随短暂的人生而已。大智若愚，因为大智慧已经摆脱了现实的制约，把它的触角伸向了那个更神秘有力的领域。所以，样样小事上都精明的人，准是个蠢货无疑。人生短暂，故何须弥足珍贵，该乐则乐，该醉酒当歌就醉酒当歌，该敞怀大笑就敢怀大笑,遇难不慌,临危不乱,全不须看别人眼色行事;不然,即便做到了将军、部长,一辈子唯命是从,趋前奉后,也真是打肿脸充胖子,只有自己知道自己有多么可怜。

"也怪这庄严的世界:寻欢是堕落,而堕落又是其乐融融。"的确庄严的是有些滑稽也还要庄严下去。因为那位俊美如天使的跛腿诗人拜伦还说过——

> 我们由国王治理,由导师教导,
> 由庸医诊治,然后就一命告终。

他不听话,所以早夭;他若听话呢,世界上就不会有拜伦;世界上没有了他,就像古格王国没有留下那些壁画一样暗淡……

人类那些遥远的伤口并没有被岁月掩住,从那里流出来的,不是血,而是一种被称为"艺术"的精液,它总是能够突破界限的阻拦,在新的灵魂和肉体上,播种爱情!

> 有人的地方
> 可能会有许多烦恼
> 没有人的地方
> 除了烦恼什么也没有
>
> ——旧作

后来，也就是当我离开昆仑山很久以后，有一天不知是因为什么事物的提示，我突然想起了我内心的一些杂乱的对话。当时我们正沿着漫长难耐的原路下山，百无聊赖的几天里，每个人都沉默寡言，都在想什么。我相信，他们也许都和我一样，在内心，悄悄地同沿途的一座座酷似人面孔的山峦进行着一种奇怪的对话。

不过是内心的自问自答，但是一个声音是古怪的，仿佛不同的山峦借你的嘴发声，以它的某种灵性潜入人体，使你产生出内心问答的愿望。这使我感到了交流、理解和宽慰，不然，在这样一大群俯视着自己的、有面型有躯体，据说没有生命但看久了也像活物的山峰面前蠕动过去，很像不辞而别的小人。可惜的是，这种无声的对话难以记下来，往往是，我一警觉的时候，对话就中断了。

我试着把那几天的对话整理了一些，抄录在下面看着玩。

山：你怎么不说话了？你那么远地跑来受了一趟苦，除了几个小泥佛，什么也没拣着，两手空空，提心吊胆，失望了吧？

我：我见识了你，就算朝拜了神。

山：我算什么？还值得朝拜？不过一堆土。

我：你是大地的塑像群，也是一切生活的源头和起点。山和海，土和水，是大地的两极，你老人家是那个阳极，永不停息地向海洋的子宫注射江河，以养育繁衍我们这些蠕动的万物。

我们向您致敬！向您膜拜！

求您，在我下山的时候别使坏，让我平安地离开您。我以后一定为您写一篇好文章。

山：你还会不会说几句老实点儿的话？

我：我觉得……就好像是，——死了一次。

然后又活过来，重新睁开了眼睛，看——

山：死一次好。死一次再活转过来，就知道该怎样活了，要不，老活得腻歪。

我：我先是惊异你有那么多的山峦，把地球都占满了，剩下一些小小的空隙，作为我们人类耕种生活的空间；后来我终于看出来，你也不过是个盆景，摆在地球这个圆盆景架上，而地球，也只放置在宇宙的客厅里……我在盆景的缝隙间蠕动，思想却能飞翔，想象却能比你所有的峰峦更高、更庞大。我们思想来自生命，而生命，虽然短暂却多么美好！因其短暂才越发显得美好！

不瞒你说，打从一登上头一座大坂，我就立即不由自主地注视起自己的生命。你大，我小，这才使我的生命在你巨大的衬托之下显现出一点什么，迫使我对它思考，而这些十分必要的事，却在城市忙乱繁杂的日常程序中被冲淡，被遗忘，被习以为常。"活得匆忙，来不及思考。"

城市是一个热闹的鸟笼子，而我需要整个天空……

山：去年冬天，有件事很有意思。

大雪封山的时候，有只动物饿极了，钻进你们一个哨所的地窖里，结果被捉住了。哨所里高兴极了，向上级机关发了电报，说"昆仑山里发现了老虎!"后来一看，不是老虎。

我：是妖怪吗？

山：是猞猁。在我这久了，连老虎是什么都弄不清，这就是我的好处。

我：你就是一只老虎，昆仑猛于虎。

你卧着，舒展开四肢和身躯，灰黄而又斑斓，威猛而又苍凉，吃人而又不露牙齿。你就这么静悄悄地等着，任凭人们在遥远的地方谈论你，传说你，编织一些根本不属于你们的神话故事……最后，你卧成一个象征。

山：你来了，又离开了。不要说我无情，我送你了，用七月下山的雪水，一直把你送出峡谷开口的平坦处。喏，那是你来时见到过的叶城的村落，那棵大核桃树，你认识吧？那些分散开的枝丫和浓荫，几乎遮盖住了全村的土房子。有老人拄着核桃木的拐杖，坐在村头的石头上；尘土的细末中，几个光屁股小孩正用细土掩埋着自己的小鸡鸡玩；穿着破旧的但却鲜艳的红裙的妇女，正顶罐去河边汲水……她们望着你们停车的人在路边撒尿，便悄悄交换了一瞬隐秘的目光。你注意到了吗？

这一切都没有变，万古长存在我们的脚下。

我：不，在我眼里全变了。上山时，我视之如可怜的乞丐，而现在，我看见的是一群人间天使。

山：你的轮子跑得真快，我跟不上了。

最后，亲爱的朋友，再对我说一句——要说真心话。

我：老人家，我相信这一辈子再不会第二次到您这儿来了。

1987年2月4日写于乌鲁木齐北山坡老楼

哈拉沙尔随笔

我希望这是一篇散文而不是游记。游记本身就是散文，这我知道。但我仍然固执地相信它们的区别。

我希望这篇散文不至于用浮光掠影的水彩涂抹并败坏了山河的朴素原色。著名的博斯腾湖，盛产肥美大头鱼的开都河，夏季一望无边铺向天际的嫩绿苇子丛，毛色透着那么一股金黄劲儿的焉耆名马……等等，一般说来都是文学旅行家们比较赏识的东西。当美成为大家都能认识和理解的东西时，就应该避开它。

我遵循此训。

最后我需说明的是：哈拉沙尔，即焉耆。而焉耆，就是那个位居天山南麓，从新疆首府乌鲁木齐出发、经托克逊南行、穿越突兀曲折的卧虎不拉沟和榆树沟而进入的盆地。

北方的嘴唇

天还没亮，我和同行的朋友"黑猫警长"（这是我在焉耆给他起的一个临时绰号）便背起行囊，穿过乌鲁木齐昏暗的街巷匆匆上路，赶往长途车站。

基本上没睡觉，我和黑猫警长就着莫合烟和红葡萄酒聊了一通宵。一走上这昏暗沉寂的街头，马上就产生出一缕几千年的早行客都产生过的"人迹板桥霜"的凄清之感。九月五更风，颇凉。一吹，头脑清醒许多，脚却发软。

早行客是凄凉而又孤独的，尤其在今天这样一个汽车多如虫，我独不得乘的世纪。在家不是千日好，出外却是时时难。唯有在面对崇山峻岭戈壁大漠之时，能使人忘记琐碎的争斗，升起崇高悲壮的美感，在大自然的神力面前宠辱皆忘。

油黑发亮的公路一直蜿蜒伸入远山，周围是空旷戈壁，在太阳下沉默无声。那公路便像一条发着光的黑色河，引诱我们的汽车发疯地向前扑，想捉住它的尽头，但总捉不住。

车子快得像船，有些飘。司机不在乎，腾出手来卷莫合烟，很熟练地用一只手划火柴，一拨，把一簇小火苗空握在掌心里，形成一个炉灶口，低头凑过去，眯着一只眼睛喷出一口蓝烟，其香使之五官挪位。

一驶进卧虎不拉沟，劈面摆在眼前一幅惊心动魄的翻车图，一辆带拖车的满载西瓜的卡车被撞翻在沟底。六个轮子朝天，驾驶舱压扁了，有一轿子车的人围在沟口，不知伤亡如何。只见满地的西瓜被压开，红红的瓜汁血水一样流。一位写诗的朋友把这些跑长途车的司机称为"新疆好汉",实在不过分。他们虽然粗野得一言不合就能抡起搅把子打架,虽然为了会他的情人能把一车乘客扔在随便哪个荒村野店,但他们太能吃苦,粗野而又豪爽地吃苦,忍受冬天蜷缩在喷灯之下的折磨,夏天大戈壁的烈日烤灼得他们"沟槽子淌汗",有时候热急了就在戈壁滩上把裤子脱了,光着屁股对风吹凉,再丑反正没人看见。

这都是些玩命的人,身上有那么一点儿当兵的味儿,但是比一般的兵更随便,因为几千里长途上,全靠自己拿主意,他是驾驶室里的帝王。

到了干沟,车停下,让大伙撒个尿。干沟果然是干,满山都是风化的岩石和晒得发红的土,远看燥红浑黄,逼得人从心里感到焦渴;近了连个坐处也没有,一蹭一身白色的土渣子粉末儿。此乃最佳流放地,在这儿困上一年,没有不精神崩溃的。

解完手上车,我和黑猫警长都发现,撒泡尿的工夫,嘴唇不对劲了。

想抽烟,嘴唇被烟纸粘得疼。

在塔什店吃碗凉皮子,嘴皮子又被醋和辣子蜇得疼。

"瞧你嘴唇皱了。"黑猫警长说。

"你的嘴也干裂了,红兮兮的。"我说。

悲惨的嘴唇,无水的山沟。在北方,这类山沟到处都是,两山相叠,像两片因干燥而张开的皮肤粗糙的嘴唇。半世纪前,尕司令马仲英的回族兵和霍加·尼牙孜的维吾尔人在这沟里打了一仗,死者上千,尸体横陈沟底,血把干沟染了个红。

现在什么都没有,连个死人骨头也不见,除了山石泛着仿佛血水染过之后又被烈日晒旧的褐红之外,所有曾经发生过的惊心动魄的往事遗迹都被这干渴的北方之唇吃光了,骨头渣儿也不剩。

残忍的北方。

没有古迹、墓碑的失去记忆的北方。

北方的嘴唇,就像这条卧虎不拉沟一样,毫无表情也毫不留情地噘着,一副干燥而麻木、焦渴而又冷漠、愚蠢而又傲慢的样子。

> 大地,你吃的是什么?
> 你为什么这样渴?
> 为什么要喝这样多的眼泪和血?

依稀记起一位外国诗人的名句。

中国的犹太人

在福建省的泉州,这个明代闻名世界的大港,我参观过那里的清真寺和博物馆。我对阿訇抚胸道了一声"萨拉玛里空",使那位头戴白帽颊留长髯的老者惊奇地睁大了眼睛；博物馆陈列着明代巨大的三桅远洋船残骸，摆满刻着阿拉伯文字和诸如依斯麻尔、赛义德之类的氏族墓碑；闻名世界的大航海家郑和的胸像和伟大的思想家李贽的故居都在这里。

我想起了生活在焉耆的这支回族人。

我想象不出他们的祖先是怎么从波斯、从阿拉伯漂洋过海，在泉州登上东方神秘而陌生的大陆；想象不出他们怎样抖开灿烂的宝石袋，换取光滑的瓷器、轻柔如云霞的丝绸和奇迹般的纸张；想象不出商业如何有这么大力量，使人造出船只去航海，去把自己的大陆和另外的大陆联系起来，去把语言和种族之间、信仰和风尚之间的那个大海沟通……

我还想象不出来，为什么这个名叫"回回"的民族，终于没有返回他的远隔重洋的圣土，却宁静而又忧郁地在中国生息下来，扎下了深根。

尔后，他们终于失去了自己的语言和文字。

再后来，他们异国血统的特征渐渐淡化，需要在他们后代子孙的眉宇间细细分辨，才可以显示出来。

这支由勇敢的商业家和航海家组成的民族，在东方古国的人海里挣扎，以防沉没。他们用唯一的一条船保证自己的种族在历史中间航行。这条船就是：伊斯兰教。

离开土地就会丢失语言。这是对无畏的航海者和冒险商人的惩罚吗？真主穆罕默德。

丧失信仰就会彻底消失。这是对没有了土地和语言的人的保佑吗？真主穆罕默德。

在这样的民族当中，出现七下西洋的伟大航海家是正常的。产生离经叛道的卓越思想家是正常的。诞生一代代强悍善战的军事统帅人物也是正常的。一个民族最基本的生活方式形成了他的素质，而这种素质会穿越各种时代，体现在他的后代身上。

我想起了生活在焉耆的这支回族人。

真正的孤独啊……

隐忍、沉默的后面藏着可怕的强悍；怀疑、狡黠的不信任的目光后面有着最真诚的诺言和舍命相陪的友谊；屈辱的自卑感和深藏于心的强大自尊心的矛盾造成的痛苦；不被理解却又顽强地要保存自己所形成的隔阂；边远、贫困的落后生活方式与心比天高的自信力之间的大反差所导致的悲哀和固执心理，就造成了这种百年孤独。

百年孤独不是人人都能感到的，也不是每个民族都能感到的。

妄谈马尔克斯的人在当今已成为一种时髦，但是我敢断言，他们之中的绝大多数人把自己片刻的寂寞当成了伟大的孤独，并且把它拿在手上，像拿着一柄檀香扇那样招摇过市。

一个真正忍受过百年孤独的民族正默默无言。他们并不知道加西亚·马尔克斯这个名字。

于是我又想起了焉耆，想起了形成今天这个模样的哈拉沙尔百年史。

穿过卧虎不拉沟，来到焉耆丰沃湿润的盆地，尤其是浏览了形形色色的保留了极古朴风味的焉耆城之后，漫步开都河老桥和新桥之间的长满高大柳树的堤岸，难得不使人产生一种怅惘的感喟：这一切都是最后的了。最后的一幕。

手摇着萨巴依坐在街头唱歌乞钱的妇人是最后的了；把坐骑拴在木桩上走过去到挂着鲜红羊后腿的主人正大声吆喝的凉面铺吃面的农民是最后的了；四五个面留典型哲赫仁耶教派的胡须的老人正站在一车白杨木旁低声交谈的样子是最后的了；一位风尘仆仆然而充满幽默感和自信心的维吾尔老头戴地道的喀什式巴旦木花帽，身穿黑褡袢，足蹬有套鞋子，肩背褡裢从人群中独自走来并四下张望，这个喀什人来到南疆的门户时的装束，也是最后的了……

时间在改变着一切，包括文化和风俗，包括文化和风俗中最有味的东西。

而这些，只有在焉耆还保留着一部分，虽然也只是最后的一部分了。

是的，抚回庄已经变成了永宁公社，木架老桥已经变成钢筋水泥结构的新桥，骑着著名焉耆马的上城人已经变成戴头盔穿牛仔裤的骑摩托者，开都河挖沙子的马车夫已经变成汽车司机，沿堤而栽的百年垂柳已经做了建筑材料，河里已经很难钓到大头鱼,阿訇的儿子正在为考大学准备外语教材……

但是,哈拉沙尔一百年来的记忆是不会改变的,这记忆是被太多的鲜血浸泡着的一种胚胎,它深藏在这些人的胸腔里,不会变味,不会腐烂,它远比保存在福尔马林液里的标本有价值、有生命力。因此,仅只站在开都河老桥上欣赏河中孤岛上夕阳落照中牧马伸直的颈背是可笑的,匆匆来去的歌唱博斯腾湖连天绿浪和翩飞水鸟的旅游诗人是可笑的。

有一种更伟大的东西,正深藏在人们的缄默里。叩问它,是一件困难的事,就像要了解父亲最悲惨的往事和母亲受过的凌辱那样。既要获得信任,也须等待时机。

生活在焉耆的这支回族人啊……

失去了故土的,流洒了热血的人们哪,你们,哲赫仁耶教派的也好,虎夫耶教派的也好,告诉我,你们,中国的犹太人——

你们是怎样失去了家园的?

你们是怎样来到哈拉沙尔的?

你们的内心隐藏着的、眼神里躲闪着的,是一部什么样的真实传说和悲惨史诗呢?

告诉我,因为老人一旦死绝,传说就会失传;告诉我,因为我是你们忠实的朋友,我不是别人,而是一切民族的史诗的崇拜者……

拜访师父

少年时,我曾有过一位名叫依斯迈尔的回族朋友。那年秋天,我们全家刚刚从北京搬到乌鲁木齐,怀着满肚子的新鲜劲儿蹿到机关院子里东张西望的时候,第一眼就发现了这个同龄少年。

他几乎穿了一身苏式小军装,黄呢马裤下有一双黑色的翻毛骑兵马靴,当时这就使我羡慕到了极点。何况他长得又漂亮,又神气,精通维汉两种语言,活像电影里的人物。我俩像两只陌生的小狗那样谨慎小心地互相打量、试探之后,很快就熟悉起来。他主动教给我维吾尔语,把最常用的骂人话教成"你好",并怂恿我对迎面来的维族人讲,其结果当然非常狼狈。

后来到十二三岁上初中的时候,他便主动向我透露早熟少年的秘密,他告诉我他曾在他舅舅新婚之日趴在房顶的小天窗上偷看了全过程,还曾乘停电的时候亲吻过一个女孩子等等。这种在我看来大逆不道,听来恐慌羞愧的事,依斯迈尔毫不在乎,谈得津津有味。现在我渐渐明白,在性的启蒙中,不同的民族在观念上有相当大的差异。在之后数年的交往中,我和依斯迈尔的外交关系时好时坏,有战有和。和的时候他又会告诉我一些新秘密,战的时候各自拉起人马打个鼻青脸肿,最能让他沮丧的是我方全体人马齐唱一支破坏民族团结的歌谣:"回回娃,喝奶茶,一口咬了个……"这恐怕是对穆斯林最大的侮辱。

当时不懂,现在想来真对不起依斯迈尔。初中二年级的时候,他随父母去了伊犁,就再没有见到。

一晃将近三十年过去,我带着这么一点对回族人的偏见和肤浅的了解,陪同一位回族作家来到回族聚居的哈拉沙尔,而我对伊斯兰教和回民风习又知之甚少,所以当我坐在黑猫警长的自行车后捎架上向他讲述这段往事的时候,黑猫警长扭过他头发蓬散的大脑袋,以纯种回族人的身份向我发出警告了:

"把你的烂顺口溜藏起来,千万不敢露出半句!"

"到了师父家,决不要抽烟!"

"对师父只能称师父,不能直呼姓名!"

好、好、好。这三戒弄得人很紧张,如同一个驻外武官初次拜见人家的总统。这师父,不是一般北京人、上海人所常用的师傅,这两个字的权威和含义是伊斯兰教之外的人所不理解的。师父和师爷,都是一方或一系教派的领袖人物,而且是世袭的。

待到穿过郊外的街巷、树林、菜地,到了师父马洪武家的时候,才感到果然名不虚传。

师父不在。师娘很有礼貌也很有分寸地把我们让进庭院。看那师娘,五十上下,衣饰整洁,和眉笑目甚有福相。问明我们身份、来意,便让进家中,泡上糖茶,端来蛋糕、点心招待。师娘的举止态度，使人觉得好似她把农家主妇的谦恭朴实和贵夫人的礼仪庄重巧妙地融合在自己身上。她不像一般有点权势人家的主妇，对没什么用处的客人冷慢，对关系实际利益的人又显出过分的热情，同时还时时处处提醒你别忘了她的地位。比较起来，她在那种本分农妇的朴实后面，还真有那么一点丝毫也不夸耀，却让人不能不感到的贵气。

一排整齐的砖房相连，顶头横出一间大客厅，陈设不在县委小会议室之下；家里非常洁净，电扇冰箱均有，沙发躺椅旁，是每个回族人家都有的大炕，上面铺着一幅图饰典雅的和田大地毯。

那庭院里，就更是震人。

不下几十种各色繁花开得让人不敢置信，挤满了半个庭院。有栽在地上的，有栽在花盆里的，还有的栽在木板箍成的大桶里。几株高大得像树一样的红蓖麻，给人造成一种特殊的异国情调，美极了！想不到在这偏僻小城郊柳菜畦之后，竟有如此极富生趣的田园仙境！

爱整洁，爱花。回族人即使是被追杀得十之不剩一二，从他们的故乡河州、湟水历尽艰辛、受尽冤苦来在这焉耆，也不肯苟且地生、肮脏地活……这是一支怎样顽强地热爱生活的人们哪！血一样鲜艳的红花灿烂盛开在每一家回民的庭院时，花便不是一件仅供观赏的玩物，而成了一种精神，一种不屈不挠、令人钦佩的生活态度！

遗憾的是，师父马洪武不在家。征得师娘同意，凑近观看了压在玻璃板下的照片。这些照片，均系现任宁夏政府副主席的师爷马腾霭参加昌吉回族自治州三十年大庆时来焉耆与师父的合影。其中有一张，望之令人肃然。

在秋草枯黄的哈拉沙尔草原上，两位老头戴黑色六角帽，足蹬黑面开口纳底布鞋，各骑一匹焉耆神骏，一匹黄骠马，一匹青鬃马，勒马迎风而立。马如龙，人如虎，其凝重威严风采实为罕见，直教人想起百年"河湟事变"时率十万回民与左宗棠的清廷官兵血战的统帅人物……

师爷马腾霭，身材匀称魁伟，面容英武。

师父马洪武，身躯矮壮，浓眉大眼豹头。

两人均有古人相，这是在常人中少见的。

"他到寺里去了，你们屋儿里头坐坐，他一阵儿就回来咧。"师娘让我们等。

再等就是等吃饭了，不好。起身告辞，说声"我们下回还来呢"，被师娘送至大门。

师父没寻见，但是情绪变得十分兴奋，和黑猫警长边走边谈论，陪我们来的回族青年小马脸上有一点矜持着的笑意。

正走到街面上，突然小马低声叫了一句："那不是师父来了吗！"他随声手臂一扬。

远远的寺门外，容易起尘的街面上，有一个老者缓缓行来，头戴一顶遮阳草帽。

左宗棠的后代

只要是能有机会倾听阅世极深而精神不颓的老人大讲掌故,那就算有福了。你听着听着,很容易就会发现,历史本身比所有的小说更具有绝妙的情节和矛盾冲突。而这些传奇式的故事不是谁编织构思的,它是真实存在过的。

那天晚上,当我们在回族青年小马的引荐下来到工程师苏老的家里,听他一边吃着汤揪片子、一边滔滔不绝地讲述焉耆往事的时候,我脑子里就闪出了上面的想法。

　　大将西征尚未还,
　　湖湘子弟满天山;
　　遍栽杨柳三千里,
　　未因春风度玉关。

这是左宗棠督师新疆时留下的著名诗篇。左宗棠不仅留下了古老苍劲的"左公柳",同时也因剿杀回民起义和进击准噶尔部在新疆结怨。前人功过是非不好妄评,有趣的是一则旧事,这是苏老在谈到国民党在焉耆的吏治时告诉我们的。

国民党时期,焉耆一任专员竟是左宗棠的四世孙,名叫左庶平。此公一上任,轻骑简从去了当时焉耆最穷最边远的若羌县,到了那里便要去访当地年事最高的老人。县衙门一查,最老的当属一个看坟地的维吾尔孤老头,90余岁,无儿无女,晚景凄凉。

这位左大专员当真去了,钻进黑乎乎、冷冰冰的破窑洞里,找见那位维吾尔高龄人。那老人站起身来,竟然足有两米之高!老人不知有专员,只知有道台,感激之下,不明来历竟脱口而出"我是当年和左宗棠打过仗的!"随从的人一听,这下糟了,左宗棠的四世孙访着了一个和他先人打过仗的维族人,那还有你的好呀?

不料这位左公后裔把大拇指一伸,大声夸赞道:"好!敢和我祖爷爷打仗的人是好样的,是巴特尔(维语:英雄)!"

接着他又说:"过去的事已经过去了,不提它了。我爷爷那时候杀过你们的人,现在我来还欠下你们的情来啦!"说罢,命令左右为这老人盖三间新房,每月送柴、送米,每年置买衣服,所需银两,从专员公署拨给。

此事传开,左宗棠的孙子如何胸怀大度、体恤民生的传闻便遍及焉耆各地,使不少人感激涕零。

这叫变不利因素为有利因素,也可叫作"抓典型"。只不过在万千饥民中安抚了一个,却一下蒙蔽了所有的人,赢得少数民族的信任。仅此一招,不能不承认这位左公后裔有统治术,懂得一点做政治思想工作的诀窍。不然,哈拉沙尔遍地都是他的世仇,他怎么能立足做官呢?

不管怎么说，乃祖左宗棠是一位雄才大略的历史人物，他作为清朝的大吏而力保清朝的江山总算不是吃谁的饭砸谁的锅，东边的水灾刚堵住，又去西边灭火，为千疮百孔、摇摇欲坠的朝廷忙得不可开交。尔后，竟以70高龄督师新疆，抬棺而战，平阿古柏叛乱，收复伊犁，即使我们今天想起来，也深知其不易。当然他也镇压了太平军，残酷围杀了白彦虎领导的回民起义和"河湟事变"的十数万英勇不屈的回民……而这两支人马，就是今天焉耆回民的来历。

这就又让人想起历史……是谁创造的？

人民——这当然没错。但是在"人民"这一极其富有概括力的概念中，包不包括岳飞、文天祥、海瑞、王安石这些官呢？包不包括唱大风歌的汉高祖、被誉为天可汗的唐太宗、统一中国的秦始皇、"一代天骄"成吉思汗和爱新觉罗·玄烨以及"始为僧继为王终为帝"的明太祖呢？

中华民族的历史不仅仅是汉族的历史，历代帝王、名臣、保国有功的武将中就不知有多少是少数民族。因而，把"异族统治"看作是耻辱，其实只是一种狭隘的观点。

中华民族的历史也不仅仅是被压迫者的历史，不管那上面写着的是光荣还是耻辱，是灿烂的文化还是腐败的政治，是荒谬的千古之谜还是坦荡的正气歌，历史都是不容修改的。她应该是矛盾的双方或多方在斗争中共同创造的。历史是黄河，鱼龙混杂泥沙俱下，灌溉土地淹没村庄，雄雄浑浑曲曲折折地流过无数年代……

在这条永不衰竭的伟大河流中，每一朵黄色的浪花——每个普通的人，都在其中随之腾跃、浮沉，以一瞬间的短暂生命去挣扎、去表演、去构成她滔滔不绝的永恒。善也罢，恶也罢，美也罢，丑也罢，真也罢，假也罢，不善不恶亦美亦丑半真半假的货色也罢，谁能否认它们曾经是这条河流中的一部分呢？而谁又能保证它们将来就不在这河流中继续翻腾呢？

哦，黄河！你这条混浊的不清不白的，你这条曲折的多灾多难的但是却咆哮威严、浑厚朴实、奔腾有力的伟大之河啊，谁要是不理解你的混浊、你的泥沙、你的羊粪蛋儿和草棍棍，谁就永远也不能理解你……

那天晚上，我们在苏老家听得精神抖擞，两目生光。而这位剃着光头、长着雄马般粗壮脖颈的回族老人也仿佛如遇忘年交，他简直是滔滔不绝，神采焕发，就连他做的手势，也完全不像一个老人而像一个壮汉那么强烈有力，他一会像个说书人，巧设悬念，直视听众，猛然以掌击案，说出一个意料之外的结局，使人魂魄为之震动！一会儿又俨然是位胸怀韬略的隐士，分析天下时局，俯看人间剧变，指点评论新疆半世纪的历史事件和风云人物，常有独到之见。特别是讲起他自己一生的经历，不矜不夸，不悔不怨，对自己的得意时和伤心处，均以"黑色幽默"的态度对之，显示出一个历尽沧桑的老人超然的眼光。

这种老人可算没有空到人世来一趟了。吃了不少苦，受了不少罪，到老，悟出了不少人生的道理。这些道理不是从哪本教科书上抄来的，也不是从哪篇社论里背来的，是他人生的宝贵经验和惨痛教训，是直面自己的生活琢磨出来的。这就不得了，因为多少老人到死，也终于没学会用自己的脑袋去想透一个道理。相比之下，那些人不是太可悲了吗？同样，和一些读了不少书便狂妄得"登泰山而小天下"的年轻人相比，他的道理虽不时髦，也不深奥炫目，却是像枝干一样是从树的身躯上生长出来的，而不少年轻人的理论，却是时装，今天可以穿在身上，明天可以脱了换另一件……

普普通通"无官一身轻"的人们哪，你们当中可真有一些隐士、豪杰、智者、高人呢！飘洒度日月，耕织过人生。无冠无冕，大彻大悟，无车无鱼，不哀不怨。庸庸众生有不庸俗之辈，平平日月中有非寻常之人。为官者，且莫傲慢轻松！须知，治下可是真有远比尔等高明的人物呀……

抚回庄小住

从乌鲁木齐出发前的那天晚上，黑猫警长就和我商定，到了焉耆，把在县城里该办的事情办完之后，就一头扎到某个回族老乡家里。他已经在甘肃、宁夏的回族农民家里住过，感受极深，而且建立了很深的感情。他事先一再提醒我,"准备好了吃苦吧"。

征求了县委的意见和安排,我们住进了永宁公社抚回庄一位姓沈的回族老人家里。

沈老与苏老又不一样了。苏老有慷慨激昂、年既老而不衰的热血气质,沈老却飘逸、恬淡,有那么点仙风道骨。他高高瘦瘦的,面容清峻得很,颊边留着梳理得很干净的胡子,衣服也整洁,看得出,年轻时是个整齐人物。儿子成家,女儿工作,家中只有他和老伴,极是清净。

那天县委送我们的车子驶进弯弯绕绕的农庄土路,停在他家苇墙外的时候,一眼瞥进庭院,头一个印象就是到了个好去处。进门就见又是满院鲜花,又是几簇高大如树的红蓖麻,庭院地铺白沙,井口锁着木盖;四间大房成丁字形,白墙蓝窗框,一尘不染。院中鸡窝旁养了一只半大不小的黑狗,装模作样还在那儿假积极地乱扑乱叫,沈老回头淡淡一笑,找了个木桩,拿了个榔头,把狗链子解开,那狗便稀里糊涂钻在他腿巴子中间被牵到院尽头菜地边,木桩子一钉,狗链子一拴,那年轻幼稚的黑狗便因得罪了我们而搬了家,很沮丧地卧在那里。

在沈老家这么一住,就像进了世外桃源。

这才发现,世界原本是这么宁静,静得常能听见自己耳鸣的声音。同时也才感到,夜晚原来是这么黑,黑得不拿电筒就无法出门。雪白的墙壁在电灯光下组成一种很有幸福意味的氛围,被屋外无边的浓重的黑夜包围,像海水中一个仅容灯塔的小岛。

黑猫警长说："唰的一下，我的心就全静下来了。"

而我体会最深的是早晨。早晨起床，在南瓜架下刷牙，不小心总会头撞上某个南瓜；然后去屋后种满了白杨树的苗圃解手，一路走过去，牵肠动肺的喷嚏就响亮地打个没完。让人纳闷，怎么搞的？又没感冒。后来才明白，空气太清新了，像一股清冽洁净的泉水那样，使长期在城市呼吸沉闷污浊空气的肺和鼻腔受了强刺激。

"真美啊！真是美透啦！"

我和黑猫警长不断异口同声发出感叹。我们几乎忘了到这儿来干什么了，每天被沈老弄得晕晕乎乎，一只羊挂在厨房里，三顿饭变着花样地吃，顿顿填到嗓子眼儿上；接着就是一托盘切好的西瓜，然后一杯酽酽的糖茶。只三天，晚上睡觉就觉出肚皮上积了肉，本来睡觉挺平稳的，现在也打起呼噜来了。"这才叫过日子呐！"我们就这么每天中午把躺椅搬出去，在阳光媚人的花丛中读书，读《文史资料》中的马仲英，读包尔汉的《新疆五十年》；有时陪沈老出外散步，陪一位白帽蓝衫布鞋，步态风姿潇洒的老人漫步抚回庄，听他讲古，讲庄园人家，讲坟头衰草，这滋味儿，别有一番神气贯于心、悠然通于脚步的感觉。这和在都市汽车的挤压间紧张匆忙地去上班，完全是两种境界了。

沈老腾给我们一间最大的房间，中堂悬着一幅意为

"阿里的宝剑"的阿拉伯文书法。晚上我们三个常常漫无边际地聊到深夜，聊的不外是"河湟事变"时的那些惊心动魄的往事，不外是战将刘四，师父马林，义军首领白彦虎，尕司令马仲英的传奇故事；乾隆四十六年，光绪三年，光绪二十三年是他们忘不了的年号；走敦煌，进昌马儿山，辗转罗布淖尔，会战红柳峡，是他们一代一代清晰记得的地名和路线。

起义是何等悲壮，迁徙是多么艰险，失败又是怎样冤苦……

那因金积堡被一箭射杀的左宗棠的勇将刘松山而遭城破之屠戮的，岂止是马化隆一家百口；红柳峡一役战败，首领被悬杆刀剐之时，数千回民伏地恸哭的声音，岂止声传了十里山关；而那位被发配伊犁将军府为奴的道祖奶奶，竟手刃其全家十余口，投案自首，令县官也不能不钦佩她的勇气，沉吟良久，叹曰："真烈妇人也。斩之……"

难怪范长江在《中国的西北角》一书中，屡次提到回民的强悍。他到凉州时有这么一段描写："惟人事方面，则汉人十九身体孱弱，衣服褴褛，鸦片烟残害后的苍黄瘦脸，挂在多半的汉人头上！凡是身体壮实，衣服整齐，骑高骡大马者，都是回回！"

范长江是汉族人。我想他写这些文字的时候，内心一定是很痛的。一个孱弱的被鸦片麻醉的民族，一个松散的没有凝聚力的民族，一个彼此争斗不息却木然地忍受外侮的民族，在那个列强分割世界的时代，怎能不令人哀恨呢？

而焉耆回民，以十万之众被戮杀得只剩几千妇孺，安抚在尉犁蒲昌，后辗转千里，终于又迁至开都河南岸，命名为抚回庄的地方。这不由人不想起那支匈奴人唱过的悲歌："失我焉支山，使我妇女无颜色！失我祁连山，使我六畜不繁息。"

无论历史的功过如何评价，一支流血抗争、被迫迁徙的民族，他们百年不绝的痛苦记忆是令人闻之落泪的，何况这又是一个那样能够忍耐的民族呢！

后来我们谈得更多、更轻松的话题是马仲英，这个回族兵的尕司令，民国以来把个盛世才统治的新疆搅扰得天昏地暗，不是当时苏联帮忙，真要把盛世才的天下给夺了。

马仲英是个传奇人物，也是个今天看来很滑稽的角色。听听传闻，你简直弄不清他究竟是怎么回事。"骑大马来背钢枪，富户门前要粮饷，大姑娘捎在马上。"你要听他这军中歌谣，就以为是群土匪或绿林好汉；可他是新编三十六师师长，是尕司令，自称回族青年领袖。有的老人背得出他当年录在唱片上的训话，虽然所有的转折语都一律用的是"而且"，但那话语间常跳出的词汇却是"同志们""革命""打倒军阀""向着世界新潮流"等等的进步名堂。他和冯玉祥打仗的时候，给他的部队起了十分可笑的名字，叫"黑虎吸冯军"。黑虎，而且——吸，这简直不伦不类古色古香到了极点，而且冠以军名，足见这位尕司令的天真有趣一面!

马仲英年轻,会打仗,与冯玉祥作战,战则必胜。后来冯军调来了吉鸿昌部,这个抗日名将武器装备比他好,马仲英激战后失败,才引兵来夺盛世才的新疆。盛世才给他南疆司令,他不干,要全新疆,于是两军会战紫泥泉。天公不让少年气盛的马仲英,七月飞雪,马军无寒衣,冻不能战,结果兵败。而后重整旗鼓兵逼城下,却又遭了苏联人的飞机轰炸,回族骑兵没见过空军,只好退兵南疆。马仲英对飞机这玩意儿从此佩服得要命,竟带了一帮子军官去了苏联,亲自学习开飞机……

这都是马仲英的故事。听来听去,我脑子里不知怎么就叠出了《三国演义》里五虎上将西凉马超的样子。老觉得马超也是个回族,而且是马仲英的祖先。一脉相承的少年气盛,勇不可当!一脉相承的有勇无谋、顽蛮可爱!他代表的政治力量也许是反动的,或者说是糊涂的,但他作为一个军人,作为一个人,却十分有个性……

后来,黑猫警长去了他的老家,访着了马仲英的结发妻。那妇人年近70,一举一动犹有风姿。墙上贴着马仲英的照片,观者无不赞叹为盖世美男子!

马仲英走时留下的遗腹子已经50岁了,都说马仲英死在苏联,那妇人偏不信,守寡五十年,坚等其必归。若是仅说爱情,这种坚贞的信念也算罕见的了;而能使一美妇人苦等半个世纪,那男子的魅力是可以想象到了何种程度。

但是马仲英看来是不会转回来了，可怜的却又让人佩服的妇人！她的苦等不幸应了沈老有一天偶尔唱给我们听的俚谣，那是唱的一笔不可能还的钱——

要想还你的钱，等到那一年。

哪一年，那（音内）一年，山里的黄蒿长成林，解成板，钉成船，打到江里游几年；哪一年，那一年，船烂了，拆钉子，拆下钉子打弯镰，打下弯镰割黄刺，割下黄刺罩路边，罩在路边挂羊毛，挂下羊毛捻毛线，织毛毯。走云南，下四川，卖了毛毯再还你的钱！

这显然是没指望的事。在时代的大潮流面前，个人的某种品格，有时候会显得多么无力！这就像滔滔大浪之旁，岸上的一粒砂石等待急流漩涡中的某片草叶那么无望……但是除此之外，那妇人还能有什么比这更好、更令人感动的选择呢？在一个肉欲横流而转眼便被遗忘的世界上，倘使果然还有所谓"真正的爱情"，那么我以为，此为一例。

师父和中坊寺

……远远的寺门外，容易起尘的街面上，有一位老者缓缓行来，头戴一顶遮阳草帽。

那就是师父马洪武。

和在他家照片上看到的那位骑黄骠马的、身躯矮壮、浓眉大眼豹头的样子不差分毫,只是在现实生活中,他显得真实了。若是不细致观察注意,他像街面上行过的一个形象特殊、举止高贵的农民;但是和他一接触,就感到他身上有某种内在的魅力,有一种含而不露、分寸得当的权威感。

这种权威感不是装出来的,因为他穿得很朴素,身后又没有随从。这是一种对自身使命非常理解而笃信的人才有的庄严气派。我见过不少自以为很权威的人装出的权威相,虽然他们有时从地位标志很明显的小卧车里走出来,故意目不旁视,背起手,但总不成功。因为除了很不自在之外,最不幸的是在他们的眼神和举措中,缺乏使命感,而且流露着一种小人得志的庸人气味。

那天在街面上曾和师父约定,三天后他将在中坊寺请几位乡老和我们座谈,为我们的回族迁徙历史调查提供资料。过了两天,他专门让回族青年小马骑自行车到抚回庄沈家通知我们,座谈会推后,改在他家。因为有家教民死了人,他得去作乃麻子。这是完全可以理解的急办之事,但他还是没忘记事先通知我们,足见师父办事认真,守信用。

开座谈会那天,到了师父家,他那间大客厅里已经坐了不少人。有已经退休的县政府科部长,有对老辈子人的事知道比较多的老年人,还有不少中坊寺里的阿訇和帮忙的人。

我们的房东沈老和我们一起来了,他曾任过若羌县解放后第一任县长,退休后,也常在中坊寺里帮个忙什么的。他是穆斯林。这天他显得格外兴奋和忙碌,因为我们两个是住在他家里的,他便像半个主人似的,忙着给大家端茶倒水。

一切场面应付,都是黑猫警长的事。他是著名的回族作家,来专程了解回族人的事,师父如此礼遇,当然有很大成分是缘于对本民族知识分子的感情。而我,就乘机可以毫无负担地观察在座的人。使我略感奇怪的是,来的虽然都是年过五旬的人,却大都虎背熊腰,体魄粗壮。他们有的显得拘束不安,把夹在两腿间的粗大手掌搓来搓去;有的老练些,坐在沙发上沉默着,用目光不时地打量我们,仿佛要从我们脸上找出答案,弄清这两个人到底是来干什么的。

黑猫警长深通本民族心理。他的发言诚恳,朴实,丝毫不去夸耀自己的作家本钱,而是小学生。在讲明此番来意的过程中,也稍稍表露出一点自己对西北回民历史及现状的关心和了解。总之,看来他很快就取得了信任。有些东西,是外人一下弄不懂的,那么多人名,地名,事件,横跨西北几个省,贯穿前后百余年,还有一些宗教术语,特殊风习,作为一门学问来研究都足以耗费人一生的时间。所以我只能通过一种氛围,通过人们脸上微妙的变化,通过讲话人低沉的语调，去想象和理解那些复杂而又凄凉的往事，去把多少天来断断续续听到的一些历史的片断，对接、黏合在一起，以便努力使之形成一部完整的长卷。

我渐渐弄清了一些点滴的关系：

攻金积堡时战死的左宗棠麾下勇将刘松山，原来就是以后代左宗棠治理新疆的名将刘锦棠之父。其父战死，所以有了金积堡屠戮。湖湘子弟虽然扮演了清政府灭火队的不光彩角色，但毕竟属于汉民族中的强悍分子。杀来杀去，把中华民族各族中有血性、敢拼命的好男儿都消耗掉了，留下一些庸人执掌朝纲……真是让人扼腕惋惜！

"河湟事变"的领导人之一师父马林，原来就是坐在我们面前的师父马洪武的爷爷。难怪从他骑黄骠马的照片上，很容易让人联想到统帅十万回民起事的人物呢！这阵子，师父马洪武正讲述并回忆那段他听父辈讲过的往事，他的眉毛浓黑而奇长，语调渐渐有一点哽咽，"听我们爸爸说，那时候我们爷爷带着人马……"

他不会说官场套话，讲着讲着，就动了感情。他停顿下来，控制住了自己。然后惨然一笑。

他的眉毛浓黑而奇长，我很惊异他这种异人之相。眉毛不是头发，不会有人理掉，大家都是任凭它去长。可是为什么只有他的眉毛，能够长得那么浓密黑长呢？我很奇怪。

会开得不长，大概是因为那是一段不愿提起的往事。会后，师父请我们在座的人吃了一顿极丰盛的午餐，充满了伊斯兰风味,一托盘一托盘的抓饭、烤肉、烤包子、葡萄、甜瓜,能让人吃出豪情来。很难忘。

师父的款待和友情,像无形的通行证,使我们处处受到优待。临别那天,我们专去中坊寺告别,寺里的虎背熊腰人物竟背来一麻袋甜瓜,几个桌子摆在一起,不管吃得了吃不了,全部切开。"吃!好好吃!"这些壮汉就只用这句话表示信任和好感。那场面,令库尔勒军分区接我们的宣传干事大为妒羡,他说,在新疆快十年了,没见过吃瓜这么威风……

中坊寺就坐落在公路边,一弯新月高悬,寺前种满了鲜艳的花,我们在花间合影。凝视那花时,恰有微风拂动,枝叶在摇,花朵在摇,摇得人直觉得那花儿们似乎有了灵气,有了表情和声音……

这么通人性的花,从来没见过。

开都河边

在焉耆的那些日子,我们几乎每天或隔两天总要到开都河边上去走走。焉耆这地方很集中,几乎是沿着开都河这段宽阔的水域而形成的,县城也好,抚回庄也好,都离这条河近,它们彼此隔河相望。在开都河那边岸上走,可以听见隐隐叫卖的声音,汽车喇叭的声音和匆匆来去的人们的脚步声、自行车铃声、摩托车突突声,而且随便穿过哪条居民区，很快就可以直接出现在大街上。在抚回庄那边岸上走，就显得有点田园诗味儿，长长的鸡鸣，冷不丁儿的犬吠，赶毛驴车的老头，骑在横斜柳树枝干上的小孩等等。

仅只一河之隔，两边离得很近。

河流无疑会给在土地上生息的人们一种流畅贯通的灵气，这也许不是人们明确觉察到的，但没有河流的地方和有河流的地方不一样，只有一条小河的地方和有大河贯穿的地方不一样，河流不仅养育人们浇灌庄稼，同时还养育文化和风俗。我们来到哈拉沙尔的第一天，就感觉到这种东西，感觉到河流——开都河对这里的人产生的影响。

我觉得开都河平稳而宽阔的水流给了焉耆人一种安居乐业的稳定和自足的心理，使他们从每天都要看到的这种波纹中获得悠然打发岁月的旋律和不慌不忙、安之若素的平稳状态。因而，这里有某种十分古朴的、不易为现实影响左右的氛围。这里有相当多的人，你简直弄不清他们活着究竟还有什么非追求不可的东西，他们有这条河，有了这个赖以安身立命的丰饶盆地，充分地享受它，这就够了。

开都河当然也给了焉耆人一种情趣，一种点缀人生的回忆。这体现在很多小孩聚在河边垂钓，在玻璃瓶里装满了小手指头大小的鱼崽子，这和在没有这样一条河的孩子们玩耍的名堂比较起来，就大不一样了。至于在河边洗衣的妇人们，在垂柳下读书的女学生们，在深秋的河滩上只穿一条裤衩拉网捕鱼的小青年们，就更让人感到生趣盎然。她们是不是非到河里才能洗衣服？她们是否非在河边柳荫下才好读书复课？他们是否非得捕出一网大头鱼才能养家活口？看那样子不像。河流给了一群普通家庭妇女以洗衣唠话的乐趣，以把手臂伸在流动的水波中的快感，以把每天繁琐生活中积郁的自哀自怜之情冲走的莫名的欢欣……河流也让那些似乎在读书的女孩儿们望着书本发呆，痴痴地望着，耳边是轻柔如低语的流水声，这暗暗地注入她们灵魂里一种神秘的向往，一种对岁月流逝和未来生活的忧郁。而那些用网捕鱼的年轻人，他们或许网中并没捕捞到什么像样的鱼，但是却找到了将自己的身体沉浸在温柔宽阔的流水中的借口……

在老桥和新桥之间，我们还是更愿意在老桥上散步。老桥是木架的，两头都设置了铁的路障，禁止车辆通行，连毛驴车也禁止。只容摩托车、自行车、骑马的人和步行者，即便如此，行于桥上时，只要有摩托车驶过，就会明显地感到桥身震颤。所以散步在老桥上是一种享受，你明明知道这桥快完蛋了，颤颤悠悠了，走在桥上才有了对它的珍惜心理，一股从今以后再不能这么走了的留恋之心，一种对完成使命的旧事物怅然怀念的情绪。何况站在这老桥上，可以充分感受到前人用较原始的建筑方式在这条大河上架桥的不易，也可以像站在某个遗迹旁那样，眺望远处的落日，近处的河滩，长满杂草灌丛的淤泥积沙形成的孤岛……这就是说，新桥虽然更适用，更符合时代需求，但它的实用意义正远超过审美价值；而老桥，实用意义逐渐丧失的过程中，审美价值却开始凸现出来了。

可惜我们已经听说，老桥即将被拆除，在它的位置上，预备再造一座新桥。这……只能让人毫无办法！近切的功利使很多人变得目光短浅，对付开都河的洪水季节也一样，把沿岸固堤的大量垂柳砍伐了，却年年向河里丢下大量的水泥、铁丝网住的石块，年年在岸上堆土，使原来非常幽雅的河岸燥土飞尘，河边不时露出一截粗铁丝，凶险地刺出水面，仿佛是个埋着水雷的危险水域，把河流的美感破坏殆尽。这大概要比"清流濯足""松下喝道"更为煞风景吧？

一日与沈老、黑猫警长漫行老桥头，见桥头有一屋院，院中有一位老头正独自卸毛驴车，其表情怪异。沈老便说："这个看桥的老汉，倒霉得很。"

我们好奇，便问。沈老慢悠悠边走边说。

原来这老汉孤独一人，一辈子省吃俭用，积了几千块钱。人一有了钱，便动了心，老了老了却不知怎么谈上个年轻漂亮寡妇。那寡妇带着两个孩子嫁了他，有孩子也没什么，好好过日子吧，也算不错。谁知人家年轻女人早有相好，嫁他是一着棋，骗他呢！不上几天，人家跟上相好的男人私奔了，几千块钱全拿走了，可把两个娃娃给老汉扔下了。那女人也算把老汉的厚道肠肚看透了，敢把亲生亲养的两个娃娃扔给他。这不是，老汉把钱丢了，老婆跑了，白拣了两个人家的娃娃，只好当自己的养上，这就又才撅着老沟子干开活了。

沈老边走边说，边说边摇头。

我却不禁扭回头，又重新看了一眼那老汉和他的屋院，仿佛是看见了《醒世恒言》里的活了的人物，在这老桥边重演那出善恶、美丑、真假的永恒故事……

后来，我们终于又走到这座颤颤悠悠的桥上，站定，三个人默默无言浴在河尽头灿然的晚照里，各怀心思似的临桥俯视身下的河水，那河水，此时反而毫无声息地流过去，从夕阳里流出来，若血一般红；待流至近处，又灰白如乳浆。然后静悄悄地从桥下滑过去，像滑过一个界限、一座衰老的木头大门，连浪花也不溅起一个，就消失在远方了。

"逝者如斯夫……"我只有拣起这句老话，用以表达这时复杂的瞬间感受。

"是呀。多少人凝望过河水，写过河流，但是几千年过去了，你还是不得不佩服那位孔大圣人，他用五个字，把河给概括了！"

黑猫警长俯身河水，发出一声长叹。

我知道他为什么叹息，因为他写过《北方的河》。

1995年12月6日写于乌鲁木齐北山坡

梦寥廓

——在北疆的一次短暂漫游

明媚处

冬天运行到了最后一节,就像轮盘缓缓减慢转速,停到了明媚处。

智慧绝顶的农历节气对于长城以外的广阔天地似乎不够精确了,三月惊蛰,四月谷雨,五月立夏,而实际上呢?——三月是德军全面收缩退回欧洲战场,俄罗斯解围了,欧洲却成了寒冷集中的地方;四月是一场拉锯战,乍暖还寒,阴晴无定,人们的衣袍还不敢赌定在哪一个方向上;五月正是春天从农村包围城市的计划有待实施的时候,三五株早开的桃花宛似过早暴露身份的女间谍那样引人注目,一行初绿的杨柳也像提前举起欢迎标语的内应人员。

冬天长时间的军事管制,使人变得懵懵懂懂,迟钝、生疏,疑虑丛生,像是一些初出洞穴的生物,眩惑于春天的可能性,甚至对春天有一些不适应。

最后一场五月的大雪被迅速地融化,还引起了一部分人的伤感和留恋,看来告别冬天同样是一件牵动肝肠的事情。

然而天山的两侧都苏醒了,就像高峻的鼻梁两旁一先一后睁开的两只眼睛。

鼻梁是漂亮的,两只眼睛也都非常漂亮,睫毛开始闪忽,一湖一湖的深碧之水代替了厚厚的冰层,大地的肌肤透出淡绿与鹅黄,一切生命涌动着,扑扇着准备行动。

春天是一个梦,春天是一个所有的生命共同经历过的美梦,绚丽迷狂,寥廓轻飘,稍不留神就无影无踪了,而且没有什么地方可以寻找到。

那么现在我为什么不能到春天驻扎的野外营寨里去呢?到赛里木湖和艾比湖之间的地方去吧,去转转,我估计春天经常会去那里饮水。

一 展 平

实际上戈壁有时候也是很美的,而且戈壁美是新疆之美的一个组成部分。人们为什么总要在这种美面前发出哀叹呢?尤其是内地或南方来的"散文人",他们总是要在戈壁面前显示一番自己高贵的怜悯,仿佛只有见到戈壁,他们才能愈发体会到自己的幸运。

他们不能理解戈壁,这说明认识大美也需要力量——这力量包括认同苦难的勇气,也包括理解大美的能力。

"大漠孤烟直,长河落日圆"是大美,"白日依山尽,黄河入海流"也是大美,这些名句之所以长留世间,正是因为大部分人对美的认识仅仅停留在本能的、对一个女人脸蛋是否合乎尺寸的水平上。

戈壁不是脸蛋儿,而是大景观。

是谁把一块半成品的生铁遗失在这里了?而且是这样大的一块生铁——一直铺展到天边,不见边际;特别是它表面上那么粗糙,整体上却那么平展,显出被故意制作成的样子。它整个儿就像一句诗摆在那里,摆在天空底下,只是一句,没有第二句。那诗就是"九州生铁铸大错"。

怎么错的?不知道。

错在哪里?也不知道。

就知道天大地大没有咱戈壁的阵势大,河深海深不如咱戈壁的纵深深,就知道大错也就错成了一种美,胸襟壮阔、坦荡无涯,固执的极限,容纳之大器。

行车戈壁,千里一色;驶出城郭,方才见到天地真面目。这时候怎能不感到戈壁的大美呢?真正的寥廓啊,无言的大块啊,阳春允我以烟景,大块假我以文章。或有一鹰独旋,隐约在天,疑是断线风筝;或有三五峰驼,散立荒野,悠然而且傲慢,根本不把人间几个世纪放在眼里。

骆驼的固执傲慢能对现代文明有什么影响呢?没有。可是现代文明又能对骆驼的天性有什么影响呢?可能也没有,人类无法把骆驼改造成篮球明星!许多事物,许多生命之间的关系正是这样的,自在共存而又隔离的,老鹰也是一样,它飞翔,有可能有一天灭绝,但你无法把它改造成谍报人员。

高天阔地在猛一瞬间给撞进它手心的人以一种警撼,一种提升,一种精神上的大享受!当然久了会是单调和寂寞。但是将近一天的行程并不让人厌倦,它表面单调,实则含义无穷,变化莫测,你要用心去看,你心里有多少名堂就能从这里看出多少名堂。

傍晚时分,大戈壁上的风云有了阴沉之色。长云暗雪山,狭长而有力的暮云低垂如帷布,直从雪峰头顶铺垂下来,横列天边;而且风势似乎也随之有了,撼动远方的树、近处的草,仿佛含有战争前的肃杀。

临近公路的戈壁上,迎面疾行过一大片羊群,宛如大群的效命沙场的起义农民,一语不发,低头疾进。

云势和风势就在它们头顶上,而戈壁如铁,茫无边际,大片的羊群如同奔赴什么目标的效命者,一律低头疾走,像是迅速移动着的散兵线,整体推进着。谁也没有想到羊的跋涉是这样的一种肃穆,没有叫声,毫不慌乱,整体中蕴含着紧张的秩序,……仿佛天空中的暗云与戈壁上的暗云正在交错对流!

半分钟不到,车窗外的一大片衣衫褴褛的羊群部队顶风远去,茫茫戈壁,恢复平静,只有天空,长云犹在。

再看那天山北麓的一片大地,极目天边,坦平无碍,仿佛一片闪烁着砾石暗光的大练兵场——真正是个"一展平"。

衔 木 者

车子缓缓停在我这位朋友家的庭院前时,令我吃一大惊。继而我大笑起来,"哈哈!你把一片'猛恶林子'搬到分区政委院里来啦呀!"

朋友笑着,颇有自豪之色。

天光已暗,一幢平房住宅的庭院里,黑乎乎地矗立起各式各样的怪木,有的高达三四米,有的须两人联手环抱,古木朽态,竟摆满了院内,有几十尊之众。

及至进到屋内,又一惊奇。所有的房间里,包括走廊、客厅、三间卧室、厨房、卫生间里,也全部摆满了这些奇形怪状的家伙们!一问,房中院内,大大小小共计一百四十余件。

久闻此兄收集了不少的根雕,却不料有这么多、这么大,有的简直就是庞然巨物。现在这些家伙就摆在身边眼前了,荒原的古木精魂,如熊如鹿如恐龙者,如妖狐如魔女如老妪者,粗糙麻砺如堆蜂者,光滑细腻如处子者,全是大自然的鬼斧神工,加上风的唇齿一点一点咬出来的。

感叹这些百千年的时光所自然形成的杰作,若置之一华室,顿时能使山野之气灌注,也顿时能使华屋内所有陈设逊色于此一朽木!

人工的最精美、最文明之地，必置以最原始、最自然的标本为和谐，因而也最能由此反衬出文明力量的伟大。

我说，传说有雌雄神鸟，衔香木成堆，啄石取火，自焚涅槃的故事，你莫非也成了一个"衔木者"了？

我这位分区政委朋友笑了，他问我说，"你说守边防的人最大的苦恼是什么？"我想了想，摇摇头不知道。他只好自己回答说：精神上寂寞。独身一人千里之外任职，几年间工作之余就用这种爱好填补生活，艾比湖畔有一个很少有人进去的戈壁荒原，最深处，有不见边际的原始森林，这些都是从那里面拉回来的。他说我想到时候搞一个"古木展览"。

我说你说的那个原始森林远不远？

他说："坐汽车去，早去半夜回。"

还得带上枪，里面的狼獐熊猪还不少，你不吓走它，撞上会伤人。他说，那里面寂静得吓人，但也迷人，一进去就是一天，又累、又渴、又饿，但是老想去，永远探不尽。

我已经可能想象出他的苦中作乐了，而且，这一百四十多件大自然创造的艺术品上的汗水、艰辛、慧眼和侥幸，我便也都可以间接感受到了。

怅寥廓啊……

高天阔地、岁月时空是何等寥廓，我们所能采集的它的毛发又是何等微不足道，但是只有人能够理解，只有人知道采集保存,也只有人懂得珍惜这些"家伙"!

"你这个政委是个'衔木者',是个在精神上准备'涅槃'的'雄鸟'!"我说。

那 生 灵

我举起相机。

我想留下河对岸的这个镜头。

春天的河水清蓝碧澈,一河迅猛的碧水下面,隐约透出盘卧着的大白鹅卵石,如圆龟的背。

河的对岸是草滩,浅绿的;草滩之外是草坡,灰绿的。河里有大鹅卵石,草滩上有碎小一些的卵石。

在这样一个大的背景上,河的对岸孤零零立着一匹马,它站在河岸,头颈微偏,专注着河对岸的人。

我举起相机,我也在打量它。

我看到的画面上,下半部分是碧蓝的河水,上半部分是浅绿的草滩。靠近草滩一边的河岸不规则地从整幅画面的中部横切过去,一分为二;这时,动与静,绿和蓝,水中石卵与滩上卵石,被河岸浓重的一笔划开,形成一幅独具意味的格局。

在这幅格局中,万物皆不存在,只有一匹马,它代表着一切生命向画面之外的另一空间注视。

而我却在另一空间注视它。

同一时空中的另一时空感因此而产生，这一瞬间，陌生而且无语的生灵啊，我不知你究竟是物是人，是仙还是圣？我只觉得你的眼光里有语言，皮革下有灵魂，甚至我觉得你长得比人类更美、更合谐于自然，一切我所感知的你都是同样可以领悟的啊！

陌生的生灵啊，你欲饮未饮，欲行未行；似行又止，似饮却又举头注望。前有清澈之碧水（雪碧？），后有连天之春草，尔何故会有此忧伤莫名的神态呢？

尔若饮水，我知你渴了；你若吃草，我知尔饿了；你若与众马奔驰，我知尔兴奋高亢了；尔若与另一马相亲近，我知你动性怀春了。但是现在，不关饥渴，独怀忧伤，风前伫立，神态迷失。

莫非尔等也会有意识形态之终极关怀？

是的，你仅仅是一匹马，一匹黑马。马会奔跑，也会嘶鸣，但我不敢断言你此刻是不是正在梦想着飞翔？谁知你是不是正在梦想穷极马的一切限定而化蝶、化鱼、化鸟、化龙，进入一个更为廓大自由的空间之上？

我不知它是不是这样想，但我感到了它的眼神、它的如梦的状态。这状态和人是一样的，孤独，忧伤，面临一个崭新的宇宙时空时，那种沉醉与迷失。

我想安慰它，我想这样对它说：生灵啊，你其实是幸福的呢。因为一匹马所独享的天地和空间，往往要比许多人一生所享用的空间大出不知有多少倍呢！

去靶场

所谓靶场就是一处环山的空旷戈壁。

一些军人已经提前来到这里做了准备和安排，他们在这里销毁过期子弹，已经整整三天了。我们来到靶场的时候，战士们为我们准备好了一切。

我们的任务就是扣扳机，让子弹飞出去，上靶更好，不上靶也没关系。

射击的感觉在击发的一刹那，剧烈的撞击和突兀的枪声，首先使操持者受到震撼。枪声一响，持枪者就从平静的状态迅速进入另一种状态。那是一种意乱神迷、方寸昏眩的状态，整个身心被调动起来，兴奋、迷狂，对于缺少经验的人来说，还同时伴有不可自持的慌乱。

射击者第一个击中的就是自己。

但是老练的射手不这样，他习惯了、适应了这种震荡，于是他变成了稳扎稳打的工匠，一锤一锤地敲打着；同时那种震荡身心的刺激却更深入地渗进他，使他像一个有毒瘾的人一样，慢慢地品味它。

冲锋枪像一只刚被捉住的野兔子似的，猛烈地在怀里挣扎着，仿佛要自己跑出去。

手枪像一只手掌里的鸟，一跳一跳的，它的两条腿仿佛蹬劲挺大。

重机枪则更像一架置放在野外的小型机床,它更像在切削着什么,传送着什么,它更具有某种低沉的、看起来似乎无害的操作性。

对面的山根和山腰,子弹打起的烟尘起落飘散。有时候重机枪猛烈地扫射一阵,子弹的尘烟好似一个无形的人在山腰间飞快地、有规律地奔跑着,而且不断地在躲避子弹的追击。

子弹在缩小着空间,但缩小得极其有限。山峦一动不动,击打出的烟尘像挂在它脸上的微笑一样,漾起又飘散。

戈壁依然空旷,激烈的枪声犹如小鸟的鸣啭一般,过后仍是宁静和空旷。大地究竟吃下去了多少子弹呢?人类所制成的这类精妙绝伦的凶杀之器,在它面前似乎无所展其威力,因为它也是寥廓。

我把玩着一支手枪。拉动枪管,扣动扳机;再拉,再扣。我的朋友忽然对我说,"你注意到了没有,枪的结构是不需用螺丝的,它的各部件环环相扣,组成浑然的一体。"

果然是这样吗?那么,枪就是某种神意的创造和传授,就是一种冷冰冰的生命,可能也是一种使命。

人类用它自杀。

而代表这类东西的力量,与其说来自人的头脑,毋宁说来自寥廓而不可知的天宇和山峰……子弹钻进山体就消失了,仿佛回归了它们的母体一样。

靶场上，只有一些亮闪闪的弹壳。

温泉源

在荒寒的雪山脚下，有一个县，县的名字叫"温泉"。这命名不是为了起着好听，也不是为了诗意，而是早在这个县根本不存在的时候，温泉就存在了。

由于雪山离得太近，触目四周尽是山峦，所以这个县显得荒凉，它怎么也摆脱不掉周围的荒寒之气。但是幸运的是它有温泉，冒着热蒸蒸雾气的、含有丰富矿物质的天然温泉，于是人心里积存的那点荒寒之气又被洗涤荡尽了。

四个男子现在正浸泡在一池温热的泉水中，应该说不是温热，而是热得有些烫人，必须先撩水擦身慢慢适应，才能渐渐让全身深入下去。

整整一大池的碧水，在一座旧式的木板房里，使人有一种置身异域（日本国？）的错觉。水真是好，热烫滑腻，而且含有一种渗透肌肤、松解关节、舒张血脉的力度。谁能想得到那表面荒寒的雪峰内里，竟是一副这样温暖、温柔、温馨的热心柔肠呢？

四个男子中有一个小男孩，三个壮年男人。这时，某种动物式的感觉立即被唤醒了。活泼的、肢体细瘦的小男孩，衬托出了三个壮年男人（其中一个是男孩的父亲）的雄厚和沉稳，他们厚实的胸背和粗壮的肩臂，都使人感到成年雄性动物那种岁月的积淀，也都预告了眼前这个小男孩的生长前景。同时，这个小男孩现在展示的，正是这三个壮年人的往昔时光。

过去我们不是也这样细瘦、灵活么？

过去我们不是也这样怕水、尖叫，继而很快又嬉水，不停地欢笑充满极大的兴趣和乐趣么？

但是现在，我们一个个像老狗熊一样深深浸泡在水中，只露出一颗脑袋，闭目养神，静忆往事。我们喜欢烫，因为烫一些才能穿透我们的厚皮和脂肪，才能使力量深入到内心和灵魂，才能触动和感染我们。我们真正是快变成一些老动物啦，泡在水里的、裸体的老动物。一个动物生命中所应该经历的，都经历过了，这一切平庸的或传奇的经历，就写在这些身体上，巨细无遗。

这时，我们眼前的这个小男孩，对于我们来说，就是"寥廓"——虽然同泡在一池之中，但是他和我们之间的距离太辽远了。

太遥远了呵，比戈壁深处还远，比雪山之巅还远，远成了遥不可及的往事、吸入太空的碎片、无法重去抚摸的记忆……

这种寥廓，才是最可怕的。

1996 年 9 月 10 日写于新疆

边 陲

一

边陲是一个在相当一部分人内心里被藐视或怜悯的概念，这我知道。在一个有着漫长中央集权传统的社会群体心目中，它意味着远离权力中心；在花柳繁华、六朝粉黛的江南名士传统的眼角外，它代表了荒寒粗粝的非人生存状态；在沿海商品大潮的反差对比下，它更是一种被遗忘的、似乎可有可无的存在。

中心的权威，腹地的文化厚壤，沿海的商帆乘风，南国的润雨如酥，都是对边陲存在的嘲弄和否定。

地域，你不能不承认，它本身就是一种力量。这种力量对于许多人生存的支撑作用，早已远远超过他们自身的分量。地域作为世俗力量的一部分，是政治、经济、文化、历史、地理等诸多因素的综合显示，因而它是强大的，既具有诱惑力也具有制约力。

往往是居住在都市的作家才有资格抒写厌倦繁华、躲避喧嚣的情绪，这是一种老资格的优越感的逆反，也是一种对优越的品尝方式。他只是那么写写罢了，从来没有一个人把他的户口迁出去过。

地域的力量无可置疑。任何一个美国公民都可以在世界各地毫无心理负担地来去从容，他们在陌生的地方如同在自己家里一样，那是因为他们的家——美国比世界上任何地方都发达、复杂。

同理，一些香港的或台湾的二流作家在内地风靡一时、畅行无阻，除了他们的浮浅迎合世俗心理之外，还有一个重要的地理文明因素——人们对比自己发达地区的文化总是仰慕并且率先准备模仿的。

至于城市语音的流行，更是大众的集体无意识心理反映。北京话，上海话，现今流行广东话，不久还将流行台湾式国语，这都是地域的力量造成的现象。不管多么固执的人，在综合的文明力量面前，大都是自卑的，顺从的，大多数是无条件投降的。

时髦就是这种力量的浪峰，时髦往往和地域有关。在这方面，女人——尤其是年轻漂亮的女人，起了不可忽视的推动作用，原因在于她们天性当中的虚荣性、易变性、依赖性。女人是毫不犹疑地把青春投入时髦浪潮的，她们装饰并强化了时髦，还借助时髦提高了自身的价格。一切时髦的艺术，它们的方式和途径，无不带有这类时髦女郎的特征。

二

既然这个大前提已经是再清楚不过的了,那么边陲,还有什么可说的呢?

按照我们一般习惯性的理解,所谓"边陲",就是两个国家之间的一大块废弃的地方。它的主要用途就是在政治关系紧张的时候成为两国政府用以表演自己爱国主义的立足点。往往在对待领土问题时,所有曾经慷慨援助别国的政府都一下子变成了吝啬鬼,从而使荒原变为领土而金贵百倍。还因为它总是与边防驻军联系在一起,所以它给人的印象仿佛是专门为战争留下的一大块场地。难免有时候会有这种情况,在同一个国家,边陲会比一些发达的都市落后近一个世纪。

边陲还有一个特点,那就是:在那类地区的种族关系一般都是比较复杂的,仿佛就像稻田的边缘地带杂草茂盛那样。

在版图上,边陲像是一大块被人忘记钉上城市的铆钉的木板那样,呈现出大面积的空白区,这种空旷使它显得异常凄凉。

在政治、经济、文化这三种最有代表性的力量之外,人们还能剩下或拥有些什么呢?还能不能剩下或拥有点什么呢?由于不了解而新奇——边陲的神秘感和魅力,大概就在这里。

三

六千公里的漫长边防线，就这样地在六分之一国土的边沿部展开。西部像一把巨大的弯弓那样向外挺出一个不规则的弧。

这是一个在地图上极其雄壮而在现实中极其沉寂的地域。国家意义上的重要性和日常生活中的落寞感也使职责和现状甚不和谐。

有限期地生存这里的人就是军人，无限期生活在这里的人就是牧人。一般说来只有这样两种人，他们之间的相同点和不同点是这样的——都骑在马上，都在马背上不自觉地重现着中古时期的骑士遗风，只不过是前者"游牧"在值勤巡逻点之间，后者"巡逻"在冬夏季牧场之间；都有一种"家"的不固定性，前者是边防站常在而住在里面的人逐年更换；后者是相反，毡房的位置经常变迁而里面的人大致不变；都有一点对对方的羡慕心也都有一种对自己的自豪感，前者羡慕后者的自由、家庭生活和种种生趣，后者则眼热着前者的装备、供应、整齐年轻的集体力量……面对着寂静峡谷、永恒冰峦、一湾河岸的秋风芦苇、满目冰霜的严冬明月，都有怅然的情怀，只是前者往往是怅然的无奈，后者却是怅然的安详。

最有趣的悖理恰恰在于：越是条件艰苦、交通不便的地方，越是有可能成为旅游风景区。大自然在一年当中为期短暂的时光里所绽放的美丽辉煌，足以使最都市、最有文化教养的女郎"呀，呀"惊叹，恨不能永生投入其怀抱；却只能诱发边防战士的怀乡愁绪，边陲之美对他们产生的是相反的作用力，美反而使之产生怀乡病，仿佛是女神推来的一掌！

正是这样，新奇是美的特征，因而注定了美是短暂的，不能长期享用的，对美的适应足以消灭美感。

同时，美往往还是孤傲的。越是真纯的美，越是无声地躲避开尘世；越是奇绝的美，越是令人难以接近和占有。

另外美还一定会滋生一些相反的、有害的东西，以便阻止、防御外界的侵入，从而保证自己的净境。

是真森林必有熊虎，是真草原必有狼蛇，是真雪山必有猞猁，是真河流必有虫蚋。如此如此，岂为不美？

一位女诗人在驶向天池的北京牌汽车上第一眼望见天山雪水时，就尖叫起来："呀！这是我平生见到的最清澈的水！"

"不必大惊小怪。"

"为什么？"

"因为——"我说，"你这不过是都市女郎的片刻激动。真正的美，还离得很远。"

难道不是这样吗？

四

海拔最高的边防站在哪里？

在喀喇昆仑海拔 6000 米的神仙湾。海拔 6000 米是个什么滋味呢？是氧气的定量被海拔高度减去了一半，是一年的四季被雪峰挡住了三季，是放逐了树的王国，是压缩了花的领地。据说，一位健壮的机关干部上神仙湾，头一天就抱着脑袋在帐篷外抽泣了一夜。长年驻守在那地方的人是怎么过的啊，边陲。

蚊蚋最大的边防站在哪里？

在阿尔泰山有着著名风景区哈纳斯湖附近的地方。额尔齐斯河盛产味美之鱼，哈纳斯湖秋景艳丽绝伦，水草丰盛，蚊虫强健，素有"三个蚊子一盘菜"之称。战士屙屎需点艾草，并且反穿雨衣头戴钢盔，烟熏火燎速战速决。不然，难免两半屁股"合拢"，肿成一片。据传，有一个班长解完大便回来，正吹嘘一个包没叮，摘下钢盔一看傻了——上面已经叮穿了几个洞。

阿拉山口边防站以风大著名，风有多大？远远超过了 12 级，测不出级别了。这里的风号称"一年一场风，从春刮到冬"，全年风日可达两百多天。

离边境最近的边防站近到什么程度呢？近到一个吃完罐头的兵，随手把罐头盒从窗口扔出去，他连头也没转，罐头盒越过他的肩部上空划出一个抛物线，准确地穿过了窗口，咣当一声落地——越境了。

还有最孤独的兵，一个查线兵。他单独住在一座废弃的旧营房里，离他最近的连队在四十公里之外。他长年一个人，默默地工作、生活，没人说话，自己操持一切，还养了一只狗做伴。他住的那片荒野上的废营房，风吹四处乱响，夜静怪声起伏，比所有的恐怖片更令人不寒而栗。他才19岁，像童话中的小勇士一样走进了魔鬼森林。如果你要问他"在生活中什么是幸福"这样的问题，他会告诉你说，"回到连队能和大家说笑的时候，最幸福"。

还有多少"最"呢？

最雄伟的山峰，最妩媚的草原，最纯净的河流，最晶莹的湖泊；最蓝、最明丽的天空，最黄、最辽阔的沙浪；最陡峭的也是最迷人的巡逻景观，最自然也是最亲近的长河落日……啊，边陲。

五

他是一个农民的儿子，入伍三十多年没挪过窝，一直在这个边防团，现在是一个老团长了。在这个夕照格外辉煌的波马，森林绿野，茅草城垣，营盘铁打，兵如流水。一茬又一茬，三十余年，阅历多矣。他觉得他仍然是一个老农而不是一位上校，一茬一茬的兵像麦子，青嫩地来，黄熟地去,他是个种地的。

有一天我俩对坐吸烟,阳光透过斑驳摇动的树影,洒在我们的身上。我说:"老团长,我拿你好有一比啊,想不想听?"

"你说。"他直瞪着眼睛望着我。

我说,你看见远处的边界铁丝网了吗?你就是那个木桩子。铁丝网一茬一茬地换,木桩子还是戳在老地方。

他一听,高兴地一拍大腿笑起来:"哈哈,没错儿!我就是那个木桩子!"

还有一个人是将军的儿子,在另外一个边防团当政委。他童年时曾经在我率领的顽童部队担任过短期通信兵,现在他长大了,不归我指挥了,但他依然像对兄长一样敬重我。他5岁时到我家做客还不会自己吃饭,还要大人喂,但是当了二十多年的兵使他成为一个坚强的、考虑问题细致的团队主官。他生气勃勃,精神抖擞,把全家都搬到了边防。看得出,他热爱着这支部队。

现在轮到我到他家做客啦,穿过结满像棒球棍那样大的绿丝瓜的藤架,我进入他的平房里。房间里整整一面墙都是书,军事、政治、文学和历史都来到了边防,当然还有我的书。我翻开我的书,上面题着摘抄的聂绀弩遗句,"男儿脸刻黄金印,一笑心轻白虎堂"。我笑了,我喜欢有书的环境,也喜欢读书的政委。

他看出了我笑里的意思,朝书架扫了一眼,说:"别以为边防上都是思想呆滞的傻瓜,我们照样也是'精神贵族'!"

还有一个蒙古族的分区副司令员,整个儿是一个奇人,身高足有一米九,基本上相当于关云长的身高。体格劲健,头大如斗,看起来像一个彪彪武士,其实却聪明过人、记忆力极好。他几乎每说三句话必引出一段唐诗宋词,有时兴起,可以背诵长段,准确无误。他要是说起他当战士时遇到的一次枪战险境,更是跌宕起伏,情节惊险。一梭子冲锋枪的子弹追着打他,脚边火光四溅,竟没打上,让他跑了。

奇人奇迹,令人听后唏嘘良久。

边陲的人有哪一点儿比人差的地方呢?边关男儿,昆仑列队;射雕英雄,雪原骋马;白日做梦,雨夜读书;远离尘嚣,独享宇宙;饮大碗酒,抓大块肉;植大林带,抱大沙漠……噫吁呜呼!边陲的生活有哪一点儿能让人生遗憾呢?正是:葡萄美酒夜光杯,欲饮琵琶马上催。醉卧沙场君莫笑,古来征战几人回?

六

当今西陲无战争,有的尽是些让人难忘的镜头。一些素昧平生的人事物景,偶然一现,竟难忘记,放下拾起,长久萦怀。

一次车行山间峡谷,道窄,仅容一车。迎面恰有一骑缓缓行来,是个骑黑马的柯尔克孜族牧人。车一鸣,峡谷回应,声威数倍,牧人甚骇。单骑无处闪避,牧人情急之下竟扭转马头,顺原路纵马狂奔起来。一时山间道上,一骑在前狂奔如逃,一车在后紧迫长驱,仿佛无意间拍演着一部警匪片的外景镜头。那黑马跑得着实漂亮,比国产电影里的此类镜头强无数倍。一直跑完了这道峡谷,牧人纵马驰上一侧小山包,勒马迎立,等待汽车开过去。那黑袍白帽,一派英气,让人心里顿时喊出"布琼尼!"

还有一次到某边防站,事先在分区就听说有条名唤"老黄"的狗,资格比全站的所有干部战士都老,算得上功臣元老,事迹甚丰。到边防站,我就打听起这条犬,我问还在吗,人们都说还在,就是老了,不常露面,院子里几条犬都是它的娃娃。我又问指导员,"老黄"资历比你还老吗?指导员笑道:"比我老了,我哪能跟它比。"

后来参观了温室出来,向阳的土坡上,指导员指着说,"老黄在那个土洞里"。我们去看,果然有一深洞,像是旱獭洞一般。问:"在洞里吗?"指导员说肯定在,唤了半天,就是不出来。指导员说,它老了,老得不好意思见人啦,就在近处山坡上刨了个洞,整天躲在里面。上次军区机关的领导来,也唤不出。

这哪里是一条狗呢?知情达理,大德乎知耻也。比起现今那些寡廉鲜耻制造伪劣假冒货色的所谓"人等","老黄"更像人。

边陲就是这样，于寂静中产生无数奇人奇事，在边远处孕育无穷大德大能。尽善来自于朴素，尽美来自于自然，尽善尽美，当之无愧。

当北京景山的一棵相传是崇祯自挂的歪脖子小树前游人如织时，和田硕大无朋的核桃树王正帝王般张开它苍迈郁绿的伞盖；当病入膏肓的一群招摇扭摆的所谓歌星在屏幕上展览丑态与病状时，喀什的泥墙瓦舍之间、月夜清白之地却飘荡着河流一样浑厚、柔和的真正歌声；当欺骗成为常识、敲诈成为公理、金钱成为准则、叛卖成为创造，一切的价值沉沦在汹涌的潮流之中时，真诚、朴素、人性这类事物的最后栖息地也只能在边陲的某些角落了。人性的理解和笑容，真诚朴素的礼貌和友谊，稀有金属一般在绿洲的田园里闪闪发光、震撼心灵。

七

许多对时代感应灵敏的人都离开了你，他们将在一个与你完全不同的地域开始自己新的生活，他们将开始一种由于自己的选择而不得不强装幸福、把痛苦咽进深处的生存方式。

离弃土地的人，心里的撕裂一定是血淋淋的。

土地比人要强大得多，它像血缘和宿命一样，驻扎在你记忆的源头、灵魂的深处。它静静地守望着你，看你在新的命运中颠簸起伏，直至失败和沉没。

追逐幸福的人是看不见幸福的。

八

而边陲是永恒的。

它的土地，它的人，总是在时髦的漩涡之外提供某种不同的存在。

那就是美。

1993 年 10 月 12 日写于新疆

和田行吟

> 因为我觉得一个人若生活得诚恳,他一定是生活在一个遥远的地方了。
>
> ——梭罗《瓦尔登湖》

许多事情,起因都是非常偶然的。

大概是因为你来了,所以我才去了那个从未打算要去的地方;也正是因为你同我一起去了,所以我才对那个遥远的素未向往的地方有了今天这样的梦幻般的深爱。

我曾在离它很近的地方生活了很久,但是我忽视了它,我想,让那个坐落在昆仑山一侧同时还坐落在塔克拉玛干另一侧的孤僻家伙在那儿待着吧,我才不去呢。我受够了遥远的喀什噶尔的折磨啦,我只想远远地品味它,静静地回忆它,如此而已。好多人都离开了那里,我为什么要专门再去拜访它呢?我又不比一般人更傻。

我怎么可能想到它在公元1993年的秋天对于两个诗人所产生的意义呢?我又不是神。是偶然救了我,它给了我这样一次机会,使我在当今纷乱的世界上看到了一个真正而又实在的梦。这个梦和我心中渴望的一个梦境是那样和谐一致，甚至因为超过了我的想象而显得不可思议。

你来到新疆的时候恰是秋天。

你来的时候事先在北京并没有敢抱着什么太多的奢望。

你面对着新疆幅员辽阔的地图沉吟数日，最后由于一个极其偶然的、微不足道的因素而决定独自启程去喀什噶尔。

一系列的偶然挑动了另一个久待诱发的偶然，于是，我们两人一起飞向了喀什噶尔。和田呢，就已经静静地、早有预料地准备接受我们的参拜了。

一切就是这样，很不平凡。

诚如你在信中所说的那样，"这次新疆之行，可以称之为伟大了吧？回来的当天夜晚我几乎无法入睡，一个月的如梦似幻的行旅，使我有一种来不及咀嚼的慌乱与兴奋"。

怎么能不慌乱、不兴奋呢？如果经历了这样类似朝圣般的行旅依然平静如故，倒头便睡，那不是成了一头蠢驴吗？慌乱对于你是肯定的，兴奋对于我是难免的。我远远没有料到，和田以那样丝毫不做表演的天然风貌，如此深刻地征服了我们。

我们像两条找到自己池塘的鱼儿那样，终于呼吸到了水中的空气……行吟的鱼，行吟的鱼是什么样子，我们当时就是什么样子。

可惜这一切都结束了，任何一种重复都不再能重复。

只有用回味温习，用笔记录，用诗吟味，……或许还能留住一部分痕迹。

因此我看梭罗《瓦尔登湖》时，一眼就瞅见了藏在里面的这句话："因为我觉得一个人若生活得诚恳，他一定是生活在一个遥远的地方了。"他早就看到了，他也早就等在我们前面了，他可能早就料定会有两个人匆匆赶路时一头撞在他事先埋好的这块路标上。当然，他不会料到，结果却是两个人哈哈大笑，不仅毫不沮丧而且无比欣慰。

有人说过了，这多好。这远比自己在戈壁上埋设一个路标无望地苦等后来者要好。这就像猜中了人生的一个谜语那样令人愉快，使人感到人的存在中所含有的连续性和一贯性，从而不孤独。

和田正是梭罗说的那种"遥远的地方"。

噢，对了，经过这次行旅之后，你要是再听到或唱起那支"在那遥远的地方，有一个好姑娘"的歌时，你的意会和领悟还会是从前的样子吗？你肯定会这样想：所有的人都不会明白，这支歌是专门为我的。

所有的事情都如同按照心灵要求的那样发生着，自然，真实，令人难以置信，就像塑料城里的人看到鲜花怒放的原野、煤矿井下的人呼吸到一口清冽的峡谷松风。一切的美妙都是太平常的，又都是心灵所要求的，恰好又是现实的城市中难以寻觅的。而这些，竟然都在那儿，在那个默默无声、仿佛根本就不存在的地方。

诗的伊甸园啊，诗就是这样！

我忽然产生一个奇想，如有可能，把和田搞成一个诗的特区，让全国或全世界的诗人、爱诗的人、具有诗的要求的人，都迁移到和田，把全国性的诗歌刊物也办到和田，让诗在昆仑山下得到一块养生之地，让美有一个自己耕耘、创造的地盘。假如这样，有可能为中国创造一个诗的圣地吗？当然弄不好也可能毁了这地方，把一切都搞得乱糟糟。奇想只能是奇想，何况已经有过试验——60年代几十万上海支边青年移居新疆，不正是以诗的精神感召的吗？当时多么壮观，当血已经燃烧起来时，要紧的是让它渗入土壤，长出奇花异果。

可惜，一次理想主义的试验夭折了。

记得坐在飞机上翻越天山的情景吧，飞机似乎没有动，它像是停留在空中。舷窗外是云层，云层之下是一片脊骨嶙峋的群山尸骸。它们与其说是站立着，不如说是身材高大地倒伏着，它们的倒伏有一个趋向，就像一次整个兵团被集团屠杀后留下的遗迹。所有的皱褶里，都足以深藏着一些不为世人所知的故事。从飞机上俯瞰下去，尖锐的峰脉纵横交错，像等待着的一片刀锋般青光闪闪，阴险而令人胆寒。

然后天渐渐黑了，夕阳正是最终在这里沉落的，它沉落时，西天一片血光。

在机场接我们的，是"经常性的工作"，他像一个德国将军那样寡言,他肚皮隆起,微微含笑,把我们让进一台车里。

他为什么叫"经常性的工作"呢?你有些奇怪。那是因为他当副司令的时候,有人早上见面问他,"怎么样,昨天晚上,老婆子'喂江'了吗?"他很谦虚地笑一下,说,"噢,那个吗,经常性的工作。"

车子驶进喀什的时候,你看到了,那些神秘的建筑和奇异的人群隐现在灯火和尘雾中,恍惚迷离,宛若梦境。那一眼,我相信你是终生难忘的,那是怎样的一种异样啊。可是我,正是在这座古城堡里生活了八年,喏,那就是艾提尕尔礼拜寺,十五年前我的家就在这座中亚闻名的大寺后面……我无限感慨,它唤醒记忆。我想起我当时在这里生活时的样子,就像是在凝视远处的另外一个人,"那是我吗?"我将信将疑。逝去的岁月就像是假的一样,就像是你为自己杜撰的一部虚拟的长篇小说一样,如果没有这些还存在着的证据,那就连自己也不敢确信。

噢,喀什噶尔!

久违了,咱们有十年没见面啦!十年一觉扬州梦。春风十里扬州路。十年一觉梦不短,人生十里未走远,回过头来,我觉得自己依然是当初的那个远去异乡的少年,我似乎什么也没改变。

我是一个远赴西天取经但却空手而归的人,什么经也没取上。但是我饮了那里的水,吃了那里的无花果和葡萄,真正的"经"渗入了我的身体，成了我的一部分，真正的经是看不到的，它与我同在。

喀什噶尔的夜晚让人慌乱和兴奋，夜气里隐含着某种并不明示的含混意味儿，骚动着潜在的生命气息。夹竹桃、无花果、葡萄、石榴以及各种艾草的香甜味，新鲜羊肉在烤灼时撒上盐末儿和小茴香弥散出来的浓郁烟香，馕坑里烤出来的小麦香味，异语唱出的婉转歌声和吐曼河浑浊流水的低语声，混杂在夜色掩盖的尘土里，仿佛空气里含有营养。挟带着这各种芳香的尘土，像水一样飘浮着，流动并浸透在夜色中，悬浮、超越、升起、降落，升而为暗夜之云，降而为地母之粒。

这种"芳香的尘埃"，正是喀什噶尔的一大特色，尤其在夜色之下，尘埃便变成了雾似的迷蒙，造成了喀什和和田独有的"魔幻现实主义"色彩。正是它，使人心旌摇荡。所以我早在一篇文章里说过："喀什是不可解的。你可以看透乌鲁木齐可怜的五脏六腑，但你看不透喀什那双迷蒙的眼睛。喀什有一种更深厚的东西，一种更典雅、更高贵、更悠久的东西，那种东西不能确指，却时时处处存在着，弥漫着，让你感觉着，仿佛渗透在空气里。"喀什就是喀什，它永远不会是莎士比亚、曹雪芹或托尔斯泰，但它有可能是纪伯伦·萨福或汉姆生。

有关喀什的我的经历是非常漫长的，远不可能在今天的这样一个夜晚讲完。谁也没有料到的是，当晚，屈全绳将军来看我们时,已经为我们设计好了一个走向——去和田。这个事先未曾料到的设计,使我们此行达到了终极目的,一切都比预想的完美。屈全绳是我的老领导、老朋友,他说:"如果没去过,应该到和田去看看——和田人民更辛苦,一天要吃二斤土,白天不够晚上补。但是和田还有更多美妙的东西,应该去看看!"

就这样,和田行吟开始了。

汽车在通往和田的这条公路上行驶的时候,我的记忆就一点点地苏醒了,好像这不是一条路,而是一条以汽车为磁头的录像带,很多我过去在这条路上活动过的图像,开始为我单独放映了。

……那个水闸旁边有一座小桥,小桥前后始终有赶毛驴车的维吾尔乡民,他们对汽车呈现出漠视的状态,过去如此,现在仍如此。时间并没有怎样改变他们。那个桥的后面,应该是一座白杨林和沙枣林环绕着的农舍,现在还在吗?啊,竟然还在!……枯水期的河滩中央,剩下一股浑红的水流,沿河的淤地上仍然生长着茂盛的丛柳、芦苇和茅腊,这种景致在秋天的熏染下显出异样的凄清,仿佛秋天故意留在这里的一幅照片。每年它都留一幅,每一幅都是上一幅的复印件。

……离英吉沙县城不远的一条路,永远在翻修,只有这一段似乎总也修不好。而出了英吉沙城,汽车跃上一个高坡,右侧就会看到一个人造水库。我想起来当时造水库的县委书记，名字叫徐殿维；莎车是藏在一个岔路口的正前方后面的，高大的林带层层布防，同样高大的沙丘近在眼前，仿佛醉倒林墙之下的一个攻城巨人，再没醒过来；泽普永远是不引人注目的，它总是被人一掠而过，它的位置留不住行旅的脚；叶城得天独厚，它是通往昆仑山的最后一个绿洲驿站，也是一位最漂亮的告别征夫的新嫁娘，它给人的印象是从不流泪，只是咬唇微笑……

然后通向和田的是一个漫无边际的大戈壁，崭新的柏油路在如此空旷的戈壁上简直是太奢侈了，驱车独行旷野，心胸何等阔大！一侧是昆仑山，另一侧是塔克拉玛干大沙漠，公路像一条银色缎带，专门为你铺设。你放开了跑吧，你永远不用担心碰上什么红绿灯！但是，我们左顾右盼，还是难见昆仑山的面，它那么高大，离我们又这么近，却连影子也望不到。远远地，只能望见一些小山脉——昆仑山的脚趾，也只能望见一点矮小的沙丘，大概是塔克拉玛干的游动哨。

在这样两个巨物之间，和田从容地铺展开了它那块绿洲的绒餐布。它的宁静生活的诗意，就在于它是生命禁区和死亡之海之间夹着的一个偶然而又悠久的生存。仿佛是昆仑山这个巨人撒了一泡尿，那就是分成好几股流向塔克拉玛干的雪水。在这泡尿流向塔克拉玛干大渗坑的一小段路程中，养育了皮山、墨玉、和田、于阗、洛浦、策勒、民丰……等等县市村镇，几百万人口，数千年历史，就是在这样一个短暂和偶然的空间里，被孵化出来。

你甚至愿意把这看作神的着意安排也无妨，一到这里，离神就近了。

没有什么哲学比这里的存在本身更具哲学意味，更切近人类的生命本质。

在两个庞然大物的峻厉的死神面前，生命呵，你星罗棋布，你莺歌燕舞，你一副赏花归来马蹄香的潇洒，一派乱红飞过秋千去的轻盈！和田啊，你的名字就是宣言，就是诞生，就是至高的哲理，就是至美的史诗，因为你的额上就刻着这四个字：热爱生命。

让病态的人和病态的艺术去呻吟、去自命不凡吧，让那些梦游症患者和精神病患者去争抢他们的梅杜萨之筏吧，我们远离这些，我们到自己的土壤里寻求疗救的功效，我们相信，生命的和艺术的伊甸园就在我们自己的土地上。

你和我，我们是在这样一种普遍的文化环境下来到和田的。那就是在"艺术和人的精神已空前沦丧的时刻"，"普遍存在的正是一种精神上的软弱，残酷的现实又几乎是在蹂躏着这种软弱"，在这种赞美自杀并进一步引诱自杀的空气中，我们到这样一个毫不时髦的地方来，并不是为了制造时髦，而是为了生命的健康，人文品格的确立。我们会在这里找到力量、信心、自尊和挑战者的风范！

我的朋友，你当时应该注意到了，和田市中心的一座雕塑，第一眼就给我留下很好的印象。那是一个戴羊皮筒帽子、赤足、手拿砍土镘的维吾尔青年农民的雕像。也许在艺术上还不够精美传神,但是作为这座城市的标志,却是唯一的,不可更换的形象。这是一个劳动的、大写的人,生气勃勃,充满开拓者的自信,他确实有一点像一位昆仑山下的新愚公,一锄一镐,一点一滴,一花一草,一生一世,从禁区和死海的缝隙当中拓展家园,创造生活!

他所创造建立的和田地区这一系列绿洲,当然不是世界上最繁荣、最漂亮的地方,但肯定是最艰难、最令人惊叹的地方。他用汗水赢得了这一大块绿洲的今天,是值得尊重的;他没有放弃这块看来难以生存的地方,而是把它变成美丽的家园,这样的人是值得钦佩的。在今天这个以背叛土地为时尚的时期,在今天这样以出卖尊严为荣耀的社会,真正的垦荒者的品格,变得比金子更珍贵!正是他们,和大地一起成长!

我想,应该在这个农民的雕像下镌刻上这样一些文字——"那条越过茫茫荒野直达高山密林的漫长大道——是谁最先将它踩出来的?人,一个首先来到这里的男人。他来之前原本没有路。"

和田的美丽是出乎我们预料的,而且是远远超出我们预料,它的美是真正的田园之美。

怎么可能呢?我甚至在想,这样一个被世界几乎遗忘的地方,它怎么可能美得如此自在、独立、静寂呢?要知道,今天是一个新闻媒介瞬间可以传遍全球的所谓"信息时代"呀，可是它，却如此默默无闻地独自美丽着，被喧嚣的世界彻底给遗忘了。嗨，谁能想起它来呢？

据说在沿海宾馆的服务小姐连太原、银川这样的地方都舍不得承认她知道，她们对那些自报家门的人冷冷地说："我不知道有这么个地方。"如果是这样，和田对于她们，恐怕和外星上的某一块新命名的石头一样陌生了。当然，这没有什么，她不知道和田并不等于和田不存在，更不等于和田不美丽。那个小姐以后可能发展进化到连中国这么个地方她也不知道了的地步，她只知道毛里求斯呀，日本呀这些地方，那也由她好了。

如果一株三叶草一定要自命不凡的话，那么生长了五百八十多年的无花果王就该寂静了，连一片叶子也决不随风翻动。

这棵500岁高龄的无花果王正在和田。

我的朋友，你当然记得那天。

那天，我们穿过了葡萄的长廊，一路上两侧全是树的仪仗队，偶尔我们停车，与站在葡萄廊下的几位田园大臣——携筐采摘的妇女、长髯老者、黑睛儿童们抚手问安，我们像视察古代田园的帝王那么幸福，我们具有诗意的仁慈和贤明。

瞧，葡萄的长廊是何等隆重的规格，藤架遮蔽住所有的道路，交错的藤蔓织起阳光的筛子，秋风染醉的葡萄晶莹蒙尘，串串累累使人发愁不知该运往何方……当我们来到一座庭院时，那古朴又典雅的舒适建筑立即让我联想到了古代喀喇汗王朝（黑汗王朝）的王室行宫。

简朴，明净，高贵。

所有的植物和花朵都因有幸生长在这里而显得宁静和有教养。

纤尘不落的黄土小径也因经常洒扫和高贵的王靴而变得洁雅。

守园的老者穿着敞怀的白袷祥，紫铜色的胸骨硬朗健旺，他的谦恭使他愈发古老，仿佛是黑汗王朝留下来的最后一位侍从。时代没有改变他，他仍然一身古风。

他像一棵老树那样为我们打开了幽禁另一棵比他更古老的树王的园门，我们小心翼翼地走进去，像是参拜一个皇帝那样满心都充满着虔诚。

我朝拜一棵无花果树。

无言而伟大的正是这类生命。它从一棵平凡的植物，变成了神灵。谁说不是这样呢？正如伟大的《福乐智慧》一书所说的那样，"他意欲什么，就创造了什么，说一声'有'而万物齐备"。

我们走进它浓重芬芳的荫庇之地，嗅到了它的躯体散发出来的气息，那气味，既含有植物特有清芬同时又超出了植物，我甚至觉得嗅到了一位内慧而外美的完美隐士或古代贤哲的气味，那是思想和肉体混杂的气味。它为了更多地承受阳光而遮住了阳光，于是在它之下，造成了一个幽暗的、盘根错节的空间。土壤是潮湿的,散发着绵长悠久的霉味儿,腐败的气息里烘托、孕育出深厚有力的生命力;粗大的根节盘绕纠缠,仿佛蟒蛇的巢穴,旋绕的根划出蛇行的弧,寂然凝聚;斑斑绿苔宛如铜锈,记录着时间爬过的痕迹……而正是它,思想的果实累累!

它掉落在地下的腐烂了的果实,散发着酒的香味,随便拣起一枚新落的,也比别的无花果好吃。

环绕着这棵无花果王的,是一个完整的花园体系,木瓜独自散发着清香,葫芦架上悬垂着一颗颗远比老子的头颅更大的葫芦,至于各种花草,至于石榴、葡萄、苹果和梨,都拱卫着这棵五百年的王,谦恭无声!

> 你远离我眼外,却近在我心底。
> 在先他是一切领袖之首,在后成为众先知的封印。
> 你创造了空间,却不占有空间。
> 你没有行止,永醒无眠。

《福乐智慧》里的这些诗句,正像是专门写给你的。我们所参拜的这个生命之王是无言的,它的确不需要说什么,它所要告诉我们的,都已经由生命本身表达了。什么也没有生命重要,和生命相比,言论无非是一些唾液溅湿了的声音,美貌不过是一瞬间的浮浅表象,至于其他的那些短暂的东西,更是不值一谈,唯有生命,应该成长。最终一切之王都是生命之王。

我当时想,无花果之王啊,假如让我活到你五分之一的年龄,假如让我活得能够有你这样的健康,我也会成长为一个生命之王的,我也能创造出生命的奇迹。想到这里,我有些热泪盈眶,继而马上生出另一个念头:问题不在于"假如",而在于生命本身能不能不断地洗涤自己,从而战胜时间的损耗和污染,使自身长成应该长成的那么大,这才是困难的呢。

这个念头使我苦笑了一下。

很久以来,我都没有在这样的田园中穿行了。田园是如此美妙,生活是这样简朴、清新、欣欣向荣,这使我们的心又回到了少年时,我的感觉和初心苏醒过来,像春天那样新鲜明丽,它使我又重新爱上了这一切!

也许这一切都是秋天制造的假象,它用季节的短暂的美迷惑了我们,但我们愿意相信。赶着毛驴车的农妇或老翁成为路边一景,他们在铺了花毡的驴车里盘膝而坐,兴致勃勃地去乡里赶一趟集市,那种安憩舒适的表情是令人羡慕的。任何地方的老人也没有和田的这些维吾尔"田舍翁"美,这些老人太漂亮了,太有风度了!他们完全不像一些庄稼人,而像一群坐在驴车上的隐士和哲人,雪白的长髯、浓眉和高鼻梁,还有深邃的褐灰色眼睛,还有庄重安详仿佛思考终极问题的那种神态,都使他们显得不凡。

不知是一种什么样儿的力量,把这些平平常常的田园老者造就得这般艺术,每一部胡须上面的面孔几乎都堪称是一座泰戈尔的雕像!

当时我们曾要求一位坐在马车上的老人,希望他的一家人包括他的马车和马,与我们合影。这位"贤哲"是随和的;他以高贵的方式答应了我们的请求,仿佛恩赐给了我们一个机会。我们一路上就这样总是荣幸地和一些农夫合影,我们把小轿车停在路边,央求过路的农夫留下尊贵的面影。他们所乘的车辆无疑比我们落后了至少一百年,他们所穿的袷袢也远不如我们的西装和领带时髦,他们的身份和级别呢,就更不能与我们相提并论,但他们是令人神往的,让人热爱的!

瞧瞧,农夫的胸骨坦然露出被阳光镀染的铜色,健康的胸膛衬托出白色银须,有了飞瀑直泻岩石的坚韧与灵动,苍松白雪,飞瀑青岩,正是生命所应该具有的最佳状态!

我一直感到奇怪的和不解的,是当今社会何以能把那些扭捏作态、倚门卖俏当作美,我很难理解。而真正的健康的美,譬如和田农舍边大量存在的这些自然光辉的生命,却被视为粪土。

社会正在制造一类新的、符合标准的"美",它有力地取代着真美,改变着时尚。

科学疏远美,政治欺骗美,而商业行径和手段,伪造美。只有真实,是美唯一的藏匿之所。

美是不自知的、浑然自在的,因而美同时还一定是淳朴的。

当我们与一位黑胡须的中年男子照相时,他始终轻微地笑着,任凭我们怎样发问,他都一言不发。他并不算美,但他长得古怪,他矮小,眼睛机敏而神情迟钝,脸上混杂着苍老与活泼、忧郁与快乐的复杂。他像小孩儿那么单纯、顺从,又有老头的沉默和哀愁。天知道我们当时怎么选中了这样一个人,似乎有一种神秘的东西驱使着。最后,一位当地的青年人告诉我们说"他是一个哑巴,可怜得很",我们才忽然醒悟了。

他并不是不回答,而是不能回答,他只能用微笑和顺从来回答我们,他是一个终生悲苦的角色,但是他有善良的微笑。很久之后,这个哑巴悲苦的脸上露出的笑容,像一朵荷花残败的叶上滚动的一滴水珠那样,浮现在时间之波的水面,让我难忘它的凄清之美。

哦,善是这样悲苦,它比美更难以生存。

这一切表面寻常的事物,都毫无疑义地会同时命中你和我的心,使之发出震颤。虽然我当时不曾与你交换意见,连眼神也不曾交换,我就知道了你的感受。只有对诗的理解,才能沟通对这类寻常事物的理解,这是诗的神秘甬道所在,也是诗的永恒力量源头。

自那之后,我们对和田的田园认识深入了一层,我们从赞叹渐渐进入到一种虔诚和敬惧,似乎不约而同地感觉到了某种超然于上的神秘力量,唯恐亵渎了它而遭惩罚。

那种超然的力量是谁呢？我们怎么能知道。但是优素福说过，"他为万物提供了食粮，他却不吃"，"他喜欢谁就让谁成为英雄"。还有，他把宇宙间的四种要素，变成了人体之内四种颜色不同的液体：红色要素血液，黄色要素胆汁，黑色要素浓液，白色要素黏液。

那个神秘的力量是以这样的眼光来观察世界的，他说："太阳回归，走回原来的位置，从双鱼之尾，走进白羊头顶。"

对于这一切，我们不能不有所觉察。

谁都不能否认，在某些方面，我和你是异常敏锐的一类人。

所以，无论在和田河大闸的龙头上俯视碧水滔滔，还是在布满卵石的河滩上寻觅偶能幸遇的和田羊脂玉，面对昆仑的馈赠我们不敢贪婪，我们只拣了两枚鹅蛋状的圆石，带回家做个纪念，我们没有资格拣到价值万金的凝脂美玉。

特别是一条受惊的小蛇窜出草丛，惊慌地从我们脚下掠过，爬下卵石渠坡时，一位朋友拣起石头击打它。我无端地感到了惊恐，我当时喊了声"别打……打蛇不吉利！"但是我的话音未落，朋友的一枚卵石却已经击中了它。

那条小蛇在渠坡上抖动了一下，随即滑入水库里，它游了起来，头部扬起在水面之上，身子在波流中扭动前进。

水库里的水非常清澈，可以清楚地看到那条蛇的身后渗出了一片血红，在碧水上漂浮。一会儿，小蛇不见了。

大概是沉下去了。

后来你对我说起这件事，你说"你当时脸上流露着对不祥的预感"。你看出了我在害怕什么，我害怕什么呢？我害怕那个超然的神秘力量，还害怕一个生命的灵性对那个力量的控告。

对那些自由的野生小生命，我是不敢伤害的啊，哪怕是一条蛇呢。

和田著名的地毯厂和玉雕厂并没有给你留下什么突出的印象，这我可以看得出来，因为这两个厂子给我也同样留不下什么。

地毯已经变得相当昂贵，这种田园的绒餐布挂在农舍墙壁上的时候是一种风味，踩在阔佬脚下的时候就成了一种炫耀。维吾尔姑娘们用心手织出的美丽图案，原来本是对爱情的献礼和创造，并不是专为出卖的商品。现在，对美的编织已经成了道道工序，它不再是葡萄架下的诗意的七彩阳光了。

玉雕给我的印象是庸俗的。天然的美玉，出于石，载于水，从昆仑山的深处出发，停泊在沙滩之下，等待识玉者的慧眼。这是美的，珍奇之物的命运自古如此。但是到了玉雕工人手里，千琢万磨，制造成各种低劣的工艺品，精巧造作，毫无美感。一块形态自然、美质超群的奇石，被制造成凡俗之眼要求的样子，真是毁尽天物！

人们正是这样勤勤恳恳地毁坏着大自然所赐予的千年

造化，而不知这正是蒙昧。

真正给我们留下美妙印象的，是墨玉县城郊的一顿午宴。那是在武装部一位维吾尔族干部家里所设的一顿标准穆斯林式的午宴，简直是过于精彩啦，是吧？

瞧瞧人家，那是什么吃法！

在奶茶、馕、油炸馓子这种一般的惯例铺垫之后，竟然在每个客人面前端上来一托盘烤羊腿！每个人面前的托盘里，都放着一只肥美焦黄的羊后腿，油滋滋的，香喷喷的，令人馋涎欲滴！这种烤羊腿可是从馕坑里烤出来的，其规格足以招待任何一位国家元首呢。

我看到你高兴得大叫起来，你像小孩子一样手舞足蹈，兴致勃勃。我真为你高兴，也为那些招待你的人高兴，美妙的佳肴必须奉献给胃口强健、食欲旺盛的人，不然就是明珠暗投了。

但是你毕竟缺乏经验，你以为这盘羊腿就是高潮了，结果你像樊哙痛啖鸿门宴一样，竟把一条烤羊腿全部吃掉了！你真行，吃出了豪气，吃出了战斗力！可是转眼间又上来了一托盘金灿灿、油汪汪的抓饭，你吃了一口，嗨，更香！

怎么办？你看着我，摸着肚子又望望抓饭。美味佳肴啊，你对健壮的胃口是一种何等难以抗拒的诱惑啊！

"继续吃！"我对你喊道，不到长城非好汉啊，真正的男儿，应该有狼一样的吞咽熊一般的肚腹。在维吾尔人家里做客，狼吞虎咽的人受到尊敬和喜爱，他们认为你是好样的，同时认为你高度赞赏了他为你准备的食物。

这时候，维吾尔人才让你喝酒，他们决不在你空腹时灌你。而且，他们先是自己喝，然后请你喝，你如果的确不善饮，可以抿一点，把酒递给主人代饮。他们只想让你吃好，并不想用酒把你先打倒。

维吾尔人的家宴是真诚豪爽的。

这顿午宴使我对吃有了新的认识。汉民族向来是以"食文化"傲视天下的，以为在吃的方面领先世界。其实，恰恰是中国餐反映了我们民族烂熟饮食文化的病态，证明了古老民族食欲的衰退和弱化。五颜六色，七蒸八炒，精雕细刻，名目繁多，这正是对一些食欲不健全的病人诱餐的方式。而强健的人，他只要痛吃，不需要太多的花样；太多的花样容易破坏他进食时的注意力，吃是一项非常专注的事！

我早就发现，汉式宴席从来不能让人吃舒服，总是说话啊，劝酒啊，打情骂俏啊，谈生意搞政治啊，结果，东一筷子西一筷子，等于什么也没吃痛快，半饱回家，下方便面。

一切都是虚假的，包括吃。一只猛虎在捕食一只羚羊时，它是尽情地饱啖那新鲜淋漓的生命的，它饥渴地要用羚羊的生命补充自己的生命，它没有闲暇去搞那些花拳绣腿！真正的吃和真正的性是同样专注的，容不得半点走神，这才是生命的原动力要求的状态。

生命力衰退的族类,丧失了性的原始活力,故而发明了"玩女人";丧失了吃的原始冲动,所以搞出这花样翻新的所谓"食文化"。可悲的是竟不自知,还有脸在这上面吹嘘呢!

后来我给你讲这番观点时,你是赞同的,因为你有了墨玉县那顿午宴的切身体验。但是我这种观点要是讲给内地的其他朋友听,他们会怀疑我的动机的,在他们心目中,别的民族是不懂得吃的。大唐为什么强盛、开放?最近我才知道,昔时长安胡风大盛,时髦的恰恰是胡骑、胡服、胡食……毛泽东曾主张对中华民族的古文化要"去伪存真",就是在吃的问题上,也有许多的"伪"啊。

烂熟的文明往往成为新鲜生命力的淤堵,重要的不是膜拜,而是选择;更重要的不是拒绝,而是善于从表面落后的而实际葆有活力的民族中吸收营养。如果说美国在近代有什么了不起的地方,那就是从被他们过去当作奴隶的黑人身上找到了充满生机的力量!

我们今天刚刚懂得向西方的强者学习,而这种学习里,还带着可悲的屈服式的摹仿;我们还远远不懂得向看不见的力量学习呢,更不懂得借助真纯的文明恢复自己民族的活力。

你看,我又"议论"起来了。在这封写给你的长信里,我原本打算一字不论的,结果还是议论了,老毛病又犯了，暂且算作犯规一次吧。如犯五次，就罚下场。

记住，还有四次。

在昆仑山下，莎车是一个容易引起我怀旧感伤的部位。在这个拥有四十万人口的新疆大县里，二十年前曾经多次出现过我滑稽的身影。我和莎车的关系带有滑稽可笑的色彩，我在这里的行为带有明显的诗化青年不谙世故的愚蠢自负，因而莎车成了我演的一系列荒唐故事的剧场舞台。这一切往事使我觉得不堪回首，使我深深懂得年龄和性格对一个人的制约。

我不知道当时人们是怎么看我的，我无从知道，谁会告诉一个自命不凡的傻瓜什么东西呢？我非常盲目地活着，心不在焉，丢三落四。我一点儿也不懂得自己的职责，把两位老地委书记扔在戈壁滩上，驱车返回县委招待所去取被我遗忘的文件。招待所的门锁着，我一砖头砸开锁，像间谍一般拿到文件，然后潜逃……我还在给另一位副专员准备的讲稿上写了巴掌大的五句话，乘他高兴的时候交给他，结果害得全体秘书们通宵秉烛夜战，我吹着口哨推开门，所有的人都对我怒目而视……等等，我当时像阿凡提一样，对什么都满不在乎。

我不懂常识，在我30岁的时候，还没能醒悟人需要当官，而这件事几乎是所有的人都明白的。

如果那时候我有现在这样老练，那该是什么结果呀？然而"如果"是不存在的，我只能那样；而且今天这样的结果不是更好吗？我喜欢这样。回想起来，我的经历和生活，是幸运的。我按照自己的愿望去做了，而且实现了，我没有勉强自己。

我更为幸运的是，几乎所有与我一起工作的人，对我都是宽容的，包括上面提到的几位老领导。他们把我的愚蠢行为当作美谈，把我的自命不凡当作不同凡响，他们几乎是把我当成一位准天才来对待的。他们凭着本能，感觉到了我有某种优秀于常人的东西。

为什么要抱怨生活呢？为什么要怨恨别人呢？生活最终是公正的。假如从生活的切片上看，那它到处都充满了不公，但是从它的整体去看，它却是公正的。一切愿意以短暂的生命为人类社会做出点滴贡献的人，是不应该计较这些的。

现在，那一切都已经过去了，消失了，生活就是这样，没有见证人。我在莎车几乎找不到任何一位过去熟识的人，于是我想起了那个旧的县委招待所，我不知道它是否还像当年那样。当年我们地委秘书班子的一伙人曾经住在这幢大房子里，写材料，打牌，天南地北地聊天，非常热闹。当时这幢房子周围的环境是很幽静、很肃寂的，这里毕竟是莎车县最大的衙门。

咱们去那里的时候，我万万没想到，一切还都保留着老样子。

我指给你看，喏，就是那间房子的门，被我一砖头把锁砸开的。还有你看那些回廊，那些地板，当时都是算得上高级的。另外，还有那些树木，树犹如此，不改当年风貌……但是人呢？当年在这里说笑热闹的那些人，风流云散，就像根本没在这儿呆过似的。一些当时不存在的新的人正在这里出出进进。

我指点着，感慨着，寻找着，从前院落旧亭台，燕子归来人去也。我们的形迹大概是有些古怪，一位维吾尔族的中年妇女注意了我们，她是位服务员，胖胖的。"找人吗？"她问。

我估计这是一个来龙去脉一时无法讲清的问题，我很难向一位陌生人解释清我们到这儿来的目的，因为这儿既不是我的故居也没有我的熟人，这是一个招待所，我仅仅是曾经住过而已。你能对国际饭店或是兆龙饭店的门卫说"以前我在这儿住过，现在我想进去看看"吗？人家不把你当神经病人轰走才怪了。

但是你当时对那位服务员讲了我的情况，她的反应出乎我的预料，她微微眯起眼睛来看了我一会儿，她脸上的表情显出了对人的某种潜在感情的充分理解和尊重。仿佛她正跟你一起经历着怀念与寻旧的情绪，她说："你想它了。"

她说得那么平常，那么理解，似乎这并不是什么复杂的，难以理喻的事情，似乎这是人的一种最正当的行为和权利，和喝水一样容易被人理解。"你想它了。"她说这句话的当儿，我觉得心灵的大门被一下推开了，理解的阳光令我眩目，我险些流出泪来。我假装咳嗽和吐痰，背转过身去。

这就是维吾尔人，一个感情色彩丰富强烈的民族。在情感和艺术之类的问题上，他们轻易地穿越各种障碍，但是在另外一些问题上，他们有时候脑子里可能少根弦。他们绝不是一个没有自己独特文化的民族，同时他也不是完美无缺的，他的过于情感化的行为方式，有时影响他的判断力。

我承认，我在气质上明显地受了这个民族的感染，当然可能还有地域的影响，这些，正在被我一点一点地认识。

你信中曾经提到了"神秘的建筑"，我认为你的注意力是准确的，你总是能够注意到那些应该注意的事物，注意到在本质上反映出来的区别。有的人之所以显得智力贫乏，是因为他们的注意力被分散了，像松散的灯光那样。他们为各种无关紧要的表面事物所吸引，对各种事情都感兴趣，结果分散了注意力，反而一无所获。

人在智力上本来相差不是很大，光的总量几乎相等，差别在于，有的人能够把光芒凝聚在一起，有的人则相反。

你所提到的建筑，的确能够反映一个民族的心理。在衣、食、住、行四个方面，往往最能看出差别。

和田的建筑是与众不同的，它除了宗教的特点之外，似乎还更多地保留着古代宫廷的痕迹。它不像喀什，喀什更带有商业集市的特点,它的民宅有明显的市民阶层的风味,这种风味是商人和小手工业作坊兴起的特点。而和田的一些建筑风格,似乎还保留了古代小王国的高贵气象,甚至一些民宅,也显得大气。

咱们在墨玉县午宴的那个武装部干部,就是一个当地人。他显得热情而拘谨,但他的家却显得宽敞而大方。穿过一片玉米林,就走到了他的院门前,门是很普通的,是那种未上油漆的木头门,看不出里面有什么名堂。但是一进屋里,当时真把咱们吓了一跳,那是一幢多么令人羡慕的房子啊!谁知道相当于哪一级?

当中一间有着高高天窗的大厅,散发着新鲜木质的香味,整齐漂亮的檩子,像工艺品一样排列在房梁木周围,还有椽子,全是上好的木料,天窗部位向上耸起,迎接充沛的明亮光线。通向客厅的一边有台阶,大约三五级,客厅也是宽敞的,足够二十个人欢宴。你当时忍不住好奇,提出了参观这幢住宅的要求,你都看了,这样的居住水平足够让人吃惊的吧?何况这幢住宅的主人并不特殊,不过是县人武部的一般干部。在商品经济并不发达的新疆地区,这住宅只反映了一个富裕农民的水平,他并不是暴发的生意人。

至于礼拜寺,那更是含有神秘的氛围。墨玉县的礼拜寺建筑,保留了墙砖的本色,并且在每块砖缝上勾了边,造成一种十分古朴又是极其现代的效果。维吾尔人在建筑上是十分注意保持自己风格的。

后来咱们还参观了喀什的艾提尕尔礼拜大寺，还看了闻名的阿巴克和加陵墓——香妃墓，这些充分体现伊斯兰教建筑风格的艺术杰作当然不是我的学问所能解释的，但是我注意到了颜色上的区别。这种色彩上的明显区别，我以为正是民族心理的区别。

这些建筑，在红、蓝、绿三种颜色的使用上，完全不同于内地的佛教建筑，它们一般没有大红和大绿。它的绿是戈壁浅草的那种麻绿，有生机，但是不浓碧；它的红更不是大雄宝殿前大柱的油漆亮红，而是那种略微显得有些褪色的褐红，是抹了羊血又经过时间或雨水冲刷后渗进去的红；它的蓝也不是明亮的瓦蓝，而是景泰蓝的蓝，是略有些灰白的天空的蓝。这几种色度不同的颜色，交织成独有的韵调，形成其鲜明的风格，反而同样造成了辉煌庄严的效果。

我甚至有些怀疑，同一种颜色在不同民族和不同宗教的人们眼睛里，是不是本来就不是完全一样的？

对色彩的感受和选择——这里面肯定有着本质的区别。

由此而联系到地毯的颜色、图案，艾德列斯裙的花纹，高大建筑物回廊上的彩刻，以及英吉沙小刀的刀柄镶嵌，陶罐和茶炊，很多事物都和色彩有关。

总体上说，人类都是"好色"的。

色彩对眼睛的刺激和愉悦是明显的，同时大概也是永恒的。人越在小的时候越对色彩敏锐，所以儿童画在色彩运用上的强烈、鲜明、灿烂，往往为成熟的画家无法摹仿，叹为奇观！

人一长大，渐渐对色彩麻木了，不善于分辨其间微妙的差异了，非大红大紫浓绿，不足引起其兴奋点了。

老大民族，优点甚多，然而童稚丧尽却不可不防，童稚者，生命的新鲜劲儿也！

咱们大华夏民族，古时候对颜色的运用不是非常惊人的么？满朝朱紫，丰富多彩的象征官级的鸟兽图案，那样的帝国是一副什么样的气象！想象一下，觉得太好玩了。那真是一种"古老的幼稚"！还有京剧里的脸谱、服饰，在色彩的谐调和大胆上，简直不愧是浓墨重彩、鬼斧神工。这里面保留的是原始民族的神秘心理，那是我们伟大祖先流传下来的一颗对生活搏动的心灵，也是他们的一双痴迷于世界万物的孩子般的眼睛啊……

如同成年的人一样——随着社会的不断变迁——现代人已经越来越不能理解孩童的愿望了。

一个人会老，一个民族也同样会老。不同的是，一个人的衰老乃至死亡是不可抗拒的，一个古老民族却可以因其不断产生的新生命、新思想、新方式使自己重新恢复活力，免于衰败！

近百年来，我们的民族苦苦探求生路，对自己的检讨、批判、解剖和否定，有时候已经近于刻薄和残酷的地步，从梁启超到孙中山，从鲁迅到毛泽东，尖刻无情的刀锋，剖析的正是我们民族的母体。难道他们不爱自己的民族么？难道他们不感到痛苦么？大爱大恨，大耻大勇。我孤陋寡闻，我不知道还有哪一个民族能像华夏民族这样有勇气深刻地批判自己。起码，在昆仑山下悠然生存着的这部分可爱的同时也是落后的维吾尔人，目前还没有觉醒这种正视自己的批判精神。

从深刻的意义上说，从足以产生无数杰出人物的文化大土壤的意义上说，我为自己是一个汉族人而荣幸。

我是如此地深爱着我的种族母亲啊……

如果我在文字中不成熟地嘲弄过你的缺点，指责过你的积习，那也是因为我相信你对我的任性是有海一样的博大与宽容。如果我毫无顾忌地赞美了别的民族的优点，歌颂了她们的长处，那也是因为我深知我对你的爱是不言而喻的，无须表达的。

我和你伟大的血缘所遗传的品质一样，我有足够的勇气仁慈地对待别的种族，决不偏狭。作为一个民族，世界上只可能有在某一历史时期比你更先进、更活跃的民族，但永远不会有比你更深厚、更伟大的民族！

当我在离你最远的边陲生活了将近四十年的时候，民族母亲！我才深深地懂得了你，理解了你。你是我唯一的生门和葬地呵，祖国！

参观香妃墓的时候，解说员艾沙的那种独特的、生硬的、仿佛在朗朗背诵什么课文的声音，引起了我的回忆。我想起来了二十年前就是他在这里讲解，现在他老了，不过声调还是那样。我说："二十年前的那个小伙子就是你吗？噢，对了，是叫艾沙，我过去来过几次，我认识你。"

艾沙这时才笑着说："你认识我——你当然应该认识我了，你现在才想起来，可是你一来，我就认出你了。你原来在市委么，对不对？"

"对，对。"我笑了。

"你那时候也是个小伙子，不过嘛，你变化不大。"

艾沙使我想起了香妃返回故园时所乘的那抬运尸体的轿子，于是我们又去看了看它。一顶小木头轿子，用了一年多的时间，才把香妃从北京运回了喀什噶尔，同她的阿巴和加家族的人一起安葬在这里。她的家族一定是极有权势的，不然她到不了乾隆近侧；但是从她的画像上看，香妃本人又是极其美丽的，她身着盔袍手按长剑，一脸英气，满身娇媚。

我当时仿佛是这样对你说的，香妃都用了一年才从北京来到喀什，你呢，你才用几天就到了。你比香妃舒服多了。

你当时也曾不断地说到这种感受，你说："这一切变化在太短的时间里出现，使人感到不真实。"我们所处的这个时代也变化太快，也使人感到"人生如梦"，许多事物还来不及咀嚼，顾不上分辨，潮水一样涌来又转眼消逝无踪……是好还是坏？是真还是假？是必要的还是生造的？都弄不清楚。其兴也勃焉，其衰也忽焉，使我们的心田像黄河的淤沙一样积堵增厚。我们总不能把这一切全都留给历史去检析评判吧，我们是人，是人就希望活得明白。

难道这种小小的愿望是过分的吗？

唉，总是妄图"活得明白"，结果总是被生活所欺骗、所戏弄，最后干脆就抱定不明不白往下混的决心了。衣食住行，声色犬马，八个字把人生的全部目标和内容概括齐了。可是这样的生活怎么能算人的生活呢？充其量，是醉生梦死罢了。（第二次犯规了，又是议论。）

那天中午，我们在艾提尕尔礼拜寺门前的小摊上同时看中一种漂亮的白帽子，雪白的卷毛羔皮圆筒冬帽。那帽子看上去十分亮眼，戴在头上也非常合适，仿佛变了个人，英俊得不行。你买了一顶，我买了一顶，整整一天我们都为这件事高兴。我们相信，今年冬天，你戴上这顶帽子在北京大街上显显，我戴上它在乌鲁木齐露露，准保不少于十个人要打问这帽子是哪儿买的。因为这顶羔皮帽子太漂亮了，害得我老盼望今年冬天快下雪，好让我戴出去露露。大雪纷飞的天气戴着它，你没法儿分清哪儿是翻卷的羔毛，哪儿是飘落的雪花！

在今天这样一个全世界的男人丧失帽子的时代，有一顶好帽子是多么愉快！

你注意到没有，第一次世界大战期间，奥地利骑兵还戴着尖顶头盔；第二次世界大战时期，德军的翘檐大盖帽成了时代的标志；从那以后风气渐变，不知从什么时期开始，全世界的男人忽然全都不约而同地光着脑袋，没有合乎时代潮流的帽子了……从那以后，男人开始在头发上打主意，下功夫了，男人的重要标志——帽子，也就是"冠"，消失了。

除了制式帽子之外，我们没有自己的帽子可戴，我们光着脑袋，而且开始秃顶。为了掩饰这一切，假发行业日渐盛行……今天，我们的头颅是如此的无从遮护啊，可是竟然没有人觉得不正常！

对于帽子的这番感慨，是当晚我们在南疆军区东小楼里聊的。我们总是很晚才睡，似乎永远有扯不完的话题，这样的交流思想，对我是极大的乐趣。

聊天和下棋是一样的，都是某种智力的交锋和碰撞，都需要"棋逢对手"。和理解力、感受力很低下的人无法聊天，连应酬都是难以承受的磨难。

所以，抓住你的那些日子，我很兴奋，我在享受难得的精神盛宴。我独自沉思的时间太久了，我很难有机会直接受到别人的启发，我像一个独自种植农作物的农民一样，除了任情挥洒，别无良策。对我来说，"至上的欢乐稀薄得像空气"。

但是也有一个好处，即免于我被流行的思想瘟疫所感染。

那天晚上,我产生了极想创造新寓言的愿望。大约是我们从喀什到和田沿途的见闻太具有隐喻性和象征性的缘故,我讲了这样的故事。

第一个寓言:

被聪明所误和被愚蠢所误

从前有一个聪明人来到了哈拉巴斯陶的路上。他的布袋里装了事先制造好的伪钞,大约有五万元。他准备用一部分假钱买700只羊,然后用高价卖给市镇,换回更多的真钱。

聪明人非常清楚,虽然他的伪钞制造得不是没有漏洞,但足以骗过哈拉巴斯陶的牧人,那里的人缺乏分辨钞票的经验。

所以,他一边走,一边高兴地吹起口哨。

迎面过来了一个粗笨的牧人,赶着一群羊,他是蠢人。

"喂!你好,放羊的!"聪明人说。

"您好,尊贵的先生。"蠢人回答。

聪明人看了看蠢人的羊群,对他说:"你愿意把你的羊变成钱么?"蠢人说非常愿意,我正愁没钱用呢。聪明人用布袋里的一少部分纸币买下了这群羊,然后对蠢人说:"还远远不够,你能帮我买够700只羊吗?"

蠢人答应了聪明人的请求,答应带他去亲戚家买更多的羊。在去亲戚家的路上，蠢人想，这个人只用一少部分钱就买走了自己的全部羊，他还有那么多钱，自己的羊却全都归他了。想到这儿，蠢人觉得那个人似乎欺侮了自己，他非常生气，就忽然用斧头敲打聪明人的头，聪明人很快就死了。

蠢人背起了聪明人的布袋，赶着自己的羊群，他来到镇上，想买好多好多的东西带回家。

镇上的人非常善于分辨假币，他们抓住了蠢人，把他关进监狱。不久，皇帝知道了这件事，下令让刀斧手砍掉了蠢人的脑袋。

后来，蠢人和聪明人的灵魂在地狱的路上相遇了。蠢人的灵魂没有脑袋，聪明人的灵魂有脑袋，但是个破的。

"喂！你好，放羊的！"聪明人说。

"您好，尊贵的先生。"蠢人说。

说完，他们彼此看看对方的样子，其中一个说，"是聪明害了我"。另一个说，"是愚蠢害了我"。他们两个都发现，自己认为最重要的东西都没在身边，钱袋和羊群都留在哈拉巴斯陶的路上。

第二个寓言：
一个寻找死亡的年轻人

从前，有一个年轻人，他很忧郁，总觉得自己生活得太不幸。他从来没有愉快过，更没有笑过，总是皱着眉头，阴沉着脸，头发长得很长他也不剪，懒得做任何事。

他曾经跟一位画师学过画画，他很聪明，只学了三个月，就掌握了不少的技巧。第四个月上他离开了画师，说"这玩意儿没什么可学的！"

他又跟一个商人学习做生意，他仍然很聪明，只学了半年，就碰上了一次好运气，他发了财，赚了不少的钱。到了第七个月上，他离开了商人，说"这玩意儿也没什么可学的！"

第三次他遇到了一个哲学家，他跟哲学家学了一年，他觉得悟透了人生的道理，那就是一切都没意思，一切努力最终都会被死神一笔勾销。他认识到死是最伟大的，只有死才是永恒，除此之外，一切都是短暂的。

于是他离开了哲学家，准备寻找到一个他最满意的地方，然后自己结束自己的生命。他走啊，走啊，走了很多地方，都觉得不是理想的自杀地。后来，他来到了昆仑山下的一个林子里。

"很好。"他心想，这个地方是最适合的位置，位于昆仑山下就算到了极地，空气干燥、流沙移动也免于尸体腐化，说不定能成为木乃伊保存后世，何况这里人烟稀少，他死后可以清静免除尘世喧嚣。他想好了，准备就在这地方安息长眠，明天就上吊。

第二天，他来到一棵五百年的核桃树下，正准备死，碰到一位白须垂胸的老人，老人正吃力地搬一辆陷进水渠里的毛驴车轮子。看见他站在树下，便对他说，"年轻人！你站在那里干什么？为什么不来帮我一下？"

年轻人觉得老人的要求是合理的，就跑过去帮助他搬车子，他想，搬完车子再死也不迟。等到搬完车子，天已经快黑了，老人一定要感谢他，留他吃饭。他推辞不掉，心想，吃完饭再死也不迟。

就这样，老人不断地请他帮助，植林带不然流沙就会埋掉房屋啦，修水渠不然庄稼就会干枯啦，种葡萄不然夏天院子里就没地方乘凉啦，一件事又一件事，年轻人没有理由推辞，只好干下去，一天天推迟死期。

秋天的时候，老人对年轻人说："你不是一直要死吗？对不起，为我的事耽误了你这么久，现在，你可以去死了。"

年轻人看着这块美丽的田园，林带、葡萄架、堆满粮食的谷包、长满了绿草的水渠两岸，还有新盖的房子、盛开的花圃……这一切，全都和自己的汗水有关系，让他舍不得了。

他决定不死了，和老人好好活下去。

他又画开画了，画得非常好，而且他会做生意，卖画赚了不少钱。最后他开始总结和思考这里的人生意义,准备写一部哲学著作,题目就叫《福乐智慧》。

据说,这个年轻人现在还活在世上。

第三个寓言:
一滴水的神话

在很久很久以前的古代,昆仑山上长满了森林,山也没有现在这么高。那时候,塔克拉玛干也不是沙漠,而是一个海。那时气候非常湿润、温和,到处长满了鲜花和可以直接食用的植物,人们过着无忧无虑的生活。

因为什么都不用发愁,渐渐地人们变得越来越懒惰。海里有鱼他们懒得去捕捞,希望鱼自己爬到餐桌上来;树上有果实他们懒得上去摘,埋怨上天没有让果子直接落到手掌里。

人们越来越懒惰,变得一天比一天骄傲、浮躁,而且由于无聊,开始自杀或互相残杀。这样一来,终于惹得上天发了怒,下决心惩罚这些不知天高地厚的生物。它让山峰变高,山峰就变高了,变得寸草不生终年积雪;它让大海干涸,大海就真的干涸了,成了今天这样的沙漠。

气候变得干燥了,树木枯死了,狂风和沙土湮埋了很多村庄和城镇,每年都有许多人被饿死。

人们开始恐慌了,恳求上天重新恢复以前的世界,上天不理睬。但是人们不断地恳求，不断地向上天表示自己的忏悔的决心，终于打动了上天，它对人说："我赐给你们一滴水，你们自己去拯救自己吧！"说完，它就走了。

一滴水是什么？一滴水在哪里？

人们猜不透这句话，于是召集全部落年龄大的和聪明的人开会讨论，研究了八个月，还是弄不清上天的暗示。其中有一个老人回到家里，总是唉声叹气，他有一个女儿问他为什么忧虑，老人就把一滴水的暗示告诉了女儿。

女儿听完，就笑了："爸爸，这很简单。上天的意思是让我们种葡萄，因为每一颗葡萄就正好是一滴悬挂在藤上的水珠儿。"老人把女儿的话转告了部落会议，大家没有别的办法，一致同意了家家户户栽种葡萄的决议。

在栽种葡萄的过程中，人们开始变得勤劳了，因为葡萄种起来很麻烦，收获起来也很仔细，贮存起来也很费事，所以人们变得勤劳、谨慎、团结、认真了。不久，这里家家户户都栽满了葡萄，连起来有好几千公里，使这里变成了一座很大很大的葡萄长廊。

一滴水拯救了整个部落，现在这地方的人生活得很幸福。

三个寓言故事讲完了，这些即兴编起来的所谓"寓言"使我们彼此心领神会，哈哈大笑。我们对这种来自现实而又不同于现实的儿童式智慧颇感兴趣，重要的不在于这类故事是否寓意深远，而在于它给我们的旅途带来了欢乐。

我们都很高兴，这就行了。然后睡觉，一夜无梦。

其实，所有的梦，都是寓言。

唯一的问题是，看你能不能清醒地破译它。

亲爱的朋友，我给你写的这封信够长的了吧？我想，你绝不会想到，你用了仅仅不到一千字的信，竟会引来我这长达两万多字的、如同B52型重型远程轰炸机的一次轮番情感轰炸！我相信你是乐意迎接这种轰炸的，它留下的绝不会是一片废墟，而是炸出一派奇迹般的葱绿，一片春笋般的生机！只有和田配得上用这样滔滔不绝的方式表达，只有和田能够唤起我对你以及对整个世界的向往和信心。

卡里姆说过："在从前的美好岁月里，庸才害怕天才，而如今庸才使天才处于恐惧之中。"

他说得对。我们已经看到，有一些天才陆续死了，自杀了；还有一些天才活着，但成了"废人"；剩下的人当中，包括我们，还有没有天才了呢？我不知道，或许有，或许没有了。几乎所有的时代都扼杀天才，我不明白时代为什么如此地仇恨天才，如果天才对时代是无足轻重的，那它有什么必要在乎他？如果相反，那它又为什么仇恨他？当然，不仅是仇恨，它还有更恶毒的一招，就是悄悄地改换"天才"这个词的内容,它把这项意思含混但形态鲜明的帽子戴在了另一种人头上,并且迫使人们相信。

和田使我们恢复了对许多事物的本初印象,许多复杂的、混乱的事物,都因和田而变得单纯、亲切。和田没有一个诗人,但是诗却仿佛在和田活着。

我们最终离开那一切的时候,是一个良辰吉日。月亮在那一天,变得极其完满,只有最细腻的民族才能最早发现这一点,而且给这个日子定下一个情感色彩十分浓厚的节日。全世界都歌唱太阳,中国人怀念中秋。

我们正是在中秋之夜离开的,那一天,实在难忘。

飞机像一条大鲸似的泳入深蓝的夜空,它无声地游着,游啊游啊。一轮圆满的明月就近在它的舷窗之外,可它接近不了,水声像窗外的云影一样响着,大地和群山像海底深处的黝黑的珊瑚礁一样地静待着,它无声地游啊游啊。

月亮像镜子,照着人类,照着我们的这条大鲸,阴影明晰,无怨无悔。它就这么照着,比一切都忠实,比一切也都遥远。这时候,和田还是重要的么?昆仑山还是伟大的么?在那面镜子里,所有的伟大啦渺小啦等等,都凝缩了,缩小得连那面镜子上的阴影的一粒沙尘都不如!

我们更是芥粒一般的微不足道,然而我们思想着,我们的思想却大得需要月亮那样大的星球做容器才可以装下。这件事是如此可怕,至小和至大竟同在我们心中!这竟使我无端地想起了孙悟空,它说一声"变!",那金箍棒就大可擎天，小如绣花针。它是这样的伸缩自如啊，这大概是西天取经者的生活诀窍吧！

和田就这样从我们眼前消失了。

现在，你又在北京那条街上忙起来了吗？还在北师大旁边的饭店吃涮羊肉，喝小瓶二锅头吗？但是独自的时光，静寂的片刻，你一定会想起和田，想到形形色色的在田园里赶毛驴车的人们，那一切如故，却已相隔万里。

我想起一则童话，是讲一位国王的独生儿子郁郁不乐，闷闷发呆。聪明的学者出了个主意：找一个幸福的人，把您儿子的衬衣跟他的衬衣调换一下。于是国王派出大使到各地去寻找幸福的人，找了许多人，都不是完全幸福的人。最后，找到了一个唱着歌修剪葡萄藤的小伙子，国王证实了他是自觉完全幸福的人。但是当国王去解他上衣的扣子时，童话的最后一句写道——

"这个幸福的人没有穿衬衣。"

人生的答案，就这么简单。

嗨，还有什么可说的呢？和田就是这样一个"没有穿衬衣"的"幸福"的地方。

你会"想它的"。

1993年11月24日写于新疆

博尔塔拉冬天的惶惑

诗人说,冬天可以置人于死地。

诗人还说,这不是因为风雪,风是那样悠长的一种音乐,雪是那样飘逸的一种花朵,亏是由于有了这两样东西,人才可以活下去。置人于死地的,是冷酷和死寂。

一个没有活力的白茫茫的世界,使人绝望。人其实就是这么死的,没有别的什么原因。人们总以为是衰老使人寿终,这才是糊涂呢!那么是什么使人衰老了呢?是岁月吗?不是,因为有些人要把他经历的日子藏在心里,你是没法判断他有多大的。

冷酷和死寂使人绝望,绝望使人衰老,然后死掉,就这么回事儿。你假如看到过死人的脸,你就会明白,那上面写得清清楚楚,不容置疑。

诗人咽了一口唾沫,又说,你注意到吗?你看窗外,冬天正在嘲笑一切生命——

鱼儿在水层之下,它们身上的鳞片使它们像一些光着身子穿上铁甲的武士一样,又别扭又滑稽。它们不冷吗?

鸟儿虽然有羽毛,但是它们却没穿鞋,光着趾脚。

贫寒然而性感的蛇,买不起像它的身体那样长的套裙,所以只好躲在地洞里。

连熊那样肥厚的毛茸茸的山林庄园主,那种富农一样迟钝、憨勇的角色,都感到了恐惧,它钻进树洞,可怜地舔着自己的手掌。

树坚韧地站在严寒里,不能挪动脚步,没有叶子。它总是像一只叉开五指的干枯的手掌那样伸向天空,企图抓住严寒,但总也抓不住。它在盛秋时获得的满身勋章一片光彩,已经全部被剥夺了。

生命被搁浅,在漫长的、看来毫无指望的无边冷寂中。这时候很静,在冰雪之下隐隐能听到一丝呼吸,一脉心跳。进而,仿佛还能听到万物的呻吟、哀告和呼喊,那声音似乎在说,"让我们活下去吧——也许我们不配,但让我们活下去吧!"

这当然仅仅是时间玩弄的一个循环游戏,一个季节罢了。即使仅仅如此,这一年一度的冬天也足以使人绝望。它每次降临的时候,都仿佛比上一次更漫长、更难耐、更让人产生怀疑:所谓春天是不是一种传说?是不是由于自身的痴愚造成的某种心理幻觉?是不是只有那类内心精神紊乱、神经过于敏感的人才执信的虚无蜃景?一句话,春天是假的,而只有冬天才如此真实。

诗人说这些话的时候,我听着。我们坐在一辆吉普车里,司机把它开向博尔塔拉。而这条路,正是一条充满恐怖感的坦平公路干线。这条路比诗人有名,它标在地图上,叫乌伊公路。

"这不是什么公路，"诗人冷酷地说，"这是一条谋杀汽车的流水线。"

我惊异地望着这位诗人的脸，想起来，这里的确发生了无数次相撞、擦伤、流血、颠覆……比全世界的宫廷政变还要频繁一百倍！每次事件发生的时候，都令人目瞪口呆，痛得揪心；可是一转眼，事件还没处理完，人们就恢复常态了。生活按照既定的轨道发疯地向前猛冲，谁也拦不住，预谋着下一次的谋杀发生。

许多可怕的事带着神秘的意味儿就发生在这上面，令人记忆犹新：

一个极其爱护自己脸蛋儿的女人，她每天晚上都涂上厚厚的护肤膏入睡，她这才对明天放心。她决不允许她的丈夫用亲吻这种方式破坏护面膜，她觉得脸比生命重要。可是当人们把她的尸体从大型油罐车下拖出来时，她珍爱的脸完全找不见了。

还有一位母亲，她年轻时算过卦。"你将有三个儿子和一个女儿，"卦师说，"女儿命硬，可是三个儿子，都难呢。"后来她老了，果然是这样。一个儿子死于绝症；一个儿子夭折于武斗枪战；第三个是司机，一辆拖挂和他会车前几秒钟，挂钩脱开了。几千公里的长途中，恰恰在这一秒之间发生，比一切谋算更精确。那位老母亲从此再没有产生过任何与命运抗争的非分之想，她笃信宿命。

"她服了。可是你呢?"诗人问我。

我从反光镜里看到自己的脸,无可否认,那是一张很像脸的脸,有象征意味儿,有底蕴,脸的后面藏着丰富的内容,似乎里面还有一副更深邃的脸。我回答他说,我也像那个女人一样珍爱自己的脸,在这个问题上,天下的人都一样,不分美丑,谁都不会遗弃自己的脸。我不漂亮——谁都这么说,这句话是个盾牌,挡住你,不许你挑剔他的长相。可是你只要说他长得和另外一位比他略强的人不相上下,他就会愤怒地惊叫起来:"什么?我怎么会像他那么丑?!"

"嘿嘿,"诗人笑了,仿佛他的恶毒心得到一点满足,"人都是这样,人从来不能抛弃自己。"

说话间,车窗外变得灰暗起来。渐渐连前方的路面也看不清了,仿佛冬天的旷野村树都忽然被一只手泡进奶瓶里,愈泡愈浓,这时我们才知道是雾,拉雾了。

车行得很慢,像拖拉机那样谨慎。周围弥漫着如烟似云的东西,压迫着你,贴近着你,笼罩着你,就像大自然阴暗潮湿的思想——这些由无数银灰乳白的微粒集合团聚起来的庞然大物,严肃有余,根本不活泼地充塞住了道路和旷野,缓慢、迟滞。

雾在远处的时候,你还能看见它。它有一股弥散的美感,一番朦胧的诗意,一派优雅的无形。诗人说:"这是一些体重超常了的笨旧的云,被天空开除,掉到了地面。"

但是在眼前，你就什么也看不见了。仿佛它根本就不存在，而是你自己的视觉出了问题。这种视觉上的被蒙混，容易使人产生出思想的怠惰和麻醉，生出一种舒适的满足，头脑变得像午睡起来那样笨重，缺乏想象的空间，懒洋洋地生锈。你努力睁开眼睛去辨识它的时候，往往会感到徒劳无益，你很难穿透它们，那些密集的麻灰色的斑点。每一个微粒，都是钢钎在顽石上凿一下时留下的斑点，使人丧失记忆力。

灰白色黏液状态逼得更近了，使车子陷入了它的重围，驶进了它的迷茫隧道。五米之外，有无莫辨。汽车打开了夜行灯，但是不行，灯光只能穿透黑暗，却无力解释这种灰白色的晦暗。灯光像一根绳子一样软弱地耷拉下来，垂落在地上。

前面发生了车祸。

无声的混乱在我们眼前晃动，一些惊愕和恐惧的动作在雾气中完成或停顿，嘈杂的声响被雾霭给没收了，使眼前这一切像无声电影的镜头片断。当时我曾走出车外，发现所谓公路已经成了一条够标准的速滑跑道。公路两边的灌木、枯黄的草丛，还有一些脱尽了叶子的高树，全装饰了茸茸的雾挂，像是旷野在过圣诞节，于冬季严酷的凄凉中竭力造成一番虚假的灿烂。

后来，车子行驶到快到玛纳斯县的公路拐弯处的时候，我被颠醒了，我坐直了身子问了一句：

"咱们这是到哪儿了?"

"坟地。"诗人回答。

我看见公路左边是一片林子,右边是一片坟地。无数次收获的季节过去了,这片林子竟还没有被好大喜功的县长砍伐掉,这很奇怪,像一个光天化日之下的奇迹,暴露着,危险得令人担心。而那片坟地,飘零着一些碎纸片,一两处旗幡,还有荒草秆儿和烂砖头。有些隆起的新坟,有些塌陷的或被牧羊人踏平的旧坟,带着一番落寞的敌视,隔路对着那片树林。一股死者对于生界的无可奈何的怨恨,从那些坟头间氤氲升起。

  风的小号在四季里吹响
  它吹出四种音符

我看到诗人的身体晃了一下,他仿佛被什么东西击了一掌。

博尔塔拉像一节盲肠,它就躲在大地的腹腔里。

这条公路大干线,就像一根大白肠子,蠕动着,传送着——各种东西:汽油、大白菜、土豆、羊皮、芦苇、牛羊肉……等等,通过各种触手或吸盘,送进城市——这个消化一切的"胃"里,然后又通过这根大肠,分送到各个城镇和村落,分送到每个毡房或院落的细胞里。

无论是营养还是粪便，都通过它。

社会就像一个人体那样循环运转着。

它吸收，也排泄；它忙碌，也生病；它有时候敏感得被针扎一下都会尖叫起来，有时却连得了癌症都毫无知觉。

在很多方面，社会和一个人体是完全一样的。它很自然地就运行起来了，它也会有病；它能自我观察到很多外在表现，但它看不见自己的内脏；它有海岸线那样弯曲的嘴唇、大都市那样的五官和外表，但它也有排汗的毛孔和屁眼。

而博尔塔拉，正像那节盲肠，它必须从主干线往里拐三十公里才会蓦然出现，不然，你别想找见它。

诗人说他和这个叫着蒙古名字的地方有一种极其疏离、陌生的缘分。这么说有一些奇怪，他说，但的确是这样一种古怪的关系，缘分有时候比毫无关系更能令人产生陌生感。"这样吧——"诗人打着哈欠说，"咱们各自讲一个有关博尔塔拉的人或事好不好？解闷儿。现在我先给你讲一个。"

我上小学的时候，我们班的班长是个十全十美的家伙——他长得俊秀，成绩优良，老师宠爱，而且他爸爸当时就是这个州的州长。有一次植树节我的红领巾被风刮走了，我去追，在戈壁里迷了路。我绝望地坐在地上哭了，他来找到我，把我带回去。他救过我。

可是我一直恨他，恨他的十全十美，还恨他到处受宠。

他从小就受到漂亮女孩们的青睐,他也很会向她们献殷勤;他的衬衫总是洁净的,身上飘着一股高级香皂味儿。我觉得世界上的好事全让他给霸占完了,我想揍他,可是没他力气大;我想在班上故意捣乱,可是他几句话就把我震慑住了。他有与生俱来的政治天才,很会管理人。我小时候就被这样一个家伙无形地压制着,我承认我嫉妒他。但我的嫉妒对他毫无影响,他根本没把我放在眼里。

若干年后,我听到一个消息,说他在再教育时冒险修理坎儿井,被塌方给埋住了。

这个人肯定是死了。但是我总觉得这家伙没死,只是调走了,说不定什么时候还会突然出现。

所以对于关系不大的人来说,死去的人和一个从你身边调走的人是完全一样的。

那个人的父亲是博尔塔拉的州长,这使我从小就记住了这个从没去过的地名。我总是模糊地感到,那是个产生王孙公子的发源地,一种神秘荒凉的误区。

诗人说,他想起那个人就觉得奇怪,那是个生来就准备统治别人的人,结果,他比谁都率先离开尘世。假如他能预感到自己注定的结局,他还会把自己弄得那么十全十美么?

"很好,这个故事。"我说现在该我了。

我第一次到博尔塔拉,是八年前的事。那次,我陪一位历史学硕士,住在军分区。分区政委听说从北京来了一位硕士,立即率领党委一班人匆匆赶来。那时,硕士还是个新鲜名号,偏远地方的人还没摸出深浅。政委一进门,看到屋里只有两个30多岁的人,就开始不停地环顾四周,甚至打开壁橱看看,嘴里不停地询问:"硕士呢?硕士在哪里?不是说他来了吗?"

我告诉政委:"喏,他就是硕士。"

"他?"政委看着那位30多岁衣着随便的客人,眼神立即黯淡,原来眼睛里溢满焦急、兴奋的光彩全不见了。"我还有个会。"他懊丧地低语了一句,便起身告辞了。

硕士对我说,政委非常失望,他原以为"硕士"是一个白发飘逸的老头儿,他一定以为"硕士"比中央委员地位更高。"真对不起政委,"硕士摊开双手很遗憾地说,"咱们竟是这样——有碍观瞻啊!"

诗人听了,朗声诵道:

> 我们地位很高。
> 我们地位很高地生活在盲肠里。
> 我们不懂的东西很多。
> 但是从来没有人说过我们有不懂的东西。
> 这多好。多么让人幸福。

诵毕,诗人显得无限轻松,情不自禁地用沙哑的嗓子哼起一支歌来:"我们的祖国多么辽阔广大,它有无数田野和森林……"

这是纯种的爱国主义。我想，诗人一边哼着这支歌，一边一定正观照自己的灵魂，他会经常对自己反躬自问的。我认识他已经很久了，但是总琢磨不透他。他与众不同但有魅力，他有魅力但无从把握，他犀利到了不能不伤人的地步，像一柄思想的剑，光芒诱人，可是接近他的时候，要格外小心。

诗人是人群当中的为数极少的一类怪物，也可以说是一种精灵，为数极少。这种物种究竟是怎样起源的？怎么碰巧产生的？怎么神奇而又稀罕地遗传的？至今科学尚未找到明晰的答案。生物学也好，人类学也好，精神病理学也好，都没找到。几千年来，诗人们层出不穷，在人类的各个角落制造出大量的奇怪现象，引起一代又一代人的好奇。可是关于这些人，迄今为止科学只找到了一个词——"灵感"，结果，这个词比诗人更古怪、更无从解释。

这的确是一个奇怪的现象：他们并不是最有知识的，然而他们却最敏感；他们并不是最有地位的，然而他们却最自尊；他们并不是最强大的，然而他们却最勇敢；而且，他们或许并不是最贫困的，然而他们却最痛苦。

"诗人啊……"我胸腔里突然感到一丝痛楚，仿佛刚有点明白什么旋又跌进更大更深的困惑之中。

人间为什么要产生你这样的怪物呢？上帝捏造人的时候为什么忽略了你产生出来的偶然可能呢？

世上的一切职业都是有用的：农夫耕耘是为了获得粮食；工匠出卖劳力和手艺是为了挣到钱；将军和士兵可以用来击败和杀死国家的反对者；国王用来管理民众；屠户的一生专门研究怎样一刀捅中猪的心脏；哲学家用来解释他早已脱离了的世界；歌星用来取悦耳朵，他们其实是一些耳朵的情人；教育家们手挽手，把儿童的天性围困在课堂的泥沼里不让出来就算成功了……

但是诗人有什么"用"呢？

难道他的用处就是没有用吗？

思想？不，思想家已经想过了，在思想家的家里，那幽深的独宅，不许任何名目的小偷潜入。

艺术？更不，艺术家应该是一只羽毛华丽嘴巴乖巧的鹦鹉，一群可人、依人、慰藉人的可爱小猫，而不是怪物，更不是头发披散、眼珠凶狠的东西。

颂歌？哦，这倒是。一个进士、举人、赶考的秀才们落脚的广场，这里四通八达，有施粥棚，不时有黄衣内臣出来宣读补授的官职，大家心不在焉地背诵诗句，望眼欲穿——

看来，在人世间，有一类人活着就使别人感到危险，还有一类人活着就仅仅是活着；另外有一类人专门让别人弄不清自己为什么活着，还有一类人至死也不明白最简单的道理；最后有一类人什么都不干却仿佛什么都干了，还有一类人什么都干但是等于什么都没干……这真是太有意思了。

那么诗人呢？

诗人是这现实坦荡平滑的肚皮上的肚脐眼儿，它是接连母体的唯一痕迹，是历史镶嵌在现实上的一个不透风的装饰性窗口，是每当现实裸体时便露出来观察的"第三只眼"，这是一只独眼，且有眼无珠。

一只没用的眼睛。不能察颜观色，不会看风使舵，不能挤眉弄眼，无法传情递恨。完全没有用处，一点儿用处也没有！但是没有肚脐眼儿还行吗？你见过没有肚脐眼儿的人吗？因此，现实也不能没有肚脐眼儿，不能没有诗人，事情就这么简单，有诗云：

天若无情，
为何降雨？
天若无爱，
为何飘雪？
天若无怒，
为何发雷？
天若无气，
为何行风？
天若无智无识，
为何日月星辰？

天行健,
天道无常,
天眼常开。
天在上,
仰之弥高如晤伟人,
垂首思之如察自我。
逝者如斯夫,
吾每日三省吾身,
吾将高驰而不顾。

"我并不盲目骄傲,以至不承认某种比我伟大的东西存在……"

是这样吗?还是不是这样呢?

"今天将不再产生思想的伟大和启蒙的哲学家,"诗人突然用残忍的口吻说道,"精神已经被先哲们穷尽了。所有穷思冥想的现代人都是白费心思。今天的世界和历代都不同,谁都没有能力预知它、把握它、洞穿它,只能适应。谁真正能适应它,谁就了不起。"

"适应,懂吗?谁能比这个世纪更伟大呢?是吧?对不对?"

诗人叹了口气,像个孩子那样可怜巴巴地望着我,同时有一瞬间显得很衰老,仿佛他一生中所有的难题都压在他身上，压得喘不过气来，然而又不得不抖擞起精神来去对付未来的难题。

我没有回答，我想着。

我觉得这番话不像是他的话，而像是现实借他的口提出了这种武断。这是极致命、极老练的一击，如果是思考不深、功夫不到的新手，这一击足以致命，他将永远别想再站起来。可是对我就不同了，这些论点早已被我翻来覆去地预想过多次，是被推翻了的。

我是那么老练。

在思想领域里，已经很难有什么新奇的或世俗的力量能够打倒我，它们顶多只能给我提供一个对立面，以便让我更完美地丰富自己。我的老练里有一种坚硬的固执，像牛角一样的物质，但是它却能生长，长成各种弯曲的、尖锐的形态。特别是这坚硬的物质里充满了空隙，它有不断地接受和流通血脉活力的本领……我简直记不清这种东西是什么时候在我体内成熟的了！

幸甚至哉，我的老练！

后来，我突然想起去年的某一天，我在兰州大学的留学生楼采访过一位德国女青年。那个女留学生是特里尔人，所以她的乱七八糟然而充满生气的房间里，有一幅小小的马克思像。

"他是我的同乡——"那姑娘向前伸出一只翘起大拇指的手，翘起的大拇指朝后，正好指着她那张有雀斑的脸。

她丝毫也不漂亮,而且不性感,显然是一个普通极了的德国姑娘。但是那一双蓝眼睛咄咄逼人,毫不躲闪地直视着你,里面流露出对古老东方帝国后裔们的藐视。她说:"他曾经在你们这里被崇拜,现在好像吃不开了,是这样吗?"

她的藐视和质问里,有一种说不清是正宗马列式的还是道德式的嘲讽意味。但是我能感到她对思想蒙昧状态的愤懑和谴责。

我当时没有回答。

我是中国人,我承认我不习惯异性的这种直视的略含挑战意味儿的目光。在这种非常自然的坦率面前,我感到了对虚伪的长期适应已使我显得脆弱;我面对说假话的眼睛已经习惯了,一旦面对另一类完全不同的瞳孔,竟突然发觉自己内心毫无力量,仿佛对方是个男子汉而自己才是个娇弱的女子。

我拿起那幅画像,望着像上的那个人。这是一幅从懂事起就熟悉了的画像。我丝毫也不了解那个德国人时,就接受了他。雄狮般的卷发,宽阔智慧的前额,浓密而又磅礴的大胡子……这是一幅圣像。

我天经地义地接受了他,不需要思考和研究。我隐约记得在很小的时候,在脑子里曾经闪掠过一星罪恶的疑问:"我们中国人为什么要让一个德国人当老师呢?"而且,当我不得不承认"我们的毛泽东没有他伟大"时,我幼小的鼓荡着狭隘民族主义或爱国主义的火苗的心灵，受了一点挫折。从那以后我就再没有产生过任何非分之想，全心全意地崇拜了他。说来惭愧，我至今还没有读过一篇原著。

我拿起那幅画像看着的时候，才发现，这幅熟极了的头像我以前其实并没有仔细端详过。现在这么一看，看出一些异样的味道来：他真美，马克思。似乎世间再也找不出比他更适合做圣人的面孔了，那样无与伦比的雄伟和神圣，尤其是那双眼睛，透射出人性的光芒。

真的，当时我很惭愧，为我的盲目和蒙昧，也为我作为一个读书人而至今没有能力与这位伟人的书达到共鸣。当时我的内心还有一种痛楚，撕裂似的，隐隐作疼，有点催人泪下，仿佛我有什么对不住他。

真的，任何一位伟大人物所构筑的科学理论大厦，对于常人来说，都是迷宫和神殿。你既不可能穷尽它，也不可能洞悉它，只能敬畏在其宏大辉煌的灵光下——不，敬畏在其传播者庞大的身影下。这正是哲学思想的力量，它往往要比那些显赫一时的王朝坚固百倍。

我们以无神论者的优越感俯视着虔诚的五体投地的朝圣者，我们甚至怜悯他们。但是，难道我们精神的至高处就没有雄踞着一位神吗？难道那位神凑巧会是我们自己吗？

我们听着一位歌星故作深沉地唱"跟着感觉走……"于是像发现了新大陆似的发现了自己有感觉，傻乎乎地也跟着唱起来，仿佛今后在人世间有了什么靠得住的东西。

我只需要告诉你一个常识你就明白了：狗是跟着嗅觉走的，你还能跟着感觉走吗？

> 风的小号在无遮无拦的
> 旷野上吹响……
> 它在鼓吹自己生命中的声音

"唉，"诗人说，"咱们也真是，良辰美景，捶胸顿足；狂风暴雪，悠然沐浴。"他说他就像是博尔塔拉这地方的人，就这么活过来的。这辈子终身厮守着一块被世人遗弃的土地，也因此遭受着那些优越的人们的客气而又礼貌的轻视。他说我们本来没有罪，却带着地域的烙印，蒙受着养育我们的土地河流所带给我们的难以磨灭的耻辱……"啊，可是我无法否定自己！"他说，"你呢？而且我也无法否定那些与我血肉相连的事物，我将因此而惶惑终生！"

诗人接着又说，他的话语里充满了自我表现欲，像是在争辩："可是我有良好的求知欲，我的体格健美，它曾使我在年轻时出类拔萃。我的手，对啦，我的手比一般人进化了半个世纪，修长高洁，充分显示着人类的美德！我观察事物的眼光炯炯有神，如猫窥鼠，如虎搏兔。我最为伟大的一点是，胸中有一条永不枯竭的激情的大江河，它每天清晨时分都以奔腾汹涌的活力撞击我的胸膛，使我醒来，让我振奋，洗涤我的良知使之如圣人那般十全十美，也使我的雄心胆略包天容地令拿破仑望尘莫及!"

"啊啊——哈哈!"他陶醉地大笑着,在幻想中豪迈而又舒畅。

我说,你有时候那么忧郁、自卑;有时候又这么狂放、骄傲。你在感情的这两个极端上闪电般地移动着,毫不松懈地占据着。而且,你一点也不疲倦,半点儿也不造作,似乎只有在精神的这种极大的落差和起伏中,你的生命活力才能得到迸发。你这种人,可能是天才。但是我不是,我不是天才,只是个普通人,一个真正的普通人。不不,这绝不是谦虚或作假,不是天才并不是什么过错,普通人又有什么不好呢?几乎所有的人都是普通人,同时所有的普通人也都是圣人——至少具备成为圣人的条件。从人的意义上讲,没有什么天生特殊的人物,所有的人都是圣婴,也都是时间的弃儿!苍天赋予我们的权利是平等的,地平线给予我们的起跑线是平等的,一切不平等的或暗中不平等的现象都是人为的、强加的,人间没有比这更大的卑鄙!

我说我们应该这样对世界大吼一声:假如平等——你敢吗?

诗人冷笑了,他说假如凭着每个人的能力、体力、智力在这个世界上平等地谋求生存,今天的很多家伙们,明天就会沦为乞丐!

只是……我当时心想,诗人也好,我也好,还有大量的别人也好,大家都——心照不宣罢了。谁要是愿意把我当傻子谁就愿意吧，我们不傻，我们心里更是清楚透了，保持缄默比胡说八道难多了。

我得承认，仅仅为了学会保持缄默，我花费了二十余年的光阴，而且还没学到家。难得很呢，口舌之快是人的天性，更是思维敏捷的人的天性，克制它，在舌头上安一把牛头牌保险锁，是多么困难的一件事！小时候我们牙牙学语，牙牙学语我们都有过小时候，……每学会一句话、一个单词都直接源于父母口授。我们学的话里带着乡音，含着父母的体温。我们每学会一句新话都令父母高兴啊。但是谁能想到呢？谁能想到当我们全能学会的时候，反而不是为了使用，恰恰竟是开始学习保持缄默的时候了。在这个基础上，我们开始学习说假话。往往这时候，我们成熟了。成熟了？离死近了罢。

"亲爱的朋友，我们有时候还配算人吗？"那天深夜诗人忽然翻过身来冲着我的床头说。我睁眼躺在黑暗里，我说我还以为你睡了呢。博尔塔拉的夜很黑，仿佛这地方离太阳休息的地方比乌鲁木齐更远。躺在这样的夜色里失眠，非常容易触摸到或感觉到一个巨大虚假物的存在；我觉得它很近，有点毛茸茸的或湿乎乎的，它的脉搏在极端的宁静里亮铮铮地响着……你一感觉到它，就立即意识到白天的荒谬，夸张明显的演戏的成分和社会组织着意修饰、提示的痕迹。这时你就明白了，白天的一切活动，一切努力，其实都是为了抹煞这个巨大虚假物的存在和威胁。而它却是无形的、冷酷无声的、有极大耐心的。它就渗透在空气里，暗藏在天空中，每时每刻，存在并冷笑。

黑夜每天都降临，不分地域，不分季节，它和白昼平分占有着时间、空间和人类；

它之所以是黑色的，那是因为它代表着死亡的力量，代表着永恒和神秘。月亮是它的胎记，星星是它的族徽；

它较白昼强有力得多啦！

而且它比白昼更美、更丰富、更难洞悉。每当黎明时它都是像潮水似的稳稳退去，并不慌乱，相反每个夜晚都是强有力的占领……

忘掉它！

摆脱它！

谁不对它怀着恐惧和不安？

人们用一切努力去占满时间，白天工作，晚上睡觉，竭力造成一个没有空闲想它的一生。但是徒劳呵，或迟或早，它在你的前面等着，很有耐心地让你一头撞在它的怀里——让你的生命——欲望啦，烦恼啦，痛苦啦等等麻烦，彻底归于虚无。

它正是一个灵魂的收容所。

也正是一座尸体的垃圾场。

它多忙啊……

"谁替它干活？"想到这儿，我在枕头上独自咧嘴笑了。那么多灵魂需要公正判别分类，那么多尸体需要化解投胎，工作量好大呢。这些活儿全靠上帝一个人干，所以上帝肯定是一个风尘仆仆拿着扫帚的清洁工老头儿，穿着旧袍子。

这黑暗的慈父，这光明的公仆，阿门！

我因此而以为上帝是存在的，佛也存在，真主也存在。如果有一个傻瓜硬要问我这些看不见的神灵究竟在哪儿？我实在懒得和他争论，而且不屑于向他回答。

在精神中，在灵魂里。这些人造的而反过来雄踞人类思想之上数千年的伟大幻影，正是善的愿望、真的渴求、美的理想！

在这完全不存在的伟大幻影上，凝聚着世世代代、各个种族、高贵卑贱、琐碎低下的人们的共同一物：良心。人类的良知。历经千载而不朽，饱受战乱而不灭，这难道还不能构成一种存在么？"肉体是精神的唯一而真实的神庙"，是这样，正是这样。

而他们的话，人间叫作"神话"。真诚的至理就是生活中的神话，然而它无形也无家，只能在心灵里生生不息。

夜半醒来，每个人都应该像个哲学家。

孩子问："站在乐队前面的那个人，拿着一根棒在干什么？"

母亲答："你看见那些乐器了吗？它们发出了各种不同的声音，那个人就用小棒把它们搅匀了！"

那么，关于博尔塔拉有什么好说的呢？

我不能无视一个自治州的存在，不能仅仅把它写在标题上，作为招徕读者的商标。那样太过分了，太狂了。我毕竟去了一趟，小住十天，我有责任写写它。当然，要简洁。

第一，我觉得博尔塔拉变化很大，甚至可以说变化惊人，但是我没有参与过促进这个变化的过程，所以我无话可说。我不了解它，我不能在短短几天内就了解一个城市，哪怕是博尔塔拉这座精致秀气的小城。我并且还不了解那些所谓的报告文学家们究竟从哪儿得到了一副好牙齿和好胃口，能在短暂的时间把一座大城市或好几座大城市吞下去，并且毫不费力地消化掉！

这些家伙真不愧是一些文学巨蟒！

第二，我有一天偶然路过城里的一家小咖啡馆，坐进去喝了一杯。那个店主是位年轻人，带点学生气，他的眼睛和举止都很文明，待人接物也有分寸，使我有一种身在江南的错觉。在他身上，我感到了某种时代的进步。

也许他并不想要代表博尔塔拉，但是我从他身上感受到的进步的意味儿，却要比在这个州的领导那儿感到的多。

究竟是谁更能代表一个地方呢？

第三，我们去了阿拉山口，那是一个以每年有半年时间在刮8级以上大风而著名的地方。风花雪月里的风，在这里找到了王位，当上暴君，以每隔一天出来巡视一番的勤政方式君临天下，骄狂纵横，发怒发癫，这是一位嗜酒的君王。

所有的树都匍匐着，紧贴地面顺着风势往前长。粗壮的树干像一根烧红拧弯的铁棍子，在离开地面半米的距离兀然折向一方，与地面平行，铺展开扁平的枝条。有些像孔雀开屏还没开直的样子，但是更像太和殿白玉石阶下一片跪拜叩首的清廷众臣。

这些扭曲的树，这些适应环境的树，从小就扭了，它们习惯了顺从和跪拜风势，忘记了天空。

天空成了一块洗得发白的干净的旧衣服，上面隐隐留下几道浅白的印痕——那是风在拧干它时留下的折迹。

地面上有一种被清扫过之后留下的秩序，一股被强暴浸淫之后留下的宁静意味儿。什么似乎都在，都完好如初——山还故作庄严地坐在那儿，没有被刮跑；鹅卵石也圆满着或椭圆着，没有彼此撞碎。

但是总有什么发生了变化。

即使在这个没有一丝风的日子，人来到这地方，总有一种异样的感觉，一种莫名的警惕，还有荒凉。

1991年5月23日改完于乌鲁木齐

新疆！新疆！

对于新疆，谁能说出一句传神的、有分量的话来概括她呢？至少在我看来，这是一件十分困难的事。我在这里生活了三十七年，而且是被小说家朱苏进认为"很少有人能像他这样长久地、新鲜地始终盯住一个地方"地生活了那么久的人，但是三十七年过去了，我概括不了她。

我尊敬的诗人牛汉到新疆来过，他身高一米八几，名副其实是一个健牛般的壮汉。他对新疆的风有过这样一番评价："北京夏天的风软塌塌的，吹到身上有些黏。新疆夏天晚上的风，就不一样，刚健凉快，有劲道！"

我告诉他说："新疆的风是从雪峰上过滤过的，那是我们的大冰箱。"

"精彩！"他说，"可以写成诗。"

另一位南京军区的电影剧作家江深谈起他第一次见到飞机舷窗外的博格达雪峰时说："我被震撼了。雪峰上的积雪像云一样洁白，但是比云更光亮，更有生命力。"

对新疆的草原呢，有一位在内蒙古生活过的朋友做了这样的比较，他说："内蒙的草原更辽阔，更无遮碍，但是它不像新疆的草原这样镶着边儿——镶着雪山的边儿！"

至于对新疆的白杨林带,那位在飞机上呕吐得迷迷糊糊的小说怪杰莫言,曾睁开一只小眯缝眼说:"咦,怎么新疆的路边上竖了这么多大绿扫帚呀,到底要扫什么呢?"

我告诉他说:"把天扫蓝。"

还有,我们的回了四川的边塞诗主将杨牧,从四川回来一下飞机,仰头望见新疆的天空,心里就感到愧疚了。他说:"只有新疆的天空还是这么蓝……水洗过,电镀过,一看心就开朗了!成都的天压得人好闷哟!"

新疆!新疆!

你的风,你的雪峰,你的草原,你的白杨树,你的天空……这些说法都是多么精炼、多么传神!但是这些有关对风、雪峰、草原、白杨以及天空的概括,仍然不是对整个新疆的概括,对新疆的概括是一件困难的事。

新疆是那样一种丰富,一种具有极大融汇力的丰富,包括她众多的民族构成,包括她的来自全国各个兄弟省区的勇敢的各族人民,说她是中亚腹地的一个永不闭幕的人种博览会是毫不过分的。而融汇,正是本世纪已露端倪,下世纪席卷全球的人类大趋势。在这一重大的有关人类生存方向的问题上,新疆毫不自觉地成了中国的特区,成了典范。她是先进的,她微笑着在矛盾与冲突中总结经验,平和地消除几千年分割土地、种族对峙所造成的落后野蛮心理,她是一个大母亲。

新疆还创造和形成着一种独特的美,她的美本身就含有对鲜明反差事物的包容。

因为她的美不是单一的、循序变化的,所以她的美也是无法概括的。她把冰峰的绝顶崇高,火洲盆地的彻底塌陷,草原的妩媚秀丽,戈壁的粗粝坦荡,沙漠的难以接近的神秘和绿洲自然亲切的田园风光,河流的充沛和消失,果园的丰饶和废垒的凄清,湖泊的澄碧柔和与山岩的铁硬,古典的喀什与浪漫的伊犁……的对立、矛盾、极端,全都包容养育在自己身下,形成一种独特而健康的美。这美,只在新疆。

而这一切又都是自然的、质朴的、毫不自知的,她在各个方面都有待开发,有待全新的认识,有待勇敢的发掘与创造。不仅是美,不仅是自然资源,也不仅是诗歌、美术、音乐、舞蹈,她对"新"的更大期待和准备,还在于政治、经济、教育、历史文化和体育等许多重要的方面,她是一个渴望有作为的大母亲,她需要一个有作为的大时代。

岂止是石油,她在哪方面不是早就具有很深厚、很丰富的蕴藏和准备的呢?她是个历史悠久的新大陆,是一个不需要跨越海洋就可以唤醒的新领域,是善于把各种语汇的民族传统熔为一炉的大手笔,她从来没有保守过——因为她的名字就叫"新疆"。

新,就是她的本质,她的活力。

新,也是她的渴望,她的未来。

让她日新月异吧!

她有权利,也有能力成为一个最富饶、最优美的地方!

她纵然是我们无法概括的,但是她自己已经早就找到了概括自己的话,那就是"新疆"。

新疆,新疆!

忧郁的河

草原不管有多么辽阔和健康，它的河流，都是郁郁的。有一种无法说清的忧愁。

这条河的水面，还算宽阔；一石头扔过去，总到不了对岸。水也深沉，你亲眼见过有次摆渡还没挂好链子，一辆载重卡车就往上开，结果前轮上了摆渡，后轮下了河，不一会儿，整个车就看不见了。

这条河是有点怪。坦坦荡荡的大草原上，百米外就看不见它了；而站在河边，对岸十里纵深却一览无余。水是灰白色的，被两岸的荒草、芦苇和白杨林衬上了一层幽幽的淡绿，水流平缓而有漩涡、寂寞而又自视甚高。它从另一个国家流过来，像一支忧郁的古歌，静静地在巩乃斯大草原伏行、扭动，好像是一个同时爱上了两个人的美丽少女，满面忧伤，一肚子不可告人无法诉说的痛苦。只有到冬天，她才能硬下心肠，凝成大理石一般的宽敞冰面。

你已经来到这儿第十三天了，每天的任务就是摆渡过河的车马行人。岸上有个大绞盘，铁链子一直从河面伸到对岸，河里是一座由两条船拼起来的平板摆渡。对面一吆喝，噢，有人过河啰，哗啦啦，你就放铁链子，然后咯吱咯吱地摇，让船过来。铁链子的声音和绞盘的声音像它们浑身的铁锈一样陈旧，年代久远，听起来很容易联想到一位缺了门牙的、害有严重风湿性关节炎的老哈萨克含混不清的话音。

那年月，草原上空空荡荡，有时候整整一上午也见不到一个人。你独坐岸边倒也清闲，反而想听听生锈的铁链和绞盘的声响。那声响本来浑浊沉重，但是平稳的河水在下面起了什么作用，仿佛洗去了那声音里的杂质，露出了它金属的质地，空旷寂静的河面上，那声响便显得好听起来。很是悠然，还带着回音，特别是早晨，有薄雾和水汽，这声响就更好听和神秘。

你就像连队派到这条河上的一个观察哨，每天在这条河上转来转去，摆渡反而像是捎带着干的。其实你不过是临时来换工的，摆渡老头会种瓜，连队请去帮忙，你就来替这老头。你喜欢干这件事，没人约束，悠悠逛逛。好不容易摆渡一趟，过河的人都笑嘻嘻地感谢，似乎是你在干什么好事。那倒也是，你不像个干摆渡的，倒像个大学生。因为你本来就是大学生。你的连队就在离河不远的那几排土房子里，一百多号人，全是大学生——史无前例时期的倒霉鬼，男倒霉鬼和女倒霉鬼。

唯独你忙中偷闲，得了个没人监视的美差，来和这条河做伴。很快，你就发现这条河韵味无穷。

散漫着真好，百无聊赖着也很好。这么懒洋洋地、寂静地,你听着时间蛇一般地从草丛上爬走,浪费了的生命,鸟一样在树枝上停候了很久,忽然一蹬腿,飞了,一天的光阴就飞得无踪无影。真好,浪费有一种快感。把大把大把的被人们视为金子一样的东西浪费掉,就像挽不住的滔滔流水那样,任它散漫,任它拐弯儿,任它胡乱滔滔,把什么都割舍个干净,就真的无拘无束了。

一只白色水貂,银白的。

它从临河的一节糟树窟窿里露出了头,一对小而圆、圆而黑、黑而亮的小眼睛正望着你,滴里轱辘的,自行车轴里的滚珠一般,转来转去,然后定住,直瞪瞪地盯着你,猜你的心思。

你纹丝不动,觉得应该变成一棵人形的树才好。不料,却打了个喷嚏。

它倏忽一闪,就从窟窿里钻出来,只一眨眼,就已经在一丈开外的原木堆旁,一动不动,盯着望你。你简直弄不懂它是怎么过去的,又是怎么停住的。

但是,它太美了。

它离你这么近,仿佛是让你欣赏一下它暴露在空地上的全身,全身的银白,白得像一只纯银制成的假物。毛色柔和地诱惑着你的手,想摸一下。它尾巴很长,身形也细长如黄鼠狼,大小却像一只老鼠,你想起来了,摆渡老头说过,水耗子。

耗子?耗子哪有这么精神、漂亮、高贵、优美?唉,你遗憾的是人们偏偏给那些罕见的优良物种连合适的名字也舍不得起，他们给这精灵的称谓竟是如此丑陋、难听，因为他们见惯了的是耗子。那种蠕动的黑糊糊的东西，当然也是生命，但实质上是对生命的亵渎，是造物主生产出的大量废品。而它是精灵，是有独立生存能力的大自然的珍品，它不是水耗子，是水貂。它的头部，首先就不是老鼠那样的尖嘴贱相，而是有些略像狗头，银白的，勇猛而又机敏并且充满自信的头。眼睛也完全不像白鼠似的病态发红，而是黑亮有神。体形就更显得矮捷柔韧，猎豹一样。

这是一种缩小了体形的猛兽，可爱极了。

你试着朝前走了几步，想抓住它，养起来。可是你知道你抓不住它，它太灵活、太迅速，一眨眼就不见了。你不能不眨眼，这精灵就在你眨眼的刹那，一闪，躲开你，远远地又在一个意想不到的地方，露出银子一般优美的头。你要追急了它，它就往河岸的草丛里一钻，潜进水中，拖着一条水纹在宽厚的河流里游走，再不理你。

于是，巩乃斯河岸上的唯一一点可爱的生趣，被你赶走了。河流依然平静，忧伤地蜿蜒在土壁和高崖形成的深谷里。

黄昏时分，摆渡老汉的老伴从对岸的农场拾麦子回来了，满满实实的两麻袋。全是麦穗子头。

她一吆喝，你就哗啦啦，放铁链子；咯吱咯吱，往回摇。你不用问就知道，夏收的时候她故意不割干净，公家的地；完了往自己的麻袋里使劲拣，也不嫌腰弯得疼。她这辈子，饿怕啦。

再缓一会儿，摆渡老汉换工就转回来了。那老汉一张嘴就离不开个"屎"字，好像在他眼里，这全世界除了屎就没剩下啥可值得说说的。你说，老人家今年多大年纪啦？他顺嘴就给你个烂顺口溜。"我？唉，"他装出一脸的倒霉相说，"老咧老咧没板咧，鼻涕多咧松少咧，胡子长咧屎短咧。"

有一回中午，屎老汉（你心里这么叫他）的老婆煮苞米棒子请你吃，炊火在阳光下燃得美滋滋的，屎老汉盘上腿就打瞌睡，头一点一点地朝裤裆里栽。一愣，闪醒了。

你说，做啥美梦呢？哈喇子都淌得像跑松一样？

屎老汉微眯着老眼，说咱们还能做出个啥屎美梦？还不是老大和老二算了一会账么。这回没带"屎"字，不过老大是指脑袋，老二还是个屎。

屎老汉啊，你自己整个儿就活成个屎了。你兴高采烈地把看见水貂的事儿给他讲了，你说，"水貂。银子一样的白水貂！"你又恢复了学生腔调，你一忘乎所以就露出这一套。屎老汉斜了你一眼，"水耗子嘛"。你说你想弄一只养起来，可是抓不住。屎老汉说，可不敢抓，它又不是个耗子，人家是个捕活肉的东西呢。谁敢抓，一口咬断你的指头尖尖呢。

他不帮你抓，可是你感到了满足，因为屎老汉承认它不是耗子，而且语气中透出了一些敬佩和珍惜。这和你认为它是精灵实质是一样的。

你感到了异常的充实。

这时，你猛然扭回头，朝河对岸白杨树隔着的驿道望过去，一片激烈杂乱的犬吠声和马蹄声正追逐着驰奔过来，在幽暗的黄昏闪动如影，有惊心动魄的战乱前的预兆。

你看过去，知道是你的顾客们过来了。真正的顾客，远古时代就存在的骁勇的顾客，正从远方的驿道上奔驰过来，他们将请求你，让他们渡河。

大约有五六匹马，驮着醉酒的人，被沿途所遇见的全体纠合起来的猛犬狂吠着追咬。醉汉们已经在马背上前俯后仰，大声唱歌，并不时猛地探下身去，挥臂鞭打纠缠在马蹄前后的凶猛大头狗。一马鞭抢下去，空中便准定刺过一阵尖厉得似乎带着骂声的嚎叫，"嗷——"，你觉得那狗差点儿就能骂出操你妈了。然后，一片马蹄声就变得更杂乱了，醉酒的人们隔河高叫，像一伙朴实的响马。狗们追够了也就完成了任务，渐渐散去。

屎老汉说，这些个屎，又喝醉了。他说完就钻回他的木头屋子里去了，像见了另一种动物的动物那样，避开。

你觉得振奋，觉得感动。

你先是哗啦啦好一阵子，接着就咯吱咯吱。

醉酒的人骑在马上从岸边上了摆渡。有的马小心翼翼，用鼻子嗅着前面试探，像近视眼一样谨慎地跨上木板；有的则昂起头嘶叫，屁股往后坐，不肯上船。醉酒的人一鞭子，那马一扬前腿，就蹦上去，马蹄上的铁掌在摆渡的木板上很响，很清脆，像一群穿了高跟皮鞋的漂亮女人，在甲板上焦急地走来走去。

你故意摇得很慢。那五六个骑在马上的醉酒者立马船板之上，移动的船体在河面上平稳滑动，载着这伙草原上的牧人，如一幅黄昏的油画，亦如一群坐在你掌心上的待渡者。你觉得那里面可能有葛里高利那小子，你故意慢慢摇，你舍不得眼前这一幕很快就消失。你要摆渡他们，从彼岸到此岸，中间是一条忧郁的河，河面还算宽阔。

你忽然觉得是这么回事儿，摆渡人们。更多的人，不仅是醉汉，而是更多的人。你用的只是两条破船拼接起来的工具，年代久远、浑身铁锈的铁链子和绞盘，但是那声音正因为久远而显得浑厚，正因为陈旧而显得有味道，它们被忧郁的河水洗练了之后，会变得清新、单纯，变得好听。

人呵，请注意谛听！

1987 年 11 月 16 日

稀世之鸟

我躲进索溪峪,钻山入洞,远离了那些把词语当瓜子嗑来嗑去的嚼舌家们,这下耳根清净了。

我抽烟于戒烟日,并喝浓茶;你晾衣物于阳台,阳台宽大。你说,"快来看呀",压低了声音。我看见了一只鸟,惊叹一声扭身就跑回屋里去。

怎么啦!拿眼镜。没有眼镜我看不清,这么漂亮的鸟我没见过。这是什么鸟儿呀?

"大概是朱鹮了。"

"朱鹮是什么?"

"据说这个自然保护区仅存一对,全世界现在也没几只了,一种珍禽。"

珍禽就是不同凡响。我们的悄声低语并不惊动它,它就立在离阳台很近的树丫上,周围浓荫密布。它红嘴美目,身姿翩然,尾长尺许,一片华彩。它看见我们呆看它,并不惊飞,而且似不惧人,依然伫立枝头轻声鸣叫,若有所盼。它好像深知自己的美足以使人类忘却杀心,因而不躲闪惊恐如雀。可是绝美的朱鹮,你却为什么仅剩一对了呢?而且已经濒临灭绝,为什么还不防范,学会保护自己呢?

它就立在我们眼前低鸣呼唤着。

你说，现在是求偶期。果然，另一只从树丛的缝隙间款款飞来，形态颜色绝似，只是略小，无冠。这对仅存的绝代佳偶，站立枝头低鸣悄语，互相凝视，意态优雅。

他叫她，她来了。它们分离片刻，聚首便成了重逢。彼此的爱慕之情，使人一望也会感动。他从高枝翩翩飞落低丫，翎羽不乱，像一个年轻绅士熟练的舞步；她从低丫轻飞上高枝，逗他，回眸一笑百媚生。它们仿佛在商量，在挑选更好的去处，一点不焦躁，好像总能把本能的欲望控制在美的范畴。

显然，这是一对鸟中的王者了。因其绝美至雅而为王，因其珍奇罕有而为后。这唯一的一对朱鹮，遗世而独立，在我们面前展示出鸟的修养，鸟的品质，鸟的超凡脱俗和纯净。顿时，凌空向外探出的阳台成了我们的包厢，浓荫四布的高树以及远山和近处的稻田成了布景真实的舞台，稻田里秧鸡的鸣声成了隐隐升起的混声合唱。舞台的中心是这样一对芭蕾舞明星，古典的爱情故事，中世纪的王国里走来一双复活的情侣，忠贞不渝的伙伴——世界于是重又成了它们的。

"绝美！"你赞叹着说，"快去叫他们来看！"

我没动。我唯恐惊飞了它们，更害怕错失这一幕最后的瞬间。我目不转睛且随之慢慢挪动，我已经不是在看两只鸟儿，而是在看一双不死的情爱之魂于光天化日之下现形！我当然想到了化蝶的梁祝，随之在耳边飘曳出那优美的小提琴协奏曲；我当然还想到了哈姆雷特的独白，"活着呢还是死？这是个问题"，如此等等。

这对朱鹮肯定是不会存在离婚的问题了，因为只有一对；它们显然更不用考虑计划生育的问题，因为即将绝种；但是难道它们不该考虑一下生态平衡的问题吗？老鼠那么猖獗，苍蝇那么密集，许多伟大的物种都在丑恶的包围中不堪忍受弃世而去，你俩，是不是也打算这样呢？诚如是，这便是一次美的绝灭。

美的绝种是对强大世俗丑恶力量的抗议，也是留给这世间的唯一悲剧。它就是要让你永远无法弥补。

只是，朱鹮，你这样做不是太残酷了么？留给丑恶去耕耘不是太缺乏责任感了么？

朱鹮终于首尾相衔，一前一后飞走了，低低飞绕于绿荫丛中，留下了我们的包厢和一座空舞台。

朱鹮飞走了，唯一的一对儿。

不知它们能躲过几只瞄准的枪口？在索溪峪，它们还有可能延续生存下去吗？我有点儿担忧。这时，我毫不搭界地突然想起两句诗来：

生如闪电之耀亮
死如彗星之迅忽

只是,我又何苦去为一对鸟的命运担忧?

在世俗的强大手掌笼盖之下,耀亮过了,尽管迅忽,也许就是一切稀世之物的品格和命运吧?伟人忧国,愚人忧鸟。

坂 坡 村

　　一个人只要没有个死去的亲人埋在地下，那他就不是这地方的人。
　　——引自某名人名作中的一句目前尚不甚出名的话

　　陈补林的"巡洋舰"开出了太原城，这是白居易他老人家待过的太原，郊外灰蒙蒙的冬日原野上，似乎还能望见他的背影，摇摇晃晃旁若无人地吟哦了一句"离离原上草"，便兴冲冲直奔长安找门路，准备先解决户口问题。"太原白公"，吾甚爱之。十数年前我在龟兹国以西学写诗，远隔千里的郑编辑竟在信中指出"看来你很受白居易诗风的影响"，这使我当时大吃一惊，深为此公眼力所叹服，因为本人虽然常爱以李白自命，但其实却更爱读白诗，当时我年轻，爱李诗人狂放，就忘了自己本质是属于白香山的朴素。
　　朴素如山西，我是山西人，白居易也是。这就是千载茫茫一线相连的东西，车子驶出太原，我便想起他。
　　陈补林的日本车在这伟大的抗日战争根据地上跑起来一点儿不认生，轻车熟路，自己家里一样，好像它娘家和我们这地方从来没打过仗似的。半个多小时,它穿过了榆次城我叔叔周文焕家,又过一小时,车子渐渐进入太行山区。

一看见这些黄土堆积起来的山,我就知道,我来对了。在这些山峦掩盖着的纵深处,有一个县,叫"榆社县"。这县不出名,且穷,名列山西省三十一个贫困县之中,县城旁边不远处,有一个村,叫"坂坡村",就是我老家了。

老家对我,遥不可及。遥远成一个父母嘴里依稀残存的乡音,一个孩提时家庭经常重复的民间故事,一个4岁时恍若隔世、不知真有还是假有的梦境……相隔三十六年岁月,相距数千公里路程,除了在履历表上填填,和我这样一个从小生长在天山脚下,而今年过40,心如戈壁的人还能有什么联系呢?我已经经历过许多事,去过好像也不算太少的地方,能够激起我兴奋惊讶的事是越来越少了。很多曾经使我梦寐以求的事,让我失望;很多让我敬慕向往的名山胜水,令我疲惫。但我知道这并不是因为我老了,对事物的感觉和兴趣麻木迟钝了,而是因为世界太单调,它没有超过我想象的范围。所以我对这个"老家",也就报着宁可信其无、不必信其有的态度,免得失望。三十六年来,不曾怀有一定要去寻访一下它的心,即便这次到了太原,也犹疑了十几天。

但是现在,我知道我来对了。

在如此深厚的、浓郁的黄土堆积而成的山丛间驶过时,就像在一大群古老黄河文化的雕塑群中穿行：冬日的山峦，土塬、崖坎、谷地、干河、稀稀落落的幼松，可怜的窑洞，坐落在干涸河道旁的谦卑的村落，伸出了土泥巴墙的顶部泛着些暗红光芒的野枣枝，断断续续通向崖畔人家的青石阶，被柴垛倚靠着，被悬吊着晾晒的苞谷的青砖房屋……远远的容易为人望见的山顶上，依然不折不扣地挺立着一棵孤独的树——"消息树"?！

"我的老祖宗啊，你难道果真是这样吗？"

我惊奇地在心窝深处大叫一声，几乎被它这副头一眼望过去就无比亲热的容貌给惊呆了。你简直不能不怀疑那棵孤独的消息树会不会突然倒下来报信，你甚至恍然间似乎已经想见村野的土路上正走过一队后脑勺上挂布拉条子的日本兵，有一个骑大洋马的军官哼哼唧唧地下了马，装模作样地用望远镜望了一番，然后解开裤子在村头的地里撒了一泡根本不属于这块土地的日本尿！

……

我的老祖宗呀，如今，你的老儿子回来了，他 4 岁上回来过一趟，那是 1950 年，他那时是跟着他爹一块回来的，坐过大车，骑过骡子。他记得好像是有过那么一段荒凉的、多风沙的、昏暗而又充满乡土气味的路程，他骑在骡子上曾经兴高采烈了一阵，又喊又叫，手舞足蹈了一番，好像还唱歌了，当晚就发了烧，昏迷不醒，歇宿在一家农舍里。一盏油灯光线微茫，照出土炕周围一片如冥的恐怖，他在高烧中睁眼看什么都是狰狞的鬼脸，土墙上的坑凹，屋顶椽子上对称的疤斑，都成了可怖的嘴巴和恶眼。他爹以后给他讲这一事，说"差点死了，亏是找来了老婆婆，三捏两弄，也奇怪，又活了"。老婆婆是记不清了，但是那铺着破席的土炕，那烟火熏黑的屋子，那油灯一明一灭的样子，清楚记得。

他叔父周文焕笑着说，4岁的事还能记得呀？瞎胡吹哩，还不听你爸讲述的？

说完，扭过头去问我的堂弟、他的儿子小军："四五岁上的事你还记得不啦？"

小军说："我没我哥那么神，不记得。"

我可是真的记得，我还记得坂坡村的石头垒的羊圈，硕大凶猛的牧羊犬，有一只黑狗鼻子破了，拦羊汉说是和狼斗时让狼咬破的。我还记得榆社城的一个学校，土场上有一架土制的篮球架，倾斜如残断的桅杆，表姐的那些土不土洋不洋的同学让我把一只篮球抱起来……

我记得的也实在有点太多，简直不像一个只有4岁的人的记忆，现在我40岁了，与故乡匆匆见过的一面竟没忘尽，我自己也觉得是有点神。若是坦率地讲，我承认我比一般的人是要聪明一些，我隐约觉得这是因为那个老婆婆在我身上三捏两弄时注入了什么灵气……

马上要进入榆社地界的时候，经过一个上官村。叔父周文焕说："这地方怪，尽出些呆子、傻子！"话声未落，公路上果然歪歪扭扭地颠来一傻汉，一脸痴笑，向驶来的汽车伸直着一根僵硬树杈般的手臂。陈补林将那"巡洋舰"一扭，从他身旁闪掠过去。行不数米，又连见两个"呆傻人员"，一青年女子行于道旁，衣衫褴褛低首频频如鸡啄米状，另一小孩立在崖畔门户边，面如青石，吐着舌头，目光僵直充满病态。在公路上行车不足二百米，就一连看到了三个呆痴儿，小小的上官村，你这是怎么了？

计划生育办公室的会说这是近亲结婚的苦果，医生或化学家会说这里的井水里含有什么有害元素。但是我，从万里之外归来，一入故土疆界便大白天见鬼似的连连碰上这么几位老乡，陡然间觉得不是扫兴而是心酸起来，我觉得我是那么地对不起他们，好像是故土把它贫瘠土地上仅有的那点聪明灵秀都给了我一个人，才使得他们变成了痴傻儿。

我夺走了他们的运气、机缘、见识和可能得以增长的才干，因而也就夺走了他们的聪明。或者不如说，是他们甘愿把那种类似智慧、运气的东西集中起来，给了我，让我去证明一个更大的、更重要的东西……我若是因为自己多少有那么一点小聪明、小灵气沾沾自喜，满足于炫耀且哗众取宠的话，那就是我忘了上官村。

鸟有巢，兽有窠。
当我离开祖辈的家园，

> 对故乡说出"宽恕我",
> 青嫩的心是何等辛酸!
> 兽有窠,鸟有巢。
> 当我背着破烂的包裹,
> 划着十字跨进陌生的房舍,
> 我的心忧伤得怦怦抖瑟!

这是俄国诗人蒲宁对故乡的心情,中国古诗人在描述这种心情时只用了五个字,"近乡情更怯",然而人类精神的美并不以字数的多少衡量高低,它们同样给了我一只自我观照的眼睛。中国人的家乡观念好像是比别的国家的人更重一些,他们出外混事的时候,家乡是一只从背后望着他的眼睛,是奋斗的动力源,是与坎坷命运抗争的全部支柱,害怕"愧对江东父老"是准则。混好了,"富贵不还乡,若着锦衣夜行";混不好,宁肯冻死饿死也不回来丢人败兴,这叫"好狗不死家门"。

其实,家乡更应该是一个人浪迹天涯数遭失败之后唯一还能给你些许温暖的地方。当你背着破烂的包裹,从远方归来,家乡应该比别的地方更多一些理解和温情。她包扎你的伤口,宽慰你紧张不安的心,让你感到自己永远不会被彻底遗弃,这才是真正意义上的故乡。

陈补林的"巡洋舰"像一只进港的船似的,从崖口轻轻地滑进去,停住。这就是坂坡村。豪华的日本越野车停泊在当年太行山抗日根据地的这座依然浑朴简素的小山村，就有了一种不太协调的滋味，而我，惭愧，不是由于衣衫褴褛。车门打开，从那日本鬼子的"巡洋舰"里钻出个戴变色眼镜的、身高一米八的大个子，活像张灵甫，只是腿没瘸。我不知自己这番模样是像还乡团呢，还是像侵略军呢？反正不像一个寻根忆旧的虔诚艺术家。已经没法补救了，坂坡村已经睁开眼睛看着这个人，辨认这个人，打量这个陌生的坂坡人。

在村口，遇到的第一个农妇，就正在打量我们。叔父周文焕耳聋声大，问道："你不认识我是谁吧？"

"杰的？"那妇人怯怯地问了一声，猜道，"你是杰的？"

这一猜不打紧，险些把我这个站在旁边的人听得掉下泪来。"杰的"是我父亲的小名，那妇人说这两个字时的声调，和我奶奶生前的一模一样。父亲已经几十年不曾回过坂坡了，他走时，是参加薄一波的决死队去了，当时也就二十郎当岁。设想当初，坂坡村一个姓周的小地主家的后生在省城念高中，念着念着，竟念到决死队里去了。这一去就是几十年，他念挂着这地方，这地方也没忘了他。等到他儿子替他回来的时候，那 20 岁的后生的儿子已经 40 岁了。

坂坡村唯一的那口井就在旁边。那井幽深，井台上结满冰凌，一个中年人正在上面摇辘打水。叔父说："我和你爸就是吃这口井的水长大的。"这井于是至少已经有半个世纪的历史了,并没有变,水没有干,它留在这儿让我探头探脑往下瞅一眼,黑咕隆咚是时间的肺腑,纵然一眼望到了闪动的水光,但你永远别想看透它有多深。

一口井,它就是一村人的血脉,一村人的口音、容貌、肤色、筋骨和眼神。通过我的父亲,这口井的水也一定正在我的身体里流动。"谢谢你啦,亲爱的老井!"你深沉,你神秘,你是一个永远被打捞的生活,是简朴乡村的筑向土地深处的喷泉式纪念碑。你落后,你古老,你即将被消灭而且正在被消灭,但是我爱你。我爱你不仅仅是从文化和美的角度,你比自来水龙头更有乡土气,更有个性,也更有人情味,你使我想起"有水井处便有词"……我希望,在你被自来水龙头彻底取代的时候,你还能以生活纪念碑的方式坐落在某些地方。给落伍的生活方式留下一角,不但不说明你落伍,反而恰恰证明你不落伍。

往这百十来户人家的村子深处走去,那棵肢体高大的、在这仲冬季节虽已光秃但依然显得具有充沛生命力的大槐树下面,便是我从万里之外赶来寻访辨认的门槛了。

我家的门。家门。

它意味着我未曾谋面的曾祖父在这广阔的世界上所选中的一块耕耘立足之地,然后我未曾谋面的祖父以其土地主的全部理想和能力修筑了它,盖起一座具有两层砖楼的庭院,让我的父亲和他的弟弟在这儿出出进进,一个戴着瓜皮帽一本正经地去上学，另一个嬉皮笑脸坐在门槛上玩狗……祖父，因其地主阶级的局限性，被当时投奔八路军的父亲气得郁郁而死，当时，我这颗希望的种子还没有呱呱落地。

我家的门，一座与我最有缘分的四方之洞。

青砖到顶的，白石砌阶的，背倚山崖头遮老槐的，家门。久违了，不管你是老贫农曾祖父选中的，还是小地主祖父修筑的，你都同样牵扯着我的心，使我眷恋、动情。我既不因祖父是地主而自豪，也不因地主是祖父而怨恨，我只能因祖父是祖父而深为"前不见古人"而遗憾。在这些砖石上，我体味你当时用手抚摸时的心情，猜想你经常出入时跨进它的样子。门，我琢磨着这个简单的汉字所包含的无穷人生哲理。

你可以进去，也可以出来，但是有个限度，大限一到，一进去，就再也出不来了。还有一个门，生命的门。还有许多门，社会的门。每一个门里都是一个世界，完整的，残缺的；每一个门外都是一个世界，广阔的，狭窄的。没有门就没有诞生和死亡、开始和结束，就没有目标和方向，也就没有了禁锢和自由……假如，没有门呢？

我便不可能被囚禁。

因而我便也无处藏身。

我如今来寻访一个门，我看见了它，它和想象的不一样，应该说，比想象的要好些。就是它，这座十分坚实的砖石门楼,成了我一进入这人世间的长长的甬道口。

我站在这门外,当我举步准备迈进这门的时候,我犹豫了一下,因为这门现在已经不属于我,必须征得现在主人的同意,我才可以跨进去。门虽健在,内容却全变了。全部幸运在于这座门并不拒绝我,新的主人是我家的一个远亲,她在用酒枣、糖茶、核桃仁招待我的同时,还给了我意想不到的浓郁的乡情。

乡情是什么?是一种特殊的音调?特有的气味和氛围?陌生与亲热的和谐互融?现实与记忆的交叉印证?还是,人和一块浸透了思念感情的土地的情感?不管是什么,我家旧院中的新主妇以完全不同于城市人的感情方式接待了我,并且使我惊讶。

"你是小涛?"在院中,那主妇说,"俄见过你哩,喂(那)年回家儿来,你5岁些吧,就和你奶奶住在喂边的厢房里,可精哩!"这简直比白日做梦……还让人不可思议!这就是说,故乡记得你,旧宅记得你,记得你的小名和旧事。可是,你百思不得其解的是,她为什么就该记得三十六年前偶然回来了一下,然后就杳无音讯的一个4岁小孩呢?那小孩既非仙童又非龙种,仅仅是个远亲。三十六年,足以使好几个人死于异土他乡,她有什么必要记得?仿佛记得这些就是为了专等着几十年后,那小孩长大成人,要回来考考故乡的记忆似的。那时候她还没结婚,是个待字闺中的农村姑娘,现在已是50多岁的主妇,倒不显老。

那40岁的小孩在这熟悉的乡音和陌生的面孔中心慌意乱却强装镇定,假如不是有周围这么多眼睛,他着实想在这古老的家院里向隅而泣一番……淋漓尽致地为这座曾经印满了他奶奶、爷爷、祖爷爷的脚印和手印、汗水和泪水、哭声和鼾声、血肉味儿和屎尿味儿……的院落而嚎啕痛哭一场!有一种忏悔欲搅拌着伤心,还有一种人生感浸泡着凄凉,在他走过了四十年的说坎坷也不算坎坷、说漫长也只觉刚开始的人生旅途之后,这时他才突然感到,自己与那些已经远离人世的亲人们,正越来越近了。

我相信,当我在这院落里观看、询问的时候,当我在我奶奶的坟地周围站立、凝思的时候,一定,我的那些先人们的魂魄正聚集在一起,正在一个什么说不清的地方,盯着我。

盯得我脊椎骨发凉的,是我奶奶那一双苍白的眼睛。我正在她老人家的坟前伫立,面对一座杂树丛生的黄土断崖,脚边是覆盖着积雪的、松软温厚的黄壤。枯黄的草秆像死去了的人们一样凄凉而又挺直,远处层层叠叠的黄土山峦像逝去的岁月那样以汹涌的姿态凝固在天空之下。这儿是一处高岗,站在这儿,整个坂坡村便像一个被拉远的镜头那样,无声地、错落有致地静卧在冬日迷人的阳光下,一片黄光灿然。

奶奶你埋在这儿,就不会感到冷了。

但是您得宽恕您的长孙,他从那么远的地方来到您的坟前，却没有扑通一声跪下，也没有上供、燃香、烧纸钱，而且还没有哇的一声为您嚎哭一阵，相反，他满脸似笑非笑，口含过滤嘴香烟，斜披大衣走来走去，好像不是看奶奶的祖坟而是来视察一个阵地。但是他恰恰就是在满不在乎地忽略了这些传统祭奠方式的同时，在内心，在您那双苍白的老山羊一样的眼睛盯注下，一丝不苟地回忆了您。

现在您死了，但是您活着的时候，曾经在北京海淀区追打过他，您最善于用扫床的扫帚疙瘩打击晚辈的屁股，打得气势汹汹却不疼，您当时就充满了中国特色、中国气派，每一扫帚疙瘩打下去，都打进了中国农村妇女兄弟咬牙切齿的仇恨和莫可名状的深爱。这完全是一种打给外人看的打，也是一种挚爱的表达方式。除此之外，你抓不住他，他像一只不沾家的野猫，你却缠着小脚、黑色的糖三角。你像王母娘娘一样高举扫帚疙瘩，他像孙猴儿一样绕着桌子逃窜，还不时笑嘻嘻地逗您，结果，这种追打成了祖孙之间认真的游戏。

只有一次您干了对不起他的事，那是当他第一次捕获了一只活麻雀的时刻，你，怀着对自己孙子如此重大的成功的喜悦，急忙从笸箩里找出一根线，"来，让奶奶给你拿线线系住"。结果，由于您眼花、手哆嗦，也由于您过于认真，麻雀竟在两双手交接的刹那间乘隙飞起了，飞得自由自在直上云天，仿佛从来没有被捕过……这对他当时打击之沉重，绝不亚于今天丢了全部存折，他那悲愤异常的哭声直到今天还隐约可以听见。

奶奶之所以是奶奶，犹如历史之所以是历史，每个人之所以必须有一个奶奶，恰如每个人应该在学龄前接触一部活着的历史教科书。历史是黑色的，奶奶的脚也是用黑绒面布鞋包裹着的。我终生难忘的是奶奶捏住我的鼻子让我擤鼻涕时她那手指的味道，有一股强烈的肉腥气，还有洗碗布和剩饭的味儿。她老人家的手捏得我鼻子疼，简直是受刑，我至今不明白她为什么老要替我擤鼻子？最后一面见奶奶是我14岁那年，在临汾，表姐家。进门时已是黑夜，奶奶翻身从被窝里爬起来，衣服也顾不上穿，一下把我揽在怀里……她那苍白而又枯瘦的身体依然透出一股只有我能嗅得到的温暖、熟悉、强烈的肉腥气——血统的气味。

之后，我记得她第二天看见我骑自行车上城的时候，在背后以极其憨傻的口吻赞叹道："俺孩的什么都会！"

再之后，她就再没有在我的视野里出现过，直至最后埋进眼前这座断崖之下的黄土。

奶奶，我走了。我没磕头，也没烧纸。但这次回去以后一定把您的情况告诉您儿子。他也已经快70岁啦，耳朵聋，但是能吃。他曾经是一个优秀的父亲，现在是一个愚蠢的爷爷。他是孙子们最忠诚、最心甘情愿的奴仆，然而却最不被崇拜，当然最后换来的也许是最没有条件的爱。

沿着埋我奶奶的黄土高岗往村里走，坡坡坎坎上小块的田里被翻起的土坷垃已经露出积雪,被温柔的阳光晒着。顺手抓起一块,一捏,便成了细碎的壤粒。这土壤,干净,纯正,嗅之若有雀巢咖啡的香味和色泽。这就是人们赖以生存的那种伟大的东西,融化了一切,包括最神圣的和最污秽的,血液、汗水、尸骨、毛发、粪尿、爱情、仇恨、遗憾、理想和垃圾……最终,土壤不但没有污染、腐败,反而越加深厚、丰沃,保持着一年一度的、历久不衰的生殖力。

"你应该包一块坂坡村的土,带回去,给我大爷看看。"堂弟说。

"那就未免太像所谓诗人了。"我把掌中损坏碎了的土壤细末从手指间渗漏下去,一股轻尘黄雾般随风而落,然后拍拍手掌,没事了。土就是土,因其深厚方为壤。一捧土不是黄土高原,正如一杯海水不是海。何况,写诗的人行为做派言谈举止太像诗人,又是一件最要不得的事。在生活中,一个人若是老押着韵说话,充满夸张想象力地待人接物,该有多么让人讨厌!干什么的就不能太像什么,太像了,说明他正在极力摹仿和扮演。

坂坡村里的狗,似乎没有我4岁回来时那么多了,拦羊汉也没见到;那时,村里的狗像羊一样成群,现在只像一些孤零零的觅食鸡。我属狗,对此好像村里的狗也都略有所知似的,我走进每家院门,狗都不咬,反而摇头摆尾地首先凑过来,仿佛我是专门来看望它的。我也觉得不该对狗表示冷淡,第一因为它们是我的属相,这就是不可忽视的缘分和天意,第二因为我从小听父亲所讲述的"家史"中,没有哪位先辈的形象能比我家当年所养的一只名叫"二花狗"的牧羊犬给我留的印象深刻和让我充满自豪感。

据说,二花狗是祖父用背篓背回来的一只小狗,黑白两色相间,故名二花。一路背回来,它一泡尿灌了祖父一脖子,关在家中养了半大,放出去一叫,压住了半村子的大狗。后来它一一战败附近的狗,便去看羊,打败过豹子,独身迎战过八只狼……父亲这么说,叔父周文焕也这么说,于是那只狗简直传奇,成了战无不胜攻无不克的游击队长李向阳。我从小便怀疑,但是父亲说的很有根据,他说,狗打狼,不能咬,只能用胸脯冲撞,狼脖子上毛硬,狗一咬上,就卡住喉咙,直咳嗽,狼就乘机扑过去把狗咬死。可是二花狗有办法,它腿粗,胸部强壮,脖子上戴着刺钢圈,总能把狼撞得跌跌滚滚。现在想来,狗的故事之所以能够载入家史,说明了坂坡村当年常闹狼患,一问,果然。村里的人说,直到现在,冬天打不上食时,村后的崖畔上偶尔还能望见转悠的狼。我又问起二花狗的事,村里人就不明白了,只是笑着说:"你小时候回来就爱见狗的。"

其实呀,家乡就是一只你祖辈上养过的不死的老狗,它总是不知什么时候就回来了,悄无声息地卧在你记忆的门前……（对不起，譬喻总是蹩脚的。）

　　我过去也养过一只玉石眼的黑狗，养了时间不久，就丢了。十多年后，我从少年变成了戴眼镜的青年，有次和同学去郊外远足，突然从一家农院窜出一只黑狗向我们扑咬，我稍一定神就认出来了，是它。"黑子！"我叫了一声它过去的名字，它就愣住了，迟迟疑疑，若有所思地直望我；我又连叫数声，那狗，进几步，退几步，突然像小狗崽似的尖声呜咽起来，将头伏于地上，尾巴犹疑地摇动了几下，仿佛被两种看不见的力量所争夺。然后，猛然间扭转头，飞奔着逃走了。这就是狗，一种有记忆、有灵性、有感情，甚至似乎有道德标准的动物，它在我面前展现的这一幕场面，使我不仅十分感动而且十二分伤感。

　　坂坡村变化不大，依旧是水井、土崖、老槐、石屋、窑洞；依旧是吃酒枣、荞面猫耳朵、喝钱钱稀饭、吃煮疙瘩；依旧是家家门前卧狗，户户窗下行鸡。唯其如此，坂坡村淳淳的乡情犹在，古朴的村风四溢。石碾旁用黄豆压钱钱的妇女正持箕而笑，不时扬手挥去在一旁假装散步而实则偷窥碾上黄豆的鸡子；鹰鼻豹眼、衣着洁净的老人庄重而有风范，他们有一种不读书的文化感，好像是祖辈给这里遗留下来什么规范和准则、礼仪和风度。一位83岁的老婆婆双目失明，头脑却极清晰，她整天盘腿坐在炕上但无事不知，她是我奶奶的生前好友。当我去拜望她老人家时，只见她双目微闭嘴唇却依然鲜红，身体枯瘦萎缩，皮肤却白皙无比透出淡蓝色的腕上细脉，手腕宛如苍老枯干表皮细腻纯净不减当年的白蜡木杆。老婆婆盘腿端坐炕上，伸手握住我的手，如传经布道的仙人，如起死回生的灵尸，她老人家满含深情地给我讲述我奶奶的为人，我爸爸的品行，我4岁上回来时的所作所为，她甚至竟然知道远在万里之外的我父亲前一段住院的事！我从未见过如此年迈失明而又洁净明白的老人。如此地富于人情味和仙风道骨，实在令我钦佩之至。在她身上，也许就体现了这个以不变应万变的太行山村独特的文化、品格和魅力。八十三年的岁月，使她出神入化！

于是我坚信，坂坡村的这一支人口，一定曾经有过一位血统高贵的帝王祖先，而且必是胡人，否则，老婆婆的白若冰雪的肌肤和山民们的高鼻梁不是都没有办法解释了吗？

我忽然有了一个念头，极想在村里住上一夜。我觉得这样可能会有什么奇迹，类似梦中幽会到一些祖先的魂灵，面受来自另一世界的指点和秘传⋯⋯

然而没住成。因为我还有一位极重要的亲戚，就是我四姑必须去看望，她住在离坂坡村十余里的更偏僻些的北枣林村。这位四姑曾经在60年代初去过新疆，和我家一起生活过两年。她现在是留在这里的我唯一的近亲。

陈补林的"巡洋舰"便插进铺满冰雪的山间窄道,沿河而行,给迎面缓缓行来的牛车礼貌地让路,向横在路间的扁担和粪筐鸣笛致意。当它开进北枣林村时,正值黄昏落日一派孤城万仞山、背景光芒刺目之际,坐在村口的一排老头不约而同像敬礼似的举手遮眉向我们望来,如山村仪仗队。

北枣林村,更小、更山村的一个村子。

我决计要住在这里了。我若不在这里住上一晚,就觉得和没来过一样,当晚,车子开回县城我便一个人留下来,等待奇迹。

四姑的语言首先使我发现了在那种亲切的韵调之外还具有的特殊的文雅词汇和表现力。

当她领着我爬上山坡进院时,她对那朝我狂吠的狗以无可奈何的口吻说:"狗的呀叫的呜儿呜儿的,好你哩,你可叫的甚哩呀?"她不说狗叫是"汪汪",而说是"呜儿呜儿",这就有一种凄凉的山野韵味。

踏进她家的院门时,四姑转过头来说,"凄惶的俺孩的,可把人想煞呀!"然后她又说,"俺一辈的凄惶的也没啦捉务下一个孩的,……你爸爸人性可好哩"。

"凄惶",这是个多么文雅的词汇。她不识字但是在她的语言里就积淀了一些极文化的语汇,"想煞""捉务""人性",这些词,她随口即是。在最没有文化的人们口里,也流荡着古老中原文化的影子,我不知道什么叫作

"没文化"了。

我想,大概没有多少人比我对这种僻远山村的古老文化更敏感、更亲切。这并不因为别的,而是因为我来自新疆那样一个弥漫着伊斯兰文化氛围的西域,我虽非异国异种,却已在穹庐下一弯冷月的拱顶寺院下生活了三十年。

我盘腿坐在炕上,手煨向炕上的火盆,火盆里是灰烬掩着的暗红的棘柴火,暖手而经久不灭。棘柴细如筷子,粗如手指,取自崖坎,木质细硬如煤,姑夫说"可耐烧",我觉得这也叫"天无绝人之路"。

这幢房子,据姑夫说,买下六十年了,虽旧,窗棂上的木格图案却很美。奇怪的是寒冬腊月的竟在窗上留有一掌大的方洞,用布帘遮住。一问姑说"那是猫道"。话音未落,果有一只肥大之猫熟练地顶开布帘钻入。

当我在炕桌上和姑夫一起深夜小饮时,四姑便用酱豆腐、炒鸡蛋、煮饺子为我们弄了一桌。没有什么筵宴比这酒喝得舒心。红泥小火炉,能饮一杯无?晚来天欲雪。犬吠深巷里。古诗乱七八糟地涌出来,与这小山村的大寒夜浑为一体,使人不辨今夕何夕,不知古人为我还是我为古人,赵钱孙李周吴郑王还有杨白劳……轰然而来倏忽而去矣!

我这四姑夫,年过70,衣冠昏暗陈旧,却是1938年的老党员,抗日战争时的老村长。他没多少文化,表面一副农民的谦卑,眼神里却隐含着一种把世事看透、人心洞穿有骨子里的倔硬高傲。

我爱和他聊天。把盏而谈，盘膝而坐，我觉得是和一个熟识的老教授在一起，自然而又舒适，极有深味。

我带给他一条十多块钱的过滤嘴香烟，他便告诉我说："那一年，人家给俄了一筒筒带把把的烟，俄说，俺们受苦人的命也不值外烟钱……"他把话说到这个高度上，我便多少能品出些意味了，他毫不掩饰地承认并自称"受苦人"，还以开玩笑的口吻承认自己的命不值那烟钱，就向我展现了他这太行山老农民的天然的大气！穷而不酸，穷而不装富，穷而不自以为还不算穷，这就不卑。他嘲笑的不是自己的命，而是这世上竟有比他的自嘲更荒唐的人生哲学！

70多岁的老姑夫咂着白酒，他握了一辈子锄把子的手粗糙而又僵硬，捏着一双筷子显得那筷子太细、太轻巧，老像是要从他指头缝里漏下去。种了一辈子地的人，吃起饭来却显得别扭、不习惯，好像是不太会。他喝了酒，说话就更有意思。

"那一年，人家说你是老党员、老村长，76岁了，还要继续努力呀！林业局飞机撒种，叫俺刨坑坑，俺们受苦人就蹲到外山上去刨坑坑了。"

"不过，俺们还能往甚的地方'努力'呀？再努力，就是往棺材里努力了。"

这时，四姑眼睛闪过一丝鼠似的惶恐，赶快说"不要瞎胡说！"

姑夫笑了笑，便改了话题："那一年，小涛你回来，在坡坎上你爸爸引着，我逗你，说你是小地主，你就眉眼不高兴，好好好，说你是小八路，可高兴哩！拿手比个枪，叭叭叭！"

三十六年前的真实的小小细节，像预言似的，概括了我四十年的全部人生经历。二十年来，我的政治命运就一直变化在这"地主"和"八路"之间，有时候，我是地主的子孙，有时候，我是八路的后代。时起时伏，十年河东十年河西，既是地主也是八路，既因八路沾光也因地主倒霉。这是一个血统的时代，而我偏偏两者都有。而这一切，恰恰都被三十六年前的逗笑预示了，这，就是命运和奇迹。

乡村的冬夜黑得早，十点钟，就已深如古井了，我睡在铺油布的土炕上，挨枕便着，死一样毫无知觉，与长夜浑然一体般直至天明，半点梦的影子也没有。然后我醒来，听见有搓苞谷粒的声响传来，一声一声，像牛的迟钝的牙齿在反复咀嚼。

我披衣而起，悄悄地转到屋后直上崖坎，登数十米，便见山坡上一片枣林，枝上落着一只斑鸠和一只喜鹊，四周一片山峦，清静而荒凄。北枣林村筑于河畔，沿一面山坡错落成村，晨起而望，极美。我走近那枣林几步之差，斑鸠才离枝向谷地飞去，鸣声嘹亮，在清寂中格外悦耳，喜鹊依然不动。

"这山里,有狼、狐子、山猪、山公鸡、大豹子、獾子、野兔……"我想起四姑夫昨夜聊的话,又想起来时沿途偶尔见到的背火枪的山民,觉得这山村世界是那样熟稔可爱,如果仅仅因"落后"的罪名将它们彻底铲除,换上新的楼房和建筑,那该是多大的遗憾。这就像把自然的树林伐掉而栽上统一的树苗一样,让人兴味索然!

越是在现代的生活里,人就越需要在某个时候,住到这样清静简朴得近乎荒凉的山村里来,我想这简直是极好的一种旅游。只有在这样的山里,才能看到后来我们在归途看到的两幕:山崖上有两个乡童,一样高矮胖瘦,一样眉眼衣着,绝似两仙童,在山崖上抬石板玩,一、二、三,扔到崖下,自寻乐趣。

太行山也好,浊漳河也好,坂坡村旁的文峰塔也好,榆社城的古脊椎动物化石馆里三米长的猛犸象牙化石,精巧如雕刻的远古三趾马头骨化石也好,奶奶的坟地也好,四姑的乡音也好,飞走的斑鸠或没有飞走的喜鹊也好,如今,又都已经远隔了。

现在,我的案头正放着一封来自榆社一中的名叫宋西江的陌生读者来信,传来了一些爱乡讯息。他要去兰州,想约我这老乡晤面,遗憾的是,我不在兰州而在乌鲁木齐。信中说:"如果你大放悲歌对家乡抒情,我只能睁大发红的眼睛,夹着淌不出的泪花,以剧烈起伏的胸膛来……

（后两字认不清）"

　　我不知道这篇散文算不算是"大放悲歌"，不过，我还是盼望他和家乡更多的人能够读到，因为我从榆社返回太原的路上就夸下了海口，我说，我一定能写一篇好散文，题目就叫：坂坡村。

　　堂弟歪了歪嘴，说："吹的了。"

高　榻

我扭头看到几个骑马的人从背后行来,就赶快让开。让的时候那种处境和姿态,使我感到自己有些类似古代王者车骑边躲闪的良民百姓。我让到路边,但是还不行,于是干脆跨过一条毛渠,闪得更远点。

这几个骑马的人并辔而行,使一条空旷的土路变得拥挤。他们不时地前后错动,不疾不缓,在控制中保持着整体的参差变化,一片杂乱有力的马蹄声不断调整着步骤和节奏。

这是一些保养得相当好的马匹,高大劲健,精力很饱满。马头在需要我抬高目光的位置上带有挑衅意味地左右晃动着。这个在错动中并行的整体,似乎拥有一种势,威迫着面前的东西,而且随着马尾后面的尘土弥散开来。

我立在渠边望着这一干人马。

看得出,这种并行中正暗含着拥簇的意思,我找出了那个被拥簇的人,是中间那个骑在纯黑毛色的快走马上的。他穿了一袭褐条绒宽肩大氅,灰羔皮的领子,身躯壮硕地雄踞在镶银垫褥的鞍座上。他只是轻声说几句话,眼睛并不顾盼,不注意观察别人的反应,偶尔笑一下,始终只是稳稳地望着前面。

他骑的那匹黑马实在是一匹让人羡慕的好走马，前颠后走，毛色光亮。两只前蹄有力，而且举得很高，俊气却含怒容的马头扯着辔头不时大幅度地甩动，仿佛和谁刚生完气；它的后腿跨度大，黑油油的臀部肌腱明显，有些像骄傲的女人行走的样子。

周围的几匹马为了跟上它，不时需要跑起来，有的刚窜出去一个马头，就立即被控住；一匹性情急躁的，正被主人勒得在原地团团打转，落在最后。

这一伙人就这样从我眼前威风八面地越过去，连看也没看我一下。这很令人沮丧。在伊犁草原上，步行的人是十分可怜的，徒步行走的人像乞丐一样不被人注意，却不能像托钵僧那样引起好奇。在草原上，人们首先注意的是你的马，然后注意你的马鞍，最后才决定是否需要注意你。没有自己的马匹的人，在草原上就像一只低矮渺小的猴子，匍行在马蹄扬起的尘埃中。

一时间，我感觉到了骏马的傲慢雄姿对人的内心尊严的征服。它们太飞扬跋扈啦。我心里涌起一股妒忌，同时也深感无奈，望着他们渐行渐远，反而怅然若失。"我没有马"，这几个字从我脑子里显现出来，竟无端地使我鼻子酸了。

四月的春阳如酒微熏，几丝若有若无的清风像几尾轻盈的游鱼穿行在阳光的酒杯中。远处河岸那边，村落式的垦区农场残存着冬天留下的杯盘狼藉的景象，而河这边的草原已经绿草鲜花，仿佛梳妆待毕的新嫁娘。

农业的手把一部分自然弄丑了，变成了产后的妇人，再不复有少女的容颜。

我继续向前走了很久，回到连队的路上要翻过一座小丘陵，它不是山岗，而是缓缓隆起的一座绿草茸茸的高地。它像是辽阔草原上的一处看台，也类似草原绣榻上的一个枕头。上面几乎没有什么岩石，有一些灌木并不显眼地散落在上面，草长得很盛。

我到达这处高岗的时候已经是下午，站在上面，整个巩乃斯草原就袒露在眼底了。那是无法用语言来形容的，草原的辽阔丰富之美和河流的蜿蜒含闪之姿，构成图画和音乐的双重韵调。连队不远了，我坐下来想休息一会儿，凝神看看这草原的全貌。

结果我又看到了那伙骑马的人。

他们正在这座高丘下不远的草滩上，围坐在地上。绊好的马在旁边一蹦一蹦地找草吃。这伙人的面前铺着一块艳丽的花围巾，围巾上倒了一小堆奶油糖，每人身边都放着一两个带刻度的医用输液瓶。

远远看过去，仿佛在开一个由支部成员组成的碰头会。他们轻声地交谈着，然后从盘坐的腿边拿起瓶子来，仰脖灌几口，放下，再伸出手去欠身拿一颗奶油糖，扔进嘴里。

我眼前看到的这一情景应该是进行了不短的时间，现在已是接近尾声。这个草原方式的酒宴正是用奶油糖来下酒的,马背上的人们差不多喝光了各自携带的一斤或两斤的白酒。

这时,他们开始彼此拉拉扯扯着,试图站起来上路。看得出他们腿很软,踉跄着,有的在松软的草地上重又跌倒;有的笨拙地伸直了两臂,妄图在空气中找到什么可以扶持的东西。

他们走向自己的马,蹒跚可笑。

他们抓住自己的马,怎么也上不去。

马好像有点等急了,显得略微有些埋怨情绪。"又喝酒!"马的表情有些像某类妻子的神态。其中一个人抱住马的头,粗鲁地拍打着,并且故意把酒气冲天的嘴凑过去,那匹马在刺激中猛然把头颈挣脱出来。

终于都上了马。

但是醉得太厉害啦!

他们已经不能在马鞍上坐直了,东倒西歪,成了一支溃不成军的骑兵。爬在马脖子的,从马的一侧扑空触地复又挺起的,可是没有一个从马上掉下来。他们开始彼此冲撞,彼此设法把同伴从马背上拽下来,用马鞭击打对方的马屁股,使其受惊失控。

在醉汉的影响下冲撞成一团的马正开始奔驰起来,越跑越快,渐渐失去控制,在广阔的草原上飞一般地狂奔。蹄声敲震大地,杂乱而有节律,一群载着醉汉的骏马直向西奔跑，凶猛狂野，纵横恣肆。马蹄声中，尖锐的口哨声和粗犷的吆喊声此起彼伏，强有力地震荡着寂静的旷野……

此时夕阳恰恰落在西边极地的草尖上，宛如一团烧红将熄之前的火球，被连天草浪托住。光焰收敛的夕阳，仿佛自身红得愈发透彻，在周围渐渐逼近的暮色之下，衬得轮廓鲜明，望之甚近，似乎伸手可以触摸得到。

空旷平坦的草原上，一群奔驰的人马无遮无碍，渐渐远成一些跳跃着的黑点，这些黑点仍然是那么自由狂放，在草尖上跳着，跳着，跳着，一直跳进了天边那一轮炭火似的夕阳里去了。

我坐在草原的高榻上，久久不语。

"我没有马！"一滴泪沿着面颊凉凉地滑下来。二十年后我还记忆犹新，是从左眼眶里掉出来的。

1995年1月5日

细　狗

吐尔逊别克的父亲来看吐尔逊别克。

当他来到连队的时候,这个哈萨克老人显得风尘仆仆,有些疲惫。他下了马,一直牵着那匹和他差不多苍老的马走到连部门口。他走过来的时候显得又矮又笨拙,仿佛不是一个完整的、行走的人,而是从马身上临时卸下来的一部分零件。

老人茫然地注意着周围的一切,脸上现出一种类似野生动物的表情,他始终不说话,沉默而又顺从,仿佛是一个刚被抓来的俘虏。

直到吐尔逊别克从屋子里出来,和他的老父亲见面的时候,老人低声地叽哩咕噜了几句,脸上仍然没有绽开笑容。好像他不是骑着马翻山越岭走了三四天,而是从隔壁的屋里才走出来。

他把缰绳交给吐尔逊别克,看着儿子仍然熟练地拴了马,就跟进屋里去了。

当时连队院里站着好几个人,都在观望着这对哈萨克父子的相见。我也站在院子里,我为看到的这一幕过于朴实平淡而心生感动。要知道,这位哈萨克老牧人可是骑马穿过了好几个县来的,大冬天的风雪,几百公里路程,就这么单人匹马地来了。他的狐狸皮帽子戴在那张苍劲的面孔之上,没有丝毫浪漫的骑士风采,只显得实用。

我走过去看了看他那匹马,是匹很一般的那种牧民骑的马,鞍鞯也普通。马有些瘦,马毛杂乱,被汗湿了的皮毛上结了冰霜。它低垂着头颈,一动不动,眼睛微闭,任人们评价。

这时我才发现连队门外游动着一条狗,它探头探脑,似乎想进来,但也犹疑不决,仿佛没有足够的信心确认它和这个院子的关系。

它太瘦了,瘦得像一张弯弓,一个问号。

但是它瘦得独特,甚至瘦得高贵优雅,一身白色,四条长得离奇的腿,犹如一只仙鹤,它的嘴也是尖而长的。它的腰部像一个弓,背向上耸起,肚腹间仿佛被豹子挖空了,足可一握。

这么一条狗,从哪儿来的呢?

有人拿石头扔它,它灵巧地躲闪开,怯生生的。它对人有一种忍让的品格,决不吠叫。

还有人看见它就笑了,说"没见过这么瘦的狗哎,明天就饿死了,太可怜了"。

但是这狗并不走远,也不进来,它很警惕,也很陌生;有可怜它的人扔馒头给它吃,它看也不看一眼。它的眼神是一种聪明、羞怯、丝毫没有凶相的少女似的眼神,黑而清澈，仿佛它什么都明白，就是不太好意思。

我忽然对它产生兴趣，感到它有些不同寻常，我想起有些外国小说插图里画的猎兔狗，也是这种类似的样子。那是一些欧洲贵族围猎时用的名犬，这条狗会是吗？

我试着追逐了它一阵，果然，它跑起来轻盈得就像是没有分量，轻松极了，随意一跳就窜出去一丈之遥。它跑起来就像一只豹子，不，比豹子更富有弹射力，它简直就是在把自己射出去！

姿势太漂亮了，优雅极了。

它是一条狗，然而它使自己具有了鸟类一般的轻灵，这真是奇迹。它的跑跳几乎就是飞行，因它身躯的奇异细长而伸缩自如、灵活有力。

这不是瘦弱，而是犬中的某类天才！

我知道了，它是细狗。细狗是草原上最受哈萨克猎人珍爱的一种名犬，专门用来捕狐。一般的牧羊犬粗壮凶猛，可以与狼搏斗。但是它们太沉重了，追不上狐狸，而狐皮是相当贵重的，价值远胜狼皮；只有细狗可以追捕狐狸，还能钻进狐狸的洞穴，细狗生来仿佛就是为了对付狐狸的。

吐尔逊别克朝我走过来了。他微笑着朝我打手势，"不要打它，这是我父亲的狗"。

我问他："是细狗吗？"

"当然了，"他很骄傲地说，"这是我父亲最宝贵的东西，比马还重要。这样的狗，不多，人家拿10只羊换它，我的父亲不愿意呢!"

"可是刚才还有人说它瘦得快死了呢。"

"那些人懂什么!他们不懂。哈萨克人一看就知道,最高级的狗啦!它从来不咬人,看起来老实得很,其实它厉害,一看到狐狸,没有跑掉的,一定抓住!"

"公安局抓特务么?"我开玩笑。

"比公安局抓特务还厉害!"

我们俩都笑起来。

吐尔逊别克的父亲第三天就走了,走的时候,我才看到那只白色细狗兴奋、激动的样子。它像一只白色的鸟儿盘旋、飞翔在主人前后,稍不留神,就远远地把自己射出好几百米开外……它的身姿矫捷得令人赞叹!

我在连队门外一直目送着他们,我想,一类天才式的人物在世间也是这样被误解的,和良种犬一样。它身上没有保留供人食用和役用所需的多余的肉,因而在一般人眼里,它毫无价值。

但是吐尔逊别克的父亲了解它,知道它的本事,把它看得非常珍贵。

吐尔逊别克的父亲不是名犬鉴赏家,不是生物学家,他只是一个骑着老马的草原猎人,看起来表情简单,缺乏激情。

一双罗圈腿,笨拙迟缓。

1995 年 1 月 6 日饮马

饮　马

我一走进马棚,连队的那匹青马就知道带它去饮水的人来了。它抬起头颈,平静地望着我,目光里有一种认真的态度,还有期待的意思。

我知道它的这种姿势含有与我打招呼的意味,每天早晨见我的时候,它都这样。我认为它很有礼貌。

我把绳子解开,然后就拿着这根粗绳子往外走,然后就听见背后响起咕咚咕咚的马蹄声。那声音就像是一个挂着笨重铁杖的老人走路时发出的声响,它跟着你,认从你,而它实际上又显然比你沉重有力,这很能令人迷醉。

这样走一阵,我才开始停下来,让青马缓缓走到我的右侧。这匹青灰色的光背马每天清晨都这样抖动一番头颈站在我面前,它毛色纯净,躯体匀称,背骨隆起但没有擦伤,它看起来很好。这是一匹退役的军马,骑兵建制已经撤销,它留在连队里干些杂役。我估计它没有受过多少骑兵训练,因为它看起来还不老。

我拍拍它的背,示意我要上马了。

我那时候喜欢骑光背马,原因是我一直害怕坠镫。坠镫的事我听到的太多,这很令人不安。我觉得还是骑光背马更无牵挂，顶多是从马上掉下来摔一下。

我把马缰带在左手里，双手扶住马背，往上一跃，就把自己搭在马背上了。然后趴在马上的身体扭转90度，右腿翻过马背，就完成上马动作了。我的两只脚空荡荡地耷拉在马腹两侧，像两个多余的东西。

青马朝巩乃斯河边走去，有时有一点碎步小跑，但我控住它，不让它跑快。连队伸向巩乃斯河的地段是一个漫坡，地势倾斜地滑过河岸，沿途是沙土地和无边的芦苇丛。

马很熟悉这段路，它自己找到最合适的饮水位置，走到河边，深深地低垂了头，好像用嘴轻轻地吹拂了一下水面，品尝起来。不久，它又换了一个位置，似乎一条河里流的水有什么不同，它还挑挑拣拣的。

饮着饮着，它就朝河里走进去，它走进浅水里，也不怕自己的脚把水弄脏。马很可笑，和人不一样。我感到它的肚子渐渐圆起来，想把青马的头拉起来，但它执意不起来，它的头很硬。

它是这么恋水，我只好再放它一会儿。

巩乃斯河宽阔平稳，水流灰白，河中间漩涡很多，每年夏天都淹死几个人。这也是一条吃人的河呢，有一年连大卡车都吞下去不见影儿了。

饮得差不多了，我扯起马头来。

青灰马的嘴像没关紧的淋浴蓬头似的，滴滴拉拉地离开水面，噗噜噜地挥洒一番，就扭转身上岸了。

在岸上，它的肚子咣哨咣哨地响着，活像一个装满了水的大皮囊。它的身体这时给我的感觉是相当物质化的，纯粹是一只会吮吸水流的大皮口袋。现在它装满了，它满足了，扭动着屁股，放了一连串的响屁，声音像粗糙的皮革摩擦时的声响；然后撅起尾巴来边走边屙屎，使骑在它背上的我有些不好意思起来，好像在屙屎的时候还骑在人家身上很是不够道德。但是它不在乎，我听见背后一声一声粪团落地的声音，一会儿，它的尾巴收拢回来了。

我把身体向前一倾，两腿轻轻地磕了磕青马的肚子，它就跑开了。它很会意，知道你需要它跑多快，你用脚连续磕几次它的肚子，它就抖擞精神飞奔起来。

骑在奔跑的马背上是一件极其快意的事，随着别的生物运动，需要配合。蹄声越来越急促，马的背部越来越有力，耸动、收缩、颠弹，它像一股发动起来的狂风，因你而发动，但并不完全由你操纵，因为它也是活的，有些时候由它的判断而忽然决定行动。你在这股狂风之上，既快乐又担着一点风险，所以骑马有一种刺激。

青马驰过苇丛，驰过沙土地。

青马驰上河岸通向连队的土坡。

这一段熟悉的路，自己走过去和骑在马背上奔掠过去感觉不一样，这些地方急速地从马腹下面闪过，有一种异样。模糊其形而得其意，至乐也。

青马驰过连队猪场时，本来准备减速，但我意兴正高，又磕了它的肚子。猪场里窜出来一群小白猪，它们娇嫩的小身躯在马蹄下惊惶失措，来回乱窜。青马被我一扯缰绳，斜刺里躲过这群小猪崽，却遇上一条土沟，它凌空跃起，落地的刹那又遇上几根木桩，它又一闪，我就从马背上飞出去了。

青马站在远处回头望着我。

我拍了拍手，把土掸干净，坐地上爬起来，并不觉疼痛。

这时恰好有一个早起的女兵看到我，她跑过来惊慌地说，你是不是受伤了？你的脸色苍白得厉害。

我笑了一下，有点勉强。然后走过去捡起青马的缰绳。

1995 年 1 月 8 日

白马夕阳

一匹白马。

在夕阳欲落时的草原的辉光里,孤零零地,也可以说是极其悠闲自在地站立在深草里,像是被遗落在那里一般。

在它的周围没有它的同类,没有一匹任何毛色的马,黑色的、花斑脖子的、棕红色的,都没有。西极的天空宛如蛋青被殷红的血抹涂过了那样,丝丝缕缕的云霞被随意扔在空中,像是刚刚诞生过婴儿的产床上撂下的母亲沾血的衣裙。一切都很安详和满足。在这种安详和满足中,有一丝颤动着的空旷寂寥在暗中游走。

辉光下的草原开满了罂粟花,仿佛深碧的海里长满了红珊瑚。草原铺向无边的远方,其中曲折环绕着一些细长随意的道路。看起来似乎是草原在和天空默默地比着谁更阔大。

在这样一个虚实相间的空间里,白马独自存在着。它显得太白了,纯净得几乎成了一团梦幻,而且因此而显得有些不太真实。生活中何曾有过这么白的马呢?像是用银子铸就的,最白的云朵妆成的。它若是一动不动,你就会不相信它是真的。

但是它动了。

在夕照的辉映之下，它银光闪闪，宛如透明。你可以看到它的嘴唇因光照而泛着胭脂的红嫩，鬃颈相接处隐约着一脉天青，而拂地的长鬃飘洒如瀑……它缓缓地移动着，在齐胸的深草里，安然深陷。

这时，有一台胶轮式拖拉机从草原的小路上驶过，拖拉机后面挂着拖车，拖车上坐着或站着一些青年人，有男青年也有女青年。

"看呵，多漂亮的一匹白马——"有一个人喊起来，所有的人都站起来看着它。拖拉机上的年轻人都被眼前的这一幅天然的油画感动了，他们当中有的唱起歌来，有的向它招手，有的为它鼓起掌来。

"白马，跑起来吧，跟我们一起走吧——"他们当中有人这样喊着。

"白马王子，跟我们回家吧——"有几个女青年笑着这样呼唤它。

白马抬起了头颈。

它注视着这群年轻人。

在它抬高了头颈的时候，从脖颈间斜斜地飘然滑落的银色长鬃，分外优美。它在注视这些人的当儿，两耳耸立起来，它在谛听，像是能懂，眼神里充满柔顺和会意的神情。

它略微犹疑了一下，然后尾随着拖拉机走了过来。在深草齐胸的原野上,看不到它的蹄腿,远远望去,白马像一座小小的冰山在海浪间浮游着。

看到这景象,拖拉机上的人们欢呼起来,他们没料到白马竟如此意会神通!

在欢呼和喝彩声中,白马奔跑起来,在离拖拉机几丈之遥的距离下,白马保持着距离,追赶过来。它稳健地奔跑着,像是护送,也像是对盛情难却的表演,还像是一种生灵对生灵的亲近和友情。

一瞬间天地万物缩短了距离。

所有的辉光都照临在白马身上,在整个世界的这座舞台上,它就是神。仿佛有一位神正骑在它背上策驭着它,命它追赶回报人类中一群初心未泯的爱意;然而它背上没有任何多余的东西,嘴上也没有辔头,它是全然自在的一匹马。

白马追赶了一阵,缓缓地停下来。它站住,腰身蹄腿完美之至。它在目送人们,望着拖拉机上的青年人渐渐远去,仍像是被遗落在旷野里一般。

夕阳转暗。

1995 年 5 月 31 日

羽毛的浮力

1971年3月的一天，野战某师农场学生连四班的全体人员（还包括带头的军人二排长），在巩乃斯河肖尔布拉克对岸区域执行劳动任务期间，全都像发了疯似地扔下手中的劳动工具，置劳动任务于不顾，鬼使神差一般奔向河边，有的跳进河里，有的在河边到处搜寻，好像那里藏着万两黄金！尤其是二排长，非但不予制止，反而身体力行，带头违反纪律。致使一个上午白白浪费，什么劳动也没干……更为奇怪的是，这件事发生后，一贯严格的、原则性很强的四连指导员郑万河竟拍着四班成员的肩膀笑嘻嘻地说："干得好，好样的！"

当时发生的这件荒唐事全部过程是由于一群大雁引起的。是大雁让我们炸了营，也是大雁让我们欣喜若狂。回想起来，对于禽类所存的刻意伤害的心思，大约就是在那一天得到了满足并宣告终止。

巩乃斯河沿岸逶迤连绵的大面积芦苇荡中，栖息着种类繁多的大小禽鸟，有黄鸭、天鹅、大雁、水鸡等等，那是它们的宿营地和根据地。一般说来，人类对它们不存幻想，因为芦苇荡太深太大了，还因为边境地区禁止鸣枪，所以我们只能像一般的走兽那样忍受这些傲慢无礼的飞行物在头顶天空哇哇乱叫！

那天不能算一个好天气，天略阴凉，不时地还有一些毛毛细雨从天上飘洒下来。巩乃斯河水涨过了原来的沙岸，溢进芦苇荡，与荡中的水泽会师相连。细雨中的河水散发出一种鱼腥气，河面上，对岸肖尔布拉克的农工推下两条船，他们在雨中捕鱼。是他们发现了从芦苇荡中领着羽毛未丰的小雁学习游泳的大雁，他们划着船从河里一赶，大雁飞上天，小雁上了岸，正好进入了我们的领地。

老雁在头顶上盘旋，不时地进行低空俯掠，像一些老式的轰炸机。它们不歇气地叫着，声音凄厉、焦急，企图挽救这些小雁逃脱厄运。可是小雁不会飞，它们在慌乱中纷纷登陆，在草滩上四处逃窜，然后躲进草丛，一动不动。

小雁们没有游进芦苇荡是它们犯的一个战略方向上的大错误。

草滩上的草还没有长高，去年秋季留下的衰草和今年新发的嫩草混杂在一起，成为春天草原上一种杂驳的颜色，浅绿深黄，斑驳错杂。这种草色和小雁身上的毛色完全一致，几乎无法分辨。有时小雁就躲在眼皮底下，但是只要它不动，你就发现不了。它们和草色太谐调一致了，完全融化在草滩里啦。

当时，小雁们各自隐在草丛中一动不动，它们深知自己的隐身效果，不到捕捉的手伸到眼前，硬是能纹丝不动。

仿佛是老雁临出发前专门再三叮嘱过似的。当时的形势是，小雁像游击队员一样分散、隐蔽在"青纱帐"里，四班的人像日本鬼子大扫荡，在草滩上四处搜寻；只要听到哪个方向发出一阵狂喜怪叫，就准是哪里有一只不幸的"游击队员"被俘获了。

这种狂喜怪叫不断传来，说明四班的"皇军"战果辉煌。他们顶住了头上那些"老式轰炸机"的骚扰，终于捕获了10只小雁。最后一只小雁是蓝毛捉住的，他的一只巨大的臭脚几乎落在那只小雁的脖子上，小雁沉不住气了，起身想逃，蓝毛扑上去的动作极其忘我，就像被什么绊倒了一样。

在把10只小雁关起来的当天下午，全连各班都来参观了一阵。我们当时在土墙角用铁丝网围起一小块空地，形成了一个临时的集中营。

10只小雁在铁丝网里不安地轻声鸣叫着，它们走来走去，互相张望，有时伸长脖子仿佛征询对方有什么好办法，当然最后还是没有办法。看样子它们谁也没有这方面的经验。

渐渐地，它们安静下来，鸣叫声变成了嗓子里面的咕噜声。小雁的眼睛里开始有了一种随遇而安的认命态度，对陌生环境的恐惧转换为适应，只要它们的生命眼下不受伤害，它们就会安静下来，认为危险已经过去。

当时四班的任务多了一项，就是每天去打一大堆草，来喂这些连队里新增添的财富。我每天都喜欢去喂它们,也是借机去多看看它们,有时候观察久了,会感到它们仿佛是变成大雁的十位王子,等待着恢复人形。当然,除此之外,在观察它们时我也会产生一些幸灾乐祸的心理,这种心理可能潜藏着对禽类的某种妒忌天性。

在喂这些小雁时,我突然会轻视它们的智力,认为它们毕竟只是鸟兽,这真是一个大的局限。原先它们在天空飞翔的时候,在我们看来是何等的可望而不可及啊!它们有伟大的天赋,羽翼丰满,引颈挺胸,扇动起两架大风帆,在人类的头顶上凌空俯瞰。成熟的大雁正是如此骄傲,它们俯瞰的目光如同两粒射下来的子弹,往往直接命中我们的顶盖骨!

我模糊地意识到人类很久以来就忍受着远飞禽类的藐视。它们高飞入云,而我们却低头行走,连一块石头都能绊倒我们。虽然看起来它们智力和体力都比不上我们,可是它们被造物主赋予翅羽,接近天空,超越重山大洋,任意选择温暖的领地,成为时空和季节中的自由生灵!……可是人呢,却终生被钉死在土地上,忍受四个季节的轮番攻击,在严寒和酷暑中像兽一般爬行!

在这方面,我感受到造物主的不公,甚至感到它对人类的某种藐视。兴许在它眼里人类只不过是一个卑贱而又狡猾的物种呢。

对于翅膀和羽毛,我们是永无指望得到配发了。所幸这些小雁由于极其偶然的原因成了我们的俘虏，使我们可以面对面地端详、打量这些昔日天空中的神物，得到某种满足。

这些虽说是些小雁，捉起来一掂，一个个也都是沉甸甸的，比一只大鸡还重。

第三天我去喂它们的时候，料想不到的事发生了。我正抱着食草朝那边走过去，远远地看到有几只雁在扇动翅膀。天啊，仅仅三天，它们当中稍大一点的已经长出了几根大羽，现在竟要试着飞出去！

有一只的尝试失败了，它从空中又重新落在地上。它的羽毛还没长够，只差一点儿；它虽然竭尽全力，还是它的体重占了上风。它跌落下来。

但是另一只成功了。它腾起、离地，在距离地面一米高的地方划动翅膀，仿佛一个溺水的人在拼命挣扎。羽毛的浮力和身躯的重量在空中较量，升沉起浮只决定在纤毫之间，它很侥幸，擦着铁丝网飞了出去。然后，它越飞越熟练，越飞越自由，像是在十秒钟之间学会了全套飞行！

它竟飞得很高很高，御风而去！

我仰着脸看着它不辞而别，猜想空中的这只雁此刻一定骄傲、豪迈；它胜利了，正在寻望故乡，重见父母。

10只雁剩下了9只。

它们看起来和飞走的那只完全一样，一样的毛色，一样的翅膀，一样的祈盼摆脱藩篱，高飞云空，它们都是雁。

区别是肉眼所不易觉察的，区别是细微的，然而却是决定性的，区别只在于羽毛的纤毫之间多出了一点点！结果完全不同，9只成了饭桌上的食物，1只成为天空中的永恒的灵魂。

羽毛的浮力！

1995年6月4日

一个牧人的姿态和几种方式

这时候他正蹒跚地朝着那条被苇丛遮掩着的河走过去。他一步一步地走着,走得很慢,显得笨拙。他走路的姿势,有一种幼儿刚开始学步时的陌生,还有一种久卧病榻的人初次下地时的荒疏。每一步跨出去,都含有试探、不自信的意味儿,而他的身躯又那么沉重,这就使他很像野兽直立起来的样子,像一只熊。

他对走路的确是陌生的,这个牧人。因为他大多数时间是生活在马背上,他的腿已经有些弯曲,即便在行走的时候,两腿间依然仿佛箍着一个无形的马肚子。他肩膀宽阔,两条粗壮结实的手臂在行走时无所适从地放在身体两边,似乎有些多余。

这时候草原空寂得像一幅弃置已久的名画,天空像一面没人敲打但却擦拭得异常锃亮的铜锣。鸟儿的鸣叫声从灌木丛中传出来,合拍于微风使灌木枝叶轻轻抖动的节律,大地散发出的各种花草的清香正在阳光下弥漫,这一切使受到催化、刺激而蓬勃发育的生命形成一种氛围和情态,它们弥散的气息又反过来刺激、催化别的生命。

春天的某种特殊的活力就这样开始了,它仿佛是一只神秘的手轻轻揿了一下键钮，于是阳光把美丽的情欲注入万物。

他感觉到这些，目睹着这些，甚至可以说主要是呼吸到这一切。这无所不在的花草万物的芬芳渗合了阳光的浓酒，饱含了生命的启示和情欲的力量，随着每一口呼吸进入他的躯体。他的喉管在发痒，肺叶在鼓胀如满风的帆，血液仿佛涨水的伊犁河那样汹涌激荡，他几乎已经能够听到血液的激流冲刷岸壁的声音，在日夜喧响的拐弯处，土岸和崖壁坍塌的沉闷声响轰然而起然后长久地沉寂……他感到晕眩。

他约莫有50多岁，也许更大一些。他的头发是褐黄的，前额上面有一绺是金黄的。他脸上的肌肉结实紧凑，线条和轮廓还很鲜明，鼻子并不大，但是棱骨明显，两翼匀称，颌骨非常有力地勾划出了他的脸型。眼珠，是那种棕黄的，透着禽类的准确。

他是一个有经验的牧人。

他像用一只手游泳那样，拨开苇丛，靠近那条河，粗重的喘息在密密的苇丛里似乎显得更响一些。

他知道这种晕眩，这种使他头昏的东西是一种力量，这力量的漩流就藏在他的血液里，涌动，旋转，撞击，纠缠他干扰他，使他不能宁静。他知道这不完全是春天的某种情欲，而是一股更强大的、模糊的力量，他说不清这力量源自哪一团浸透了阳光的云朵、哪一座曲线优美流畅的山岗，但他感觉到它，这过于强盛的力量使他晕眩而且变得软弱。

他觉得不可承受。

"人对于主，确是辜负的。你应当奉你的创造主的名义而宣读。他曾用血块创造人。他曾教人知道自己所不知道的东西。"他跪下来，独自祈祷着，间或发出轻微的呻唤，仿佛在恳求宽恕。

你赐予一个牧人使用不完的力量，啊，请允许我归还于您！

他朝向河边挪动得更近了，水是清澈的。

他从靴子里取出一把短刀，从刀鞘里抽出来，刀子很锋利。他把刀子浸进冰凉的河水里，然后拿起来，用刀尖翘起的部位抵住额头，一划，上额至眉心处被划破。宛如一颗饱满的石榴上划了一刀似地，晶亮鲜红的血珠儿，石榴粒儿似的跳出来。

他把头垂向河面，让血滴进清澈冰凉的河水里。他看着一滴接一滴的血掉在水面上，一溅，向上散开，然后刚一落下去接触到水，就被流速拉扯开，拉成一条细长柔韧的红线，倏忽消失远去。

一滴。又是一滴。

他凝视着自己的每一滴血，看着它们离开自己归还给河流和土地。他感到安慰，舒适。

他看到那个力量的一部分跟着自己的血滴进河水里，

离开了自己。

　　渐渐地他觉得自己轻松了许多，头脑变得清醒了，不再晕眩，那个饱胀在躯体内的汹涌的漩流，减弱了，血液的流速开始均匀，身体恢复了平衡。多余的力量的负担卸除了，他觉得自己清爽明快，精力充沛。

　　他掬起一捧河水，用水拍击额头，血就止住了。

　　他把刀子伸进河里冲了一下，熟练地在裤子上擦了两面，收进鞘里。

　　然后，他站起身，长长舒了一口气，用两只粗糙的手掌把自己的脸从上往下梳摸了几次，便离开那条河，朝山岗盘绕的草原深处走去。

　　他的心里充满了感激。

后　记

　　70 岁的人了，提起笔来写后记，那感觉总觉得和写遗嘱差不多。写什么呢？翻翻这本书里所收文字的目录，用得上弘一法师临终时手书的四个字：悲欣交集。

　　悲者，一辈子小打小闹，写了一点小诗小文章，性急气躁沉不下去，有一点话就急着想说出去，这在文学上也属于急功近利。没有长远的目标和构建鸿篇巨制的雄心和韧性，最后只好拣了这么些麦穗。五十年零敲碎打，半世纪乱弹闲琴。

　　欣者，书中所收的文字，大都是三十年前写的。人渐老去，文未褪色。回想三十年来，多少大作起势如潮，轰动一时，曾几时退去无踪，完全被人们遗忘了。还有一些昔日名篇，今天拿出来已无法卒读，作品还印在纸上，生命已经没了，只是一具尸体。作者尚健在，作品先死了。这才是更大的悲，"哀莫大于心死"，作品正是作者的心。

　　前一段有人给我发微信，是节选《吉木萨尔纪事》里的一段文字，题为《亲爱的麦子》，我已经好多年没看过了。两千多字，淡忘了。我读完以后比当初的感觉好得多，甚至惊奇于当初怎么能笔锋一转，上升到"我就是麦子"？时光没有磨损它，反而给它镀了光。"这是农民的圣经啊！"我想，对于我们这个以农业立国数千年的民族来说，这篇短文所包涵的意义，还远远没有被人们认识。

现在到处都在讲养生，人人都千方百计图长寿，重视健康本无错，过分贪生却不是什么健康心态。是人总归会死的，世上好像还没有过不死的人。真正应该追求的，是你的肉体消失之后，你筑过的路人们还在走，你修过的桥，你栽过的树，人们还在用，还在乘凉。古人说的三不朽嘛，不朽功业，不朽品德，不朽文章，那才是有些价值的长寿。

收在这本书里的文字是不是不朽文章，谁也不敢吹，谁说了也不算数。它们刚刚经受了三十年的淘洗，还差得很远。有些经历了百年的公认的经典，今天看仍然可能会被淘汰出局。

一个人，有时候很自信，没有点自信做不成任何事。相信天赋我才，我心为君我手为臣；有时候会非常怀疑自己，特别是面对苍茫的时空，无边的戈壁大漠，总觉得渺小如蚁，随时会被吞没。如此，还有什么可悲可欣可顾虑的呢？壮哉此行，来去无踪，敬畏自然，顺应天命，远离浮华，万念归心。

借此机会，感谢花城出版社和文珍女士，周思仪小编为拙书付出的细致、认真的工作。

此为后记。

周涛

2016 年 8 月 20 日

远道丛书

《聆听者》　　　　　　　孙　郁　著
《黄昏或黎明的诗人》　　王家新　著
《伊犁秋天的札记》　　　周　涛　著